Mrs. Dalloway

吴尔夫
作品集

# 达洛维太太

[英]弗吉尼亚·吴尔夫 著
谷启楠 译

人民文学出版社

Virginia Woolf
MRS. DALLOWAY
根据 Harvest Books 1990 年版译出

图书在版编目(CIP)数据

达洛维太太/(英)弗吉尼亚·吴尔夫著;谷启楠译.—北京:人民文学出版社,2022
(吴尔夫作品集)
ISBN 978-7-02-014773-1

Ⅰ.①达… Ⅱ.①弗…②谷… Ⅲ.①长篇小说—英国—现代 Ⅳ.①I561.45

中国版本图书馆 CIP 数据核字(2018)第 285519 号

| 责任编辑 | 马爱农 |
|---|---|
| 装帧设计 | 李思安 |
| 责任印制 | 王重艺 |

| 出版发行 | 人民文学出版社 |
|---|---|
| 社　　址 | 北京市朝内大街 166 号 |
| 邮政编码 | 100705 |
| 印　　刷 | 河北鹏润印刷有限公司 |
| 经　　销 | 全国新华书店等 |
| 字　　数 | 145 千字 |
| 开　　本 | 880 毫米×1230 毫米　1/32 |
| 印　　张 | 6.5　插页 3 |
| 印　　数 | 1—3000 |
| 版　　次 | 2003 年 4 月北京第 1 版 |
| 印　　次 | 2022 年 1 月第 1 次印刷 |
| 书　　号 | 978-7-02-014773-1 |
| 定　　价 | 59.00 元 |

如有印装质量问题,请与本社图书销售中心调换。电话:010-65233595

弗吉尼亚·吴尔夫肖像（1912 年）

凡妮莎·贝尔 绘

**吴尔夫作品集**

远航　　The Voyage Out

夜与日　　Night and Day

雅各的房间　　Jacob's Room

达洛维太太　　Mrs. Dalloway

到灯塔去　　To the Lighthouse

奥兰多　　Orlando: A Biography

海浪　　The Waves

岁月　　The Years

幕间　　Between the Acts

一间自己的房间　　A Room of One's Own

普通读者 I　　The Common Reader: First Series

普通读者 II　　The Common Reader: Second Series

# 前　言

长篇小说《达洛维太太》是英国著名女作家弗吉尼亚·吴尔夫的成名作,也是西方现代主义意识流小说的最初尝试之一。文学评论家丹尼斯·普帕德指出,吴尔夫认为传统的欧洲叙事形式已经变得过于造作,对作家束缚过多,使他们难以用富于诗意的、印象主义的方式表现生活。他说:"吴尔夫相信,表现人物的似无联系但令人感悟的瞬间印象,是对小说形式的极大改进。吴尔夫争辩说,这种瞬间印象(如果放在一起统观的话)可以满足读者的好奇心,同时也符合她的思想,即人的个性不能只靠语言来表达。"[①]《达洛维太太》就是吴尔夫将上述思想付诸实践的成果。该书体现了现代主义作品的反传统倾向和"极端化""片断化""非连续性"的特点。《达洛维太太》在题材、风格和写作方法上都有许多创新,本文仅就其塑造人物形象的方法加以论述。

---

[①] 丹尼斯·普帕德(Dennis Poupard)《二十世纪文学批评》1986年版第20卷第390页,引文自译。

# 一

在创作《达洛维太太》的初始阶段,吴尔夫曾在日记里谈到她的构思:"在这本书里,我大概有太多的想法,我想表现生与死、精神健全与精神错乱;我想批评这个社会制度,展示它是如何运转的,展示它最强烈的方面。"① 为了达到这一目的,吴尔夫摈弃了传统的刻画人物性格的方法,大胆地试验了新的手段。正如英国文学评论家安德烈·桑德斯所言:"她的小说试图'消解'人物,同时又在一个美学的形态或'形式'范围内重新建构人类的经验。她寻求表现瞬间感觉的本质,或者说是有意识的和无意识的心理活动的本质,然后将其向外扩展,达到对模式和节奏的更广泛的认识。瞬间的反应、即逝的情感、短暂的刺激、游离的思绪,都被有效地'卷曲'成一种连贯的、有结构的文体关系。"②

吴尔夫采取的最主要手段是描写人物的意识流,包括他们的一系列感觉、想法、回忆、联想和反思。这样做是为了从人物本身的视角出发,去展现他们的内心世界,以及他们之间的关系。小说的直接背景是一九二三年六月的伦敦,主要情节非常简单,仅描写英国下议院议员的太太克拉丽莎·达洛维从早晨上街买花到午夜家庭晚会结束这十几个小时里的所见所闻和所感所想。然而从小说一开篇,作者就带领我们直接进入主人公的意识之中,随着她的意识流,我们逐渐了解到她从十八岁到五

---

① 同第1页注①。
② 安德鲁·桑德斯(Andrew Sanders)《牛津英国文学史》1996年版第515页,引文自译。

十二岁这三十四年间的生活经历和感情纠葛。此外,我们也了解到另外两个主要人物彼得和塞普蒂莫斯的心理与感情历程。小说重点展现了英国中上层阶级的人物的精神风貌,揭示了第一次世界大战后人们心中的惶惑、焦虑、恐惧和渴求,同时也间接地反映了大战结束后五年间英国社会的变迁,如战争的影响、传统观念的衰败、社会差别的缓和、社会气氛的宽松、海外殖民统治的动摇,等等。可以说,意识流不仅是这部小说的写作手法,而且构成了小说的题材。

为了描写人物的意识流,吴尔夫使用了内心独白的方法,记录人物在意识层面上的内在感情历程。内心独白有直接和间接两种,吴尔夫在这里使用的主要是间接内心独白,即用第三人称来叙述人物的心理活动。小说开头的第三段是个典型的例子:

多有意思!多么痛快!因为她过去总有这样的感觉,每当随着合页吱扭一声——她现在还能听见那合页的轻微声响——她猛地推开伯尔顿村住宅的落地窗置身于户外的时候。早晨的空气多么清新,多么宁静,当然比现在要沉寂些;像微浪拍岸,像浮波轻吻,清凉刺肤然而(对于当时的她,一个十八岁的姑娘来说)又有几分庄严肃穆;当时她站在敞开的落地窗前,预感到有某种可怕的事就要发生;她观赏着鲜花,观赏着烟雾缭绕的树丛和上下翻飞的乌鸦;她站着,看着,直到彼得·沃尔什说:"对着蔬菜想什么心事呢?"——是那么说的吧?——"我感兴趣的是人,不是花椰菜。"——是那么说的吧?这一定是他在那天吃早餐的时候说的,在她走到屋外的台地之后——彼得·沃尔什。他过些天就要从印度回来了,是六月还是七月,她记不清了,因为他的来信总是那么枯燥无味;倒是他常说的几句话让人忘不掉;她记得他的眼睛、他的折叠小刀、他的微笑、他的坏脾气,还有,在忘掉了成千上万件事情之后,还记得他说过的关于卷心菜的诸如此类的话——多奇怪呀!

作者就是这样把我们带进克拉丽莎·达洛维的意识之中。克拉丽莎清晨来到户外,从自己的感受联想起年轻时的往事,又想起过去的恋人彼得·沃尔什,记起他将要从印度回来。短短的一段不仅介绍了两个主要人物,而且把小说的时间跨度一下子拉回到三十多年之前,把过去与现在自然地联系在一起。"当时她站在敞开的落地窗前,预感到有某种可怕的事就要发生",一句话点出了克拉丽莎性格的重要特点——恐惧心理。更有意义的是,克拉丽莎的意识流里充满对自己的审视和评价,使我们得以较深刻地了解她的内心世界。例如,她走在大街上,看着过往的车辆,触景生情,思绪万千:

现在她不愿意对世界上的任何人评头品足。她觉得自己非常年轻,与此同时又不可言状地衰老。她像一把锋利的刀穿入一切事物的内部,与此同时又在外部观望。每当她观看那些过往的出租车时,总有只身在外、漂泊海上的感觉;她总觉得日子难挨,危机四伏。这并不是因为她自作聪明或自恃出众。她究竟是如何靠丹尼尔斯小姐传授的那点支离破碎的知识度过这半生的,连自己也不明白。她什么都不懂,不懂语言,不懂历史;她现在很少读书,除了在床上读些回忆录;然而对她来说,这里的一切,那些过往的出租车,绝对有吸引力;她不愿对彼得评头品足,也不愿对自己说三道四。

通过这段直白我们了解到,克拉丽莎虽然有钱有地位,但生活并不幸福。她的内心充满危机感和恐惧感。有时她甚至想到了死:"那么这要紧吗?走向邦德街时她问着自己,她的生命必须不可避免地终止,这要紧吗?所有这一切在没有她的情况下必须继续存在,她对此生气吗?相信死亡绝对是个终结难道不令人感到欣慰吗?"这段内心独白为以后情节的发展作了铺垫。

在上述两例中,吴尔夫都再现了主人公的自由心理联想过程。她还用同样的方法描写退伍军人、精神病患者塞普蒂莫斯的意识流,逼真地再现了他的狂想和恐惧。塞普蒂莫斯参加过世界大战,残酷的战争使他对战友的阵亡麻木不仁,并使他得了"弹震症"。退伍后他时时被负罪感所困扰,导致精神失常。小说里有多处展现他的自由心理联想。例如,一次他坐在公园里冥想,突然跑来一只狗,他受到惊吓,恐惧感倍增,觉得狗正在变成人,进而思索自己能看出狗变人是因为热浪的缘故,而热浪将会化解自己的遗体,最后只剩下一根根神经。小说里还有很多类似的冥想,表现了这个人物对生活的恐惧与绝望,也为他后来跳楼自杀埋下了伏笔。

在许多情况下,人物的某些深层次的情感很难用语言表达,因此就需要使用意象来代替语言,让读者从中体会人物的情感。下面一段克拉丽莎缝补衣裙时的意识流就含有十分耐人寻味的意象:

宁静降临到她的身上,平静,安详,此时她手里的针顺利地穿入丝绸,轻柔地停顿一下,然后将那些绿色的褶子聚敛在一起,轻轻地缝到裙腰上。于是在一个夏日里海浪聚拢起来,失去平衡,然后跌落;聚拢又跌落;整个世界似乎越来越阴沉地说:"完结了。"直到躺在海滩上晒太阳的躯体里的心脏也说"完结了"。无需再怕,那颗心脏说。无需再怕,那颗心脏说,同时将自己的重负交给某个大海,那大海为所有人的忧伤发出哀叹,然后更新,开始,聚拢,任意跌落。那个躯体则孤零零地倾听着过往蜜蜂的嗡嗡声;海浪在拍打;小狗在吠叫,在很远的地方吠叫,吠叫。

此处的大海意象一方面反映了克拉丽莎对手中缝着的绿衣裙的印象,另一方面也暗示她的心情极不平静,仍在考虑着死亡问题。她那些无法用语言表达的思绪尽在这意象之中,十分耐人寻味。

从这部小说可以看出,意识流是吴尔夫塑造人物形象的主要方法,具有很大的魅力,它能使读者洞悉人物的内心世界,觉得他们真实可信,这是传统的叙事方法难以做到的。

## 二

由于一个人物的主观视角有一定的局限性,吴尔夫又借助了其他人物的视角。这种多元视角的方法可以丰富人物形象,也有助于展示人物之间的相互关系。例如作者在塑造克拉丽莎形象时,除了使用克拉丽莎本人坦诚自省的视角以外,还使用了其他人物的视角。这些人物包括她过去的恋人彼得·沃尔什、她过去的亲密女友萨莉·西顿、她女儿的家庭教师基尔曼等,甚至包括一个从未引起她注意的斯克罗普·派维斯。他们的意识流从不同的方面提供了对克拉丽莎的看法,从而使她的形象立体化。例如,斯克罗普从旁观者的角度描述了克拉丽莎的外在形象:她是个"有魅力的女人","有几分像小鸟","体态轻盈,充满活力"。基尔曼和萨莉很了解克拉丽莎,因此提供了较为深入的看法。基尔曼认为克拉丽莎"缺乏文化修养",是个"既不懂悲伤又不懂快乐的女人"，是个"随随便便浪费自己生命的人"。萨莉说克拉丽莎"心地纯洁"，对朋友"慷慨"，但"在内心深处是个势利眼"。

彼得·沃尔什的视角更为重要，因为他曾是克拉丽莎的恋人，又一直生活在他们夫妇圈子的边缘，处于观察和了解他们的有利地位。彼得受过西方民主思想的教育，刚从生活工作多年的印度回国，因此能用新的眼光回顾过去的恋情，能较冷静地审视克拉丽莎一家及其上层社会的朋友，并对他们做出批判性的评价。例如，彼得回伦敦看望克拉丽莎后，边走边思考克拉丽莎为人处世的态度：

……对她明显的评语是：她很世俗，过分热衷于地位、上流社会和向上爬——从某种意义上讲这是事实；她向他承认过这一点（你如果费一点儿力气的话总是能让她承认的；她很诚实）。她会说她讨厌穿着过时的女人、因循守旧的人、无所作为的人，也许包括他自己；她认为人们没有权利袖手闲逛，他们必须干点儿什么，成就点儿什么；而那些大人物、那些公爵夫人、那些在她家客厅里见到的头发花白的伯爵夫人们，在他看来微不足道，这非什么重要人物，而在她看来则代表着一种真正的成就。她有一次说贝克斯伯拉夫人身板挺直（克拉丽莎自己也是同样；她无论是坐还是站从不懒散地倚着靠着；她总是像飞镖一样直挺，事实上还有一点僵硬）。她说她们有一种勇气，对此她随着年龄的增长钦佩有加。在这些看法中自然不乏达洛维先生的见解，不乏那种热心公益的、大英帝国的、主张税制改革的统治阶级的精神，这种精神已进入她的思想，正如经常发生的那样。虽然她的天资比理查德高两倍，但她却不得不通过他的眼睛去看待事物——这是婚姻生活的悲剧之一……

彼得的这番评价基于他对克拉丽莎的深刻了解,因此能一针见血地揭示她精神空虚和趋炎附势的特点。总之,从多元视角出发去审视人物,更符合现代人观察事物的方法,因而使人物显得更加真实可信,便于读者认同。

## 三

为了使人物形象更加丰满,吴尔夫还采取了一种措施。她设置了两条平行发展的叙事线索,一条表现克拉丽莎,另一条表现塞普蒂莫斯。这两个人物从来没有见过面,只是在小说即将结尾时,克拉丽莎才听精神病医生布拉德肖爵士谈起塞普蒂莫斯自杀的事。吴尔夫曾说过,她塑造塞普蒂莫斯的目的是让他作为克拉丽莎的"替身"(double),以便"使达洛维太太的形象完满"。塞普蒂莫斯与克拉丽莎是互相映衬、互为补充的。克拉丽莎属于上层阶级,且精神健全;塞普蒂莫斯则属于平民阶级,并患有精神病。从表面上看,他们似乎没有什么共同之处,但实质上并非如此。从宏观上讲,这两个人物生活在同一个时间和空间。从微观上讲,他们的心理状态极其相似——都被孤独感和恐惧感所困扰,都常常想到死亡,都相信人死后仍有灵魂存在。正因为如此,塞普蒂莫斯的死讯才会在克拉丽莎的心里引起强烈的反响。克拉丽莎不禁深思:

她有一次曾把一先令硬币扔进蛇形湖里,以后再没有抛弃过别的东西。但是他把自己的生命抛弃了。他们继续活着(她得回去;那些屋子里仍挤满了人;客人还在不断地来)。他们(一整天她都想着伯尔顿,想着彼得,想着萨莉),他们会变老的。有一种东西是重要的;这种东西被闲聊所环绕,外观被损坏,在她的生活中很少见,人们每天都在腐败、谎言和闲聊中将它一点一滴地丢掉。这种东西他却保留了。死亡就是反抗。死亡就是一种与人交流的努力,因为人们感觉要到达中心是不可能的,这中心神奇地躲着他们;亲近的分离了,狂喜消退了,只剩下孤单的一个人。死亡之中有拥抱。

克拉丽莎正是从塞普蒂莫斯自杀一事得到了启示,认识了个人与外部世界的关系。她认识到,塞普蒂莫斯自杀是为了维护人格的尊严,对比之下,自己缺乏的正是这种精神。从这个意义上讲,塞普蒂莫斯帮助她重新认识了自己。可以说,这是她觉醒的开始。我们可以看到,克拉丽莎一生中完全遵循上流社会的道德规范,就连婚姻也是为了满足向上爬的需要,她的社会地位和安逸生活是以牺牲个人的尊严和爱情为代价的,也给她带来了困惑和痛苦。克拉丽莎和塞普蒂莫斯对于生死问题的看法是互为补充的,从不同的角度反映出第一次世界大战给人们的心理造成的影响。吴尔夫让这两个背景迥异的人物互为映衬,从各自的角度探讨他们所共同关心的生死问题,真可谓有异曲同工之妙。

## 四

在这部小说里,吴尔夫还使用了讽刺手法来传达她对英国社会制度的批评。她讽刺的对象主要是上层阶级中那些非常保守、坚决维护大英帝国殖民统治的人。这些人永远生活在过去,死死抱住殖民主义不放,无法跟上时代前进的步伐。布鲁顿勋爵夫人就是一个典型的例子,她对印度人民要求摆脱英国统治的斗争做出了如下反应:

  ……布鲁顿夫人想听听彼得的意见,正好他刚从那个中心地区回来,而且她要让桑普森爵士会见他,因为作为士兵的女儿,印度局势的荒唐,或者说是邪恶,确实使她彻夜难眠。她已经老了,干不了什么大事。但是她的房子、她的仆人们、她的好朋友米莉·布拉什——他还记得她吗?——都在那里要求效劳,如果——一句话,如果他们能派得上用场的话。要知道她虽然从来不提英格兰,但是这个养育着众生的岛屿,这片亲爱又亲爱的土地已溶进她的血液之中(尽管她没读过莎士比亚);如果有史以来有一个女人能戴头盔射利箭,能领兵出征,能用不可抗拒的正义去统治野蛮的部族,并成为一具没有鼻子的尸首躺在教堂的盾形坟墓之中,或变成某个古老山坡上被青草覆盖的小土堆,那个女人就是米莉森特·布鲁顿。尽管她受到性别的限制,又缺乏逻辑思维能力(她感到给《泰晤士报》写封信很困难),但她仍时时想着大英帝国,并且通过与那个全副武装的战争女神相联系得到了像步枪捅弹杆的身姿和粗犷的举止,因此不能想象她即便死后能与大地分离。也不能想象她会以某种精灵的形象游荡于那些已不再悬挂英国国旗的地区。要她不当英国人,即便在死人中间——不行,不行!绝对不行!

这段意识流惟妙惟肖地刻画出一个维护殖民统治的"爱国者"形象。此外,彼得对老帕里女士的评价"她会像一只寒霜里的小鸟,死去时仍用力抓住树枝"也生动地勾画出这类人物的本质。

吴尔夫还讽刺了其他一些人物。例如休·惠特布雷德在王宫担任卑职,极尽阿谀奉承之能事;精神病医生威廉·布拉德肖爵士靠着"均衡感"隔离压制病人,"不仅自己发家致富,而且使英国繁荣昌盛"。作者还借彼得之口谴责了战争给青年人带来的灾难:"丰富多彩的、不甘寂寞的生命则被放到满是纪念碑和花圈的人行道底下,并被纪律麻醉成一具虽僵挺但仍在凝视的尸首。"

讽刺手法的使用,不仅有助于刻画人物形象,而且深化了作品的主题,它给小说增添了社会批判意义,而这正是这部作品的价值所在。

吴尔夫使用意识流、多元视角、人物的映衬和互补、讽刺四种方法塑造出了栩栩如生的人物形象,使读者接触到人物的内心世界,较深刻地体会到人物的思想感情,这是《达洛维太太》成功的一个重要原因。不仅如此,作品还给读者留下了想象的余地。由于作者打破了按时间顺序叙事的格局,让人物的意识流倾泻而出,作品似乎给人以"杂乱无章"的感觉。然而正是这种叙事方法才使读者摆脱了被动阅读的地位。他们必须细心阅读,努力从"杂乱"之中找出"章法",理顺事件的始末,弄清人物之间的关系,从而发现人物性格并理解作品主题。这种方法虽然增加了阅读的难度,但能促使读者发挥主动性,积极解读书中的涵义,可以收到较好的阅读效果。

谷 启 楠<br>二〇〇二年九月

达洛维太太说她要自己去买鲜花。

因为她已给露西安排了很多事做。几扇屋门将从合页上卸下；朗波尔迈耶店里的工人要来。再说，克拉丽莎·达洛维想，今天早晨多么清新啊，好像是专为海滩上的孩子们准备的。

多有意思！多么痛快！因为她过去总有这样的感觉，每当随着合页吱扭一声——她现在还能听见那合页的轻微声响——她猛地推开伯尔顿村住宅的落地窗置身于户外的时候。早晨的空气多么清新，多么宁静，当然比现在要沉寂些；像微浪拍岸，像浮波轻吻，清凉刺肤然而（对于当时的她，一个十八岁的姑娘来说）又有几分庄严肃穆；当时她站在敞开的落地窗前，预感到有某种可怕的事就要发生；她观赏着鲜花，观赏着烟雾缭绕的树丛和上下翻飞的乌鸦；她站着，看着，直到彼得·沃尔什说："对着蔬菜想什么心事呢？"——是那么说的吧？——"我感兴趣的是人，不是花椰菜。"——是那么说的吧？这一定是他在那天吃早餐的时候说的，在她走到屋外的台地之后——彼得·沃尔什。他过些天就要从印度回来了，是六月还是七月，她记不清了，因为他的来信总是那么枯燥无味；倒是他常说的几句话让人忘不掉；她记得他的眼睛、他的折叠小刀、他的微笑、他的坏脾气，还有,在忘掉了成千上万件事情之后,还记得他说过的关于卷心菜的诸如此类的话——多奇怪呀!

她站在人行道的石沿上挺了挺身子,等着达特诺尔公司的小货车开过去。一个有魅力的女人,斯克罗普·派维斯这样评价她(他了解她的程度就跟威斯敏斯特区的居民了解自己紧邻的程度差不多);她有几分像小鸟,像只樫鸟,蓝绿色,体态轻盈,充满活力,尽管她已年过五十,而且自患病以来面色苍白。她站在人行道边上,从未看见过他,她在等着过马路,腰背直挺。

由于在威斯敏斯特住了——有多少年呢?二十多年了——克拉丽莎相信,你即使在车流之中,或在夜半醒来,总能感觉到一种特殊的寂静,或者说是肃穆;总能感觉到一种不可名状的停顿、一种挂虑(但那有可能是因为她的心脏,据说是流行性感冒所致),等待着国会大厦上的大本钟敲响。听!那深沉洪亮的钟声响了。先是前奏,旋律优美;然后报时,铿锵有力。那深沉的音波逐渐消逝在空中。我们是如此愚蠢,穿过维多利亚街时她这样想。因为只有老天爷才知道一个人为什么如此热爱和如此看重它,人们发明了它,把它建造在自己周围,打乱它,又每时每刻重新创造它。然而那些衣着最为平俗的女人,那些坐在门前台阶上(酗酒自毁)的最最痛苦沮丧的人们,对它同样情有独钟;真没办法,她相信就连议会的法案都无法改变这种心态,原因只有一个:他们热爱生活。在人们的目光里,在疾走、漂泊和跋涉中,在轰鸣声和喧嚣声中——那些马车、汽车、公共汽车、小货车、身负两块晃动的牌子蹒跚前行的广告夫、铜管乐队、转筒风琴,在欢庆声、铃儿叮当声和天上飞机的奇特呼啸声中都有她之所爱:生活、伦敦、这六月的良辰。

因为现在是六月中旬。战争①已经结束,但对福克斯克罗夫特太太这样的人例外。昨晚她在大使馆心事重重,十分悲痛,因为她的好儿子战死了,这样一来那所古老的庄园宅邸就定得归一位堂兄弟了。又如贝克斯伯拉勋爵夫人,听说她在主持慈善义卖开幕式的时候手里拿着电报,她最心爱的儿子约翰战死了。然而战争毕竟结束了,感谢老天爷,终于结束了。现在是六月,国王和王后都在白金汉宫。虽然时间还早,但到处都能听到有节奏的声响、马蹄疾驰的嘚嘚声、球板击球的啪啪声。洛德板球场、阿斯科特赛马场、拉内拉赫俱乐部和其他一切,都包裹在晨曦构成的蓝灰色轻柔细网之中,但是随着时光的推移,这网将会逐渐展开,将它们显现出来;同时在草坪和球场上将会出现奔腾的马驹,它们前蹄触地,立即跃起,还有旋转击球的小伙子,以及穿薄透布衣裙的嬉笑的姑娘们,她们在彻夜狂舞之后仍不忘带着怪异的长毛狗出来散步。就在这么早的时辰,小心谨慎的贵族遗孀们已经坐着自己的汽车匆匆去完成神秘的使命。店主们拿着人造的和天然的钻石在橱窗里忙个不停,他们把惹人喜爱的海绿色胸针摆在十八世纪的背景上以吸引美国人(但是你必须注意节省,不要轻易给伊丽莎白买东西)。而她则以一种不合常理的、执着的热情像以往那样爱着这一切;她本人就是这一切的组成部分,因为她的前辈曾在几代乔治国王宫中担任过朝臣;就在今天晚上她自己也要点燃灯火,主持晚会。可是多么奇怪呀,一进圣詹姆斯公园,那么寂静,那薄雾,那嗡嗡声,那缓慢浮游的快乐鸭群,那长着喉囊的水鸟摇摆而行。是谁正向这边走来,背向政府办公楼,恰如其分地提着绘有皇家盾形纹徽的

---

① 指第一次世界大战。

公文箱？那不是休·惠特布雷德吗，她的老朋友休——令人爱慕的休！

"你早啊，克拉丽莎！"休很随便地打着招呼，因为他们两人从小就相识，"你这是到哪儿去啊？"

"我喜欢在伦敦散步，"达洛维太太说，"真的，比在乡下散步舒服。"

他们刚进城——可惜——是来求医的。别的人进城来看电影，看歌剧，带女儿见世面，而惠特布雷德夫妇却来"看医生"。克拉丽莎到疗养院去过不知多少次，探望伊夫琳·惠特布雷德。伊夫琳又病了吗？伊夫琳身体很不好，休说，同时努着嘴，挺挺他那着装得体的、具有高度男性美的、十分丰满的身体（他几乎总是穿得过于讲究，大概不得不如此，因为他在宫廷里有个小差事），暗示他的太太有点儿内科病，对此老朋友克拉丽莎·达洛维是了解的，就不用他细说了。是啊，她确实了解，多讨厌的病啊！但与此同时，克拉丽莎不知为什么像小妹妹似的意识到自己头上的帽子。这帽子不适合清晨戴，是吗？因为休总使她产生这种感觉，当休一面快步前行，一面下意识地提提帽子并说克拉丽莎真的像个十八岁的姑娘，还说他本人当然会出席她的晚会，伊夫琳坚决主张他去，他可能要晚到一会儿，因为他必须先带吉姆的一个儿子去参加宫中的晚会，云云——她和休在一起时总感觉自己的个子变小了，像个中学生，可是她爱慕休，固然因为早就认识他，但她确实认为休是有个性的好人，尽管理查德差点儿被他气疯，至于彼得·沃尔什，至今没有原谅她，就因为她喜欢休。

她还记得在伯尔顿时的一幕幕往事——彼得大怒；休无论如何不是他的对手，但也绝不是彼得说的那种傻瓜，不仅仅是理发师的发型木模。当休的老母亲让休放弃射击,或要他陪伴去巴斯市的时候,休二话不说,绝对从命;他确实不自私,至于像人家说而且彼得也认为的,休没心没脑,除了英国绅士的礼貌和教养以外一无所有,这只不过是她亲爱的彼得在盛怒之下说的气话;休可能执拗,可能难对付,但是他可爱,值得在这样的早晨与之一起散步。

（六月已给树木披上绿装。宾里科一带的母亲们在给婴儿喂奶。新闻从舰队街传送到海军部。繁忙的阿灵顿街和皮卡德利街好像温暖了公园里的空气并使树叶发热发亮,使它们升腾于神圣活力的气浪之上,这活力是克拉丽莎所热爱的。去跳舞,去骑马,她一向喜爱这些活动。）

因为他们也许分别了好几百年,她和彼得;她没写过一封信,而他的信就像干柴棍。可是突然间她会想到,如果他现在和我在一起会说些什么呢?——有的日子、有的景物会把彼得平静地带回她的心里,全然没有往日的苦涩,这也许是关心别人得到的回报吧。许多往事重又涌上心头,在一个晴朗的早晨,在圣詹姆斯公园中央——它们确实再现了。然而彼得——无论天气多么好,无论树木、青草和穿粉红衣裙的小女孩多么漂亮——彼得全都视而不见。他会戴上眼镜,如果她叫他戴的话,他会看上两眼。他真正感兴趣的是世界局势,还有瓦格纳①的音乐、蒲柏②的诗歌、人们的性格等永恒的话题,还有她自己灵魂的瑕疵。彼得责备她时是何等严厉!他们争论得何等激烈!她会嫁

---

① 瓦格纳(1813—1883),19世纪后期德国作曲家、音乐教育家。
② 蒲柏(1688—1744),英国18世纪前期最重要的讽刺诗人。

给一个首相，站到楼梯之上；他叫她完美的女主人（她为此曾在卧室里大哭一场），她是个当完美女主人的材料，彼得这样说。

于是她在圣詹姆斯公园里仍然不知不觉地继续这场争论，依然假定她当初没有嫁给彼得是对的——当时确实是对的。因为在婚姻关系中，对于同居一室朝夕相处的两个人来说必须有一点个人的自由，必须有一点独立性。理查德给了她这种自由，她对他也是如此。（比如，他今天上午在哪里？在某个委员会吧，她从不详细打听。）可是和彼得在一起就什么都得公开，所做的每一件事都必须公开。这实在让人难以容忍，而当小花园喷泉边的那一幕发生时，她不得不与他决裂，否则他们就毁了，两个人都会毁掉，她确信这一点；尽管此后多年她忍受着利箭穿心般的哀伤和痛苦，而且后来当她在一次音乐会上得知彼得娶了他在去印度的船上邂逅的女子为妻时，她又经历了一番震惊。她永远不会忘掉这些！冷漠、无情、伪君子，彼得曾这样批评她。她始终不明白彼得到底在乎什么。可是那些印度女人大概明白——那些愚蠢、漂亮、脆弱的傻瓜们。不过她白可怜彼得了，因为他过得还幸福，他让她相信他过得十分幸福，尽管他从未做成与她谈过要做的事；他此生无所作为。这仍使她感到愤慨。

她已来到圣詹姆斯公园门口。她驻足片刻，看着皮卡德利街上来往的公共汽车。

现在她不愿意对世界上的任何人评头品足。她觉得自己非常年轻，与此同时又不可言状地衰老。她像一把锋利的刀穿入一切事物的内部，与此同时又在外部观望。每当她观看那些过往的出租车时，总有只身在外、漂泊海上的感觉；她总觉得日子难挨，危机四伏。这并不是因为她自作聪明或自恃出众。她究竟是如何靠丹尼尔斯小姐传授的那点支离破碎的知识度过这半生的,连自己也不明白。她什么都不懂,不懂语言,不懂历史;她现在很少读书,除了在床上读些回忆录;然而对她来说,这里的一切,那些过往的出租车,绝对有吸引力;她不愿对彼得评头品足,也不愿对自己说三道四。

她唯一的天才是几乎完全靠本能来了解别人,她一面走一面想。如果你让她和某个人一起待在屋子里,她会像猫一样弓起后背,或像猫那样高兴得低声叫起来。德文希尔公爵府、巴斯侯爵府、带有瓷鹦鹉的府邸,她曾见过所有这些地方灯火辉煌;她记得西尔维娅、弗莱德、萨莉·西顿——诸如此类的许多人,以及彻夜跳舞;她还记得那些马车缓慢地经过这里驶向市场,记得乘车穿过这公园回家;她记得有一次曾把一先令硬币扔进海德公园的蛇形湖里。但是每个人都会记得的;而她所爱的则是此时此地、她眼前的一切,是出租车里那个胖胖的女人。那么这要紧吗?走向邦德街时她问着自己,她的生命必须不可避免地终止,这要紧吗?所有这一切在没有她的情况下必须继续存在,她对此生气吗?相信死亡绝对是个终结,难道不令人感到欣慰吗?然而在伦敦的大街上,在世事沉浮之中,在这里,在那里,她竟然幸存下来,彼得也幸存下来,他们活在彼此心中,因为她确信她是家乡树丛的一部分,是家乡那座确实丑陋、凌乱、颓败的房屋的一部分,是从未谋面的家族亲人的一部分;她像薄雾飘散在她最熟悉的人们中间,他们用自己的枝杈将她扩散,正如她曾见树木散开薄雾一般,然而她的生命、她的自我飘散得何等遥远。但是当她观看哈查兹书店的橱窗时究竟在梦想着什么呢?她在努力寻觅着什么呢?乡间白茫茫的黎明是一种什么意象,这时她正读着那本打开的书上的诗句:

无须再怕骄阳酷暑

也不畏惧肆虐寒冬。①

这个世界最近所经历的事情在他们所有的人——无论男人还是女人——的心中孕育了一汪泪水。泪水和忧伤,勇气和忍耐力,一种完全正义和坚忍的态度。例如,想想她最钦佩的女人,那个主持慈善义卖开幕式的贝克斯伯拉夫人。

　　这里陈列着乔洛克斯的《野游和欢宴》②;这里有《索比·斯庞吉》③,有阿斯奎斯夫人④的《回忆录》,还有《尼日利亚狩猎记》,这些书都是打开的。这里总有那么多书,可是似乎没有一本适合带给住疗养院的伊夫琳·惠特布雷德。没有任何东西能使她快乐,没有任何东西能使那个瘦小枯槁得无法形容的女人在克拉丽莎进门时哪怕表现出一瞬间的热情友好,在她们坐下开始谈论妇女的疾病这一无尽无休的老话题之前。她多么希望在她进门时人们会显得愉快些,克拉丽莎想着,同时回过身来又向邦德街走去。她很烦恼,因为干点事情总要找些别的理由是非常愚蠢的。她宁愿自己是理查德那样的人,干什么都为自己,她一面等着过马路一面想,而她有一半时间干事情则不那么单纯,不像他们那样为自己,而是为了让人们这样想或那样想。她知道这完全是愚蠢的(现在警察举起了手),因为从来没有人上过当,哪怕是一秒钟。唉,如果她能再活一次该多好!她一面想着,一面踏上人行道,那她就会是另一个样子了!

　　首先,她会像贝克斯伯拉夫人那样肤色稍深,皮肤像起皱的

---

① 见莎士比亚的《辛白林》第四幕第二场中的一首挽歌。
② 似指英国小说家瑟蒂斯(1803—1864)的幽默故事集《乔洛克斯的野游和欢宴》。
③ 似指瑟蒂斯的小说《斯庞吉先生的狩猎之旅》。
④ 阿斯奎斯夫人(1864—1945),全名玛格特·阿斯奎斯,英国作家。

皮革,还有一双漂亮的眼睛。她会像贝克斯伯拉夫人那样动作缓慢而庄重,身材高大,像男人一样关心政治,拥有一幢乡间宅邸,非常有尊严,非常诚恳。但她却不具备这些,她只有像豌豆秧一样瘦弱的身体、滑稽的小脸、像鸟喙一样的嘴。诚然,她姿态优雅,还有好看的手和脚,而且穿着讲究,尽管花钱不多。可是现在她的身体(她停下来看一幅荷兰绘画),这个身体及其一切功能似乎变得无足轻重——都化为乌有了。她有一种最奇怪的感觉,觉得自己成了隐身人,不为人所见,不被人所知。现在她不会再结婚再生育了,只能以令人吃惊的和相当庄重的方式与芸芸众生一同前行,走上邦德街。这就是达洛维太太,她甚至不再是克拉丽莎,而是理查德·达洛维太太。

邦德街使她着迷,这个季节清晨时分的邦德街,它那招展的旗帜,它那许许多多的店铺,毫无张扬,毫无辉耀;一卷苏格兰粗呢展示在她父亲五十年间常去选购西装的那家商店;几粒珍珠;一方冰冻鲑鱼。

"就是如此,"她注视着水产店自言自语,"就是如此。"她重复了一遍,在一家手套店的橱窗前停留片刻,战前你可以在这里买到近乎完美的手套。她的老威廉叔父过去常说:淑女以鞋和手套为标志。战争期间他在一天清晨卧床自尽了。他曾说:"我已经活够了。"手套和鞋:克拉丽莎对手套倒是情有独钟,可是她自己的女儿,她的伊丽莎白,对手套和鞋一点儿都不感兴趣。

一点儿都不感兴趣,克拉丽莎想,一面沿着邦德街走向一个小店,每次开晚会店家都为她预留鲜花。伊丽莎白真正最关心的是她的小狗。整个房子弥漫着焦油皂的气味。尽管如此,可怜的小狗格里泽尔也比基尔曼小姐好得多。犬瘟热、焦油皂以及别的什么东西都比关在令人窒息的卧室里捧着本祈祷书强！她简直想说,什么都比这强。但这可能只是一个阶段,正如理查德所说,是所有女孩子必然经历的阶段。有可能是相恋。可为什么和基尔曼小姐呢？当然基尔曼的境遇不佳,人们必须理解；而且理查德说她很能干,真正有历史头脑。不管怎么说,这两个女子形影不离；她自己的女儿伊丽莎白竟去参加了圣餐仪式。她倒一点儿也不在乎伊丽莎白如何穿戴,如何对待前来吃午饭的客人,因为她的经历告诉她,宗教的狂热常使人变得冷酷(事业也是如此),使他们缺乏感情,如基尔曼女士为俄国人什么事情都愿意干,还为奥地利人忍饥挨饿,但私下里却给人带来真正的折磨,她是那么麻木不仁,总穿着件绿色防水布上衣。她成年到头穿着那件上衣；她大汗淋漓；她进屋没有五分钟就使你意识到她的长处和你的短处；她是多么贫穷,你是多么富有；她是怎样住贫民窟的,没有靠垫、床、地毯或别的什么东西；她的整个灵魂被穿透其间的怨言所锈蚀,她在大战期间遭学校解雇——可怜的痛苦不幸的人！因为人们憎恨的不是她,而是她的思想,毫无疑问,其中有许多是从别处搜集来的,不是她本人的思想；她已变成人们夜间与之争斗的那些幽灵中的一员,成为那些叉开双腿站在我们身体之上吸干我们一半生命血液的幽灵,即统治者和暴君中的一员；因为毫无疑问,如果再掷一回骰子的话,如果是黑色的一面朝上而不是白色的一面朝上的话,克拉丽莎会喜爱基尔曼小姐的！但在今生今世则不可能。绝不可能。

然而她总感到刺痛,因为这个野蛮的魔鬼在她心中翻搅！因为她听见树枝咔嚓作响并感觉到魔鬼的蹄子踏入枝叶繁茂的树林深处,即灵魂的深处；因为她从来没有感到过比较满意或比较安全,那是由于"仇恨"这个野蛮的魔鬼无时无刻不在她心中翻搅;特别自她得病以来这仇恨产生了巨大的力量,使她感到被擦伤,感到脊柱受损,不仅带给她肉体的疼痛;而且动摇、震颤、扭曲了她从美景、友谊、健康、爱恋和美化家园当中得到的乐趣,似乎真的有一个魔鬼在刨根,似乎表面的心满意足不过全是自爱的表现!如此这般的仇恨!

无稽之谈,无稽之谈!她对自己喊道,一面推开马尔伯里花店的两扇弹簧门。

她向前走去,轻盈、修长、腰板挺直,马上受到脸庞像纽扣的皮姆小姐的欢迎。皮姆的双手总是通红通红的,好像一直浸在凉水里摆弄鲜花来着。

店里满是鲜花:有翠雀花、麝香豌豆花、成束的丁香花;有康乃馨,许许多多的康乃馨。还有玫瑰花,还有鸢尾花。是啊,很多很多——于是她在站着和皮姆小姐谈话的同时呼吸着这带泥土味的花园的馨香;皮姆曾得到过她的帮助,认为她很仁慈——要知道她多年前确实仁慈——非常仁慈,可今年她显得老了些。她站在鸢尾花、玫瑰花和一簇簇点头摇摆的丁香花丛中半闭着眼睛,头一会儿转向这边,一会儿转向那边,在经历了街上的喧哗之后深深地吸着那芳香的气味和那清幽的凉意。然后,她睁开了眼睛,那些玫瑰花显得多么新鲜啊,真像刚从洗衣房送来叠放在藤托盘里的带饰边的家用亚麻布制品;红康乃馨颜色略深且排列整齐,高高地昂着头;所有的麝香豌豆花在盆中向外蔓延,浅紫的、雪白的、苍白的——仿佛现在是晚上,穿着薄布衣裙的姑娘们出来采摘麝香豌豆花和玫瑰花,在晴朗的夏日白昼连同它那几乎变得深蓝的天空以及它的翠雀花、康乃馨、马蹄莲隐退之后。现在是六点转变为七点的瞬间,每一朵花——玫瑰、康乃馨、鸢尾、丁香——正烂漫辉煌,白色、蓝绿色、红色、深橙色;

每朵花仿佛都在雾蒙蒙的花坛里单独燃烧,柔和而纯洁;她是多么喜爱那些灰白色的蛾子啊,它们旋转着飞进飞出,飞过向日葵花,飞过晚樱草!

当她开始和皮姆小姐一起从一个花罐走向另一个花罐挑选鲜花的时候,她自言自语道:无稽之谈,无稽之谈,声音越来越轻,仿佛眼前这美景、这香气、这颜色,以及皮姆小姐对她的好感和信任是一阵海浪,她任其冲遍全身,让它降服"仇恨"那个魔鬼,彻底降服它;这海浪将她向上托起,突然间——哎呀,外面街上响起了枪声!

"天啊,那些汽车。"皮姆小姐说,手里正捧着一大把麝香豌豆花,她走到窗前看看,又走回来抱歉地笑笑,好像那些汽车和汽车轮胎的问题都是**她的**过错。

使达洛维太太吓了一跳并使皮姆小姐走到窗前又回来道歉的巨大爆炸声来自一辆小轿车。这车已停靠在人行道边,正对着马尔伯里鲜花店的橱窗。过往的行人当然要驻足观看,他们刚看见紫灰色的车座前有个非常重要的人物的脸,一个男人的手就拉上了窗帘,这样一来,除了一方紫灰色以外就什么都看不见了。

然而谣言马上从邦德街的中央传到一头的牛津街和另一头的阿特金森香料店。它无影无声,像飘临山头的一片浮云,飘得很快,犹如面纱;它确实以浮云的无华和静悄飘落到人们的脸上,一秒钟前这些脸还完全是惶惑不安的。可是现在神秘女神已将一只翅膀擦过他们;他们已听到某种权威的声音;宗教的精灵出没四方,她的双眼被绷带紧裹,双唇张得大大的。可是谁也不知道刚才看见的是什么人的脸。是威尔士亲王,还是王后,还是首相？到底是谁呢？没有一个人知道。

埃德加·杰·沃基斯胳膊上套着一卷铅管，他大声地、无疑是幽默地说："是受（首）相的其（汽）车。"

塞普蒂莫斯·沃伦·史密斯发现前面无法通行，他听见了这句话。

塞普蒂莫斯，三十岁左右，面色苍白，鹰钩鼻子，穿着棕色鞋子和旧大衣，他那双淡褐色的眼睛里流露出恐惧，能使根本不认识他的人也产生恐惧感。世界已经扬起了鞭子，会落到谁的头上呢？

一切戛然而止。汽车发动机的轰鸣听起来像传遍全身的不规则的脉搏跳动。阳光变得异常炎热，只因为那辆小轿车停在马尔伯里花店的橱窗外。坐在双层公共汽车上层的几位老妇人打开了黑色阳伞，然后这边一把绿伞、那边一把红伞啪啪地打开了。达洛维太太抱着一大把麝香豌豆花走到窗口向外张望，她那粉红色的小脸皱了起来，充满疑问。大家都注视着那辆汽车。塞普蒂莫斯也在看着。骑自行车的小伙子纷纷跳下车来。车辆越聚越多。那辆轿车还停在原地，挂着窗帘，窗帘上有奇特的图案，像一棵树，塞普蒂莫斯想；一切事物逐渐地被吸引到一个中心的现象就发生在他眼前，似乎一种恐怖的东西很快就要出现，马上就要喷出烈焰，他感到十分恐惧。整个世界在动摇，在震颤，并威胁着要迸出烈焰。是我挡住了去路，他想。他不是正在被人观看和指点吗？他在人行道上牢牢地站定难道不是为了某个目的吗？但究竟是为什么目的呢？

"咱们走吧，塞普蒂莫斯。"他的妻子说。她身材矮小，眼睛大大的，脸又扁又尖，是个意大利姑娘。

但是柳克利西娅自己也不由自主看了看那辆轿车以及窗

帘上的树形图案。车里坐的是王后吗？是不是王后出门买东西？

那辆车的司机先前一直在打开什么，旋转什么，又关上什么，现在他进了驾驶室。

"走吧。"柳克利西娅说。

可是她的丈夫（他们结婚已有四五年了）惊跳起来生气地说："好吧！"仿佛她打断了他的思路。

人们一定注意到了，人们一定看见了。人们，她一面看着那些瞪大眼睛注视那辆轿车的人群一面想，那些英国人以及他们的孩子、马匹和服装，对于这些她在某种程度上是爱慕的，但现在他们不过是"人们"而已，因为塞普蒂莫斯刚才说"我要自杀"，多可怕的话呀。假设他们听见了他的话？她看看人群。救命啊！救人啊！她真想对那些肉食店的伙计和女人们喊。救人啊！那不过是去年秋天的事，她和塞普蒂莫斯站在河堤街上，两人合披一件斗篷，他不说话，只顾看报，她抢过报纸，当着在场的那位老人的面大笑起来！可是人们通常加以掩饰的是自己的失败。她必须带他离开这里到公园去。

"现在该过马路了。"她说。

她有权挽起他的手臂，尽管这样做不表达丝毫感情。他会向她伸出一只瘦骨嶙峋的胳膊；她是那么质朴，那么感情用事，才二十四岁，在英国无亲无故，只是为了他才离开意大利的。

那辆轿车窗帘紧闭，带着一种神秘莫测的矜持向皮卡德利街驶去，它依然受到注视，依然用同样隐秘的暗示使站在路两边的人们脸上显出崇敬的神情，它暗示的崇敬是对王后的呢，还是对亲王的呢，还是对首相的呢，谁也不知道。汽车里的那张脸只有三个人看见过，而且只有几秒钟。甚至对那人是男是女仍有争议。但是里面可能确实坐着一位大人物；大人物正路过邦德街，面目隐蔽，与平民不过一手之隔；这些平民百姓也许是第一次也是最后一次与英王陛下，即国家永不磨灭的象征近在咫尺，简直可以通话。这个国家的永不磨灭的象征将来一定会被好奇的古迹学家们在筛选历代废墟时发现，当伦敦变成了长满野草的小径的时候，当所有那些在这个星期三的上午匆匆行进于人行道上的人都变成了白骨，他们的灰尘里只剩下几枚结婚戒指和无数已烂掉的牙齿中的金质填料的时候。到那时，轿车中的那张脸将大白于天下。

很可能是王后，达洛维太太想，一面捧着刚买的鲜花走出马尔伯里花店，是王后。她站在花店旁边，在阳光下瞬间露出异常尊严的表情，此时那辆轿车从她面前驶过，离她仅一英尺左右，挂着窗帘。是王后去医院，是王后去参加慈善义卖开幕式，她想。

堵车事件发生在这个时间实在是太糟糕了。洛德板球场、阿斯科特赛马场、赫灵海姆马球俱乐部，有什么赛事吗？她很想知道，因为这条街已无法通行。那些坐在公共汽车上层两侧的英国中产阶级绅士淑女们带着包裹和阳伞，是啊，甚至在这样的天气里还穿着毛皮大衣，她想，这些人的可笑程度超出人们的想象，与世上的一切格格不入；还有王后本人受阻，王后本人无法通行。克拉丽莎被阻隔在布鲁克街的一边；老法官约翰·巴克赫斯特爵士则被阻隔在另一边，中间是那辆轿车（约翰爵士多年来参与制定法律并喜欢服装考究的女人），此时那位轿车司机只是微微欠了欠身，对警察说了些什么，或者出示了什么东西，只见那警察敬了个礼，举起一只胳膊，歪了歪头，指挥公共汽车移向一侧，于是小轿车通过了路段。它缓慢地、无声无息地开走了。

　　克拉丽莎在猜测;她当然明白;刚才她看见那个侍从手里拿着一个白色圆形的神奇东西,是块圆牌,上面刻着名字——是王后的,还是威尔士亲王的,还是首相的？——那块圆牌凭借自身的光泽燃烧着开路(克拉丽莎看着那辆车逐渐变小,直至消失),去放射光芒,周围是枝形吊灯、闪烁的星章、佩戴着橡树叶勋章的直挺的胸膛、休·惠特布雷德和他所有的同事们、那些英格兰的绅士们,当天晚上将在白金汉宫。而克拉丽莎本人也要举行晚会。她挺了挺身子;她就要这样站到自家的楼梯之上了。

　　那辆轿车已经开走,但它留下了细微的余波;这余波流入邦德街两侧的手套店、帽子店和成衣店。在三十秒钟里所有人的头都朝着一个方向——窗户。女士们正在挑选手套——是要长度到臂弯的还是要超过臂弯的？是要淡黄的还是要浅灰的？——她们都停了下来;那句话刚说完事情已经发生了。这事孤立地看实在微不足道,就连能传导远在中国发生的震波的数学仪器都无法记录它的震频;然而它的充实性则是令人畏惧的,它的普遍吸引力则能引发公众的情感;因为在所有的帽店和成衣店里互不相识的人们面面相觑,联想起那些死者,联想起国旗,联想起大英帝国。在一条小街上的一家专卖酒店里,一个曾久居英国殖民地的人辱骂了温莎王室①,引起了议论、摔啤酒瓶和满堂的争吵;这声音不知怎地竟回响在马路对面那些姑娘的耳中,她们正在购买婚礼用的饰有洁白丝带的内衣。因为那辆开过去的小轿车所带来的表面的激动情绪在沉降之时又引发出一种深刻的东西。

---

① 1917年英国王室正式更名"温莎",并沿用此称呼至今。

那辆轿车平稳地穿过皮卡德利广场,沿着圣詹姆斯街开去。许多高个子男人、身体健壮的男人、穿着燕尾服和白套衫并且头发向后梳的男人,不知为什么都站在怀特俱乐部的凸窗前,双手背在燕尾服的后面向外张望,本能地感觉有伟人路过此地;而那不朽人物的微光照在他们身上,如同先前照在克拉丽莎·达洛维身上。他们马上站得更直,把手移到身侧,好像随时准备侍奉他们的君主,如果需要的话,随时准备走向炮口,正如他们的先辈曾经做过的那样。他们身后的那些白色半身雕像以及那些摆满《闲谈者》杂志和汽水瓶的小桌似乎在表示赞许,似乎在暗示英格兰起伏的麦浪和庄园宅邸,似乎在反射外面汽车轮胎微弱的嗡嗡声,正如教堂内低语高响廊的墙壁反射一个人的说话声并借助整个建筑物的力量把它变得洪亮悦耳。披着方巾的莫尔·普拉特捧着鲜花站在人行道上,祝愿那个亲爱的年轻人身体健康(坐在车里的肯定是威尔士亲王①);仅仅出于兴奋的心情和对贫穷的鄙视,她会把够买一罐啤酒的钱,买一束玫瑰花,抛向圣詹姆斯街,如果不是看见警察盯着她,阻挠她这个爱尔兰老妇人表示忠心的话。圣詹姆斯宫的卫兵们敬礼致意;亚历山德拉②王太后的警察表示赞许。

就在这段时间里,一小群人聚集在白金汉宫门前。他们都是些穷苦人,无精打采地但满怀信心地等待着;他们观看飘扬着国旗的王宫,观看站在基座上衣裙飘荡的维多利亚女王③雕像,

---

① 威尔士亲王(1894—1972),指英国国王乔治五世的长子,1910 年被立为王储,1911 年被封为威尔士亲王。即后来的爱德华八世。
② 亚历山德拉(1844—1925),英国国王爱德华七世(在位时期:1901—1910)的配偶,英国国王乔治五世(在位时期:1910—1936)的母亲。
③ 维多利亚女王(1819—1901),英国女王(在位时期:1837—1901),印度女皇(在位时期:1876—1901)。

观赏着她的层层喷泉流水和她的天竺葵花丛;他们从林荫路上过往的许多汽车当中先是注意这一辆,然后注意那一辆;他们自负地对平民乘车出游大动感情;他们在这辆或那辆汽车开过之时重温着赞美之词使其永远新鲜。他们一直听任谣言聚集进他们的血管并刺激他们大腿的神经,想到君主正在看着他们,王后在低头致意,亲王在致敬;想到神赐予国王们的天堂般的生活、王室的侍从武官们和那深深的屈膝礼、王后旧日的玩偶屋、嫁给了英国人的玛丽公主①,还想到亲王——啊!亲王!据说他酷似老爱德华国王,可身材比老国王要修长得多。亲王住在圣詹姆斯宫,可说不定今天早晨会出来看望他的母亲。

抱着孩子的萨拉·布莱奇里这样说,她不时踮起脚尖,犹如站在宾里科家里的壁炉网旁边,但她的目光一直注视着林荫路;此时埃米莉·科茨在王宫窗外踱来踱去,想到那些女用人,数不清的女用人,还有那些卧室,数不清的卧室。一个牵着条亚伯丁小猎狗的年纪较大的绅士和一些无业游民也加入了这个人群,人越聚越多。小个子鲍利先生在奥尔巴尼饭店有一套房间,他心灵深处的生命之源已用蜡封住了,然而贫穷的妇人等着看王后过路的情景——可怜的女人们、听话的小孩们、孤儿、寡母、大战,啧啧——诸如此类的事可能将这蜡封不合时宜地、感伤地突然开启;他真的热泪盈眶了。一阵微风带着从未有过的暖意炫耀地吹拂着林荫路,吹过稀疏的树木,吹过青铜英雄雕像,也掀动了在鲍利先生的英国胸中飘扬着的国旗。于是在那辆轿车转弯驶入林荫路时他提起帽子,待车开近时又将帽子高高举起;他

---

① 玛丽公主(1897—1965),英国国王乔治五世的女儿,嫁给了第六代赫里伍德伯爵。

听凭宾里科来的穷苦母亲们挤到身旁,依然笔直地站着。那辆车开到眼前了。

突然,科茨太太抬头望望天空。一架飞机的轰鸣声传入人群耳中,似乎预示着不祥。它飞过来了,掠过树丛,尾部喷出一股白烟;那烟在翻卷扭动,实际上是在写着什么!是在天上写字母!大家都抬头望去。

那飞机突然向下飞,而后又垂直上升,画了一个圆圈,加速,下降,上升,无论它怎样飞,无论它飞向哪里,它的后面都飘散着一缕层次分明的浓浓的白烟。这白烟在空中翻卷盘绕,构成了字母。可到底是什么字母呢?是 AC 吗?一个 E,然后是个 L?它们只停留片刻就飘移淡化,从空中被抹掉了;飞机疾驰向前,又开始在另一块空间写下一个 K,一个 E,也许还有一个 Y?

"Glaxo。"科茨太太一面用一种紧张的、敬畏的声音拼读,一面凝望着天空;她那白色褪褓里的婴儿一动不动地躺在她的怀中,也凝望着天空。

"Kreemo。"布莱奇里太太小声拼读着,像个梦游症患者。鲍利先生凝视着天空,手一动不动地举着帽子。林荫路上所有的行人都站着仰望天空。就在他们仰望之时,整个世界变得寂静无声,只见一队鸥鸟从天上飞过,先是一只带头的,跟着又是一只;就在这异常的静寂与平和之中,在这灰白颜色之中,在这纯洁之中,时钟敲了十一响,它的声波渐渐消逝在天上的鸥群里。

那架飞机转过弯来,加速飞翔,随心所欲地俯冲,快捷,自由自在,像一个人在滑冰——

"那是个 E。"布莱奇里太太说——或者是个跳舞的人——

"那是 toffee(太妃糖)。"鲍利先生低声自语——

（那辆轿车驶进王宫大门，没有人去注意它）飞机关掉喷雾嘴，加快速度越飞越远，天上的烟雾逐渐稀薄，聚拢到几大片云朵周围。

飞机已经离去，隐没在云层后面。四周一片静寂。

挂着字母 E、G 或 L 的云朵自由自在地飘浮，好像注定要从西飘到东去完成一件永远秘不可宣的最重要的使命，然而它确实是在完成一件最重要的使命。突然间，在一列火车钻出隧道的同时，那架飞机又从云层里冲了出来，它的轰鸣声传进正在墨尔街、格林公园、皮卡德利广场、摄政街、摄政公园的所有人的耳中，它喷出的那缕白烟在机身后面旋转，那飞机冲下来，旋即上升，书写着一个又一个字母——可是它到底写的是什么呢？

柳克利西娅·沃伦·史密斯和丈夫并肩坐在摄政公园的宽路边的座位上，她抬起头来望着天上。

"塞普蒂莫斯，你看，你看啊！"她喊道。因为霍姆斯医生曾嘱咐她要设法使丈夫对自身以外的事情感兴趣（他本没有什么大病，只是精神不太好而已）。

这么说，塞普蒂莫斯一面仰望天空一面想，他们在向我发出信号。不过不是用普通的词语；也就是说，他还读不懂这种语言；但是这种美，这种精致的美是十分明显的；泪水模糊了他的眼睛，当他看到那些白烟形成的词语在空中逐渐消散融化，以无尽的慈爱和带笑的善意赐予他形状变幻的无法想象的美，并通过信号暗示要永远无偿地为他提供只需一看的美，更多的美！眼泪顺着他的面颊流了下来。

那是 toffee；他们在为太妃糖做广告，一个保姆告诉（柳克）利西娅。她们两人开始一起拼读 t—o—f—

"K—R—"那个保姆说。而塞普蒂莫斯则听见她对他耳语:"凯——来啦",深沉而柔和,像优美的风琴声,但这声音里又掺杂着一点类似蚱蜢叫的刺耳成分,它新奇地刺激着他的脊柱,并将声波传入他的大脑,这声波在他脑中回荡,然后戛然而止。这真是个绝妙的发现——人的声音在某种大气条件下(因为人必须讲究科学,科学最为重要)竟能使树木很快变活了!那些榆树忽升忽降,所有的叶片闪烁着光芒,颜色忽浅忽深,从蓝色直到波谷的绿色,像无数马头上的鬃毛,像无数女士帽子上的羽毛,它们是那么自豪的、那么壮丽的起起落落;利西娅兴奋地用一只手使劲按住丈夫的膝盖,使他不能动一动,否则那些榆树忽升忽降的激动人心的景象会使他发疯。但是他不会发疯。他会闭上眼睛,他不想再看下去。

然而它们在向他招手;树叶充满活力,树木充满活力。由于那些树叶通过千百万条纤维与座位上的他,与他自己的身体相连接,它们煽动着他的身体,使其随之上下起伏。当树枝伸展的时候,他也伸展肢体以示赞同。那些扑打着翅膀飞起来又落到锯齿形喷泉上的麻雀是整个景象的一个组成部分;白色与蓝色的背景,饰以由黑色树枝构成的条纹。各种声音由于事先的谋划形成了和声;声音的间歇与声音本身同样有意义。一个小孩哭了。从远处适时地响起号声。这一切加起来意味着一个新的宗教诞生了——

"塞普蒂莫斯!"利西娅喊道。他吓了一大跳。人们一定注意到了。

"我要散步到喷泉,然后再回来。"她说。

因为她再也忍受不下去了。霍姆斯医生也许会说没有什么大不了的事。她却恨不得丈夫现在就去死!她不能总坐在他身边看着他瞪眼出神而对她不屑一顾并把一切搅得乱七八糟;天空和树木,孩子们嬉戏着,拖着小车,吹着哨子,摔跤跌倒;这一切都很糟糕。他不愿意自杀;她也无法向任何人诉说。"塞普蒂莫斯工作太辛苦了"——这是她唯一能说的话,对她自己的母亲。爱恋使人孤独,她想。她无人诉说,就是对塞普蒂莫斯也什么都不能讲;她回过头去,看见丈夫仍然穿着破大衣坐在那个座位上,弓着腰,瞪着眼。虽然一个男人扬言自杀是怯懦的表现,可是塞普蒂莫斯也曾打过仗;他曾经很勇敢,可现在却判若两人了。利西娅戴上镶花边的假领子。她戴上新帽子,他却从不留意;她不在时,他反倒高兴。而他不在时,什么都不能使她快乐!什么都不能!他很自私。男人都自私。因为他没有病。霍姆斯医生说他没有什么大不了的事。她摊开一只手。看!她的结婚戒指松动了——她瘦多了。受苦的是她自己,但是她无人诉说。

意大利太遥远了,她远离了那些白色房屋和那姐妹们围坐着缝帽子的房间,远离了那些每天晚上十分拥挤的街道,人们在街上散步,哈哈大笑,不像这里的人那样半死不活,蜷缩在巴斯轮椅里盯着几朵插在花盆里的丑花!

"因为你应该去看看米兰市的那些花园。"她大声说道。可是说给谁听呢?

周围一个人都没有。她的话音转瞬即逝,犹如一枚火箭转瞬即逝。它射出的无数火花在照亮长空之后终于退让了,黑暗重又降临,泼洒在众多房屋和高塔的轮廓线上;荒凉的山坡变得模糊不清,最终陷入黑暗。然而尽管它们已经消逝,夜空仍将它们统统包容;它们被剥夺了颜色,从窗口消失了,但它们仍以更加沉重的形式存在着,揭示出坦诚的日光所未能显现的东西——聚集在黑暗中、蜷缩在黑暗中的万物那纷扰不定的状态,全然失去了晨曦带来的欣慰感（晨曦将无数墙壁刷成灰白，点染每一块窗玻璃，驱散田野上的薄雾，显现出安静吃草的红褐色母牛，那时世间的一切再次被装点得赏心悦目，又重新存在）。就我一个人；就我一个人！她在摄政公园的喷泉旁喊道（同时凝视着那个印度人和他的十字架），仿佛是在午夜，所有的疆界都消失了，这个国家又回到古代的状况，正如罗马人当时所见，他们登陆时，这个国家正处于朦胧之中，山脉无名，河流蜿蜒不知流向何方——她所感到的黑暗就是如此；突然间，一块暗礁好像骤然生了出来，她就站在暗礁上面，她诉说着几年前她是如何在米兰结婚成为他妻子的，并说作为妻子她永远永远不会告诉别人他疯了！暗礁旋转着坠落下去，她也随之跌落，跌落。因为塞普蒂莫斯已经离去，她想——离去，像他扬言的那样，自杀——扑向马车轮下！可是他并没有自杀，他就在那边，依然独自坐在椅子上，穿着破大衣，跷着腿，眼睛直勾勾的，在大声自言自语。

人不应该砍树。有一个上帝存在（他常把这类心得记在信封背面）。要改变这个世界。别再有人因仇恨而残杀。要让人们知道（他记了下来）。他在等待。他在倾听。一只栖息在对面栏杆上的麻雀叫着"塞普蒂莫斯，塞普蒂莫斯"，重复了四五遍，然后拉长调子继续尖声唱起希腊文，叙述世间如何没有罪恶；另一只麻雀也加入进来，它们一起用刺耳的长声唱着希腊文，从河那边死者经常出没的生命草场的树丛里，叙述着世间如何没有死亡。

这边是他的手；那边是死去的人。有些白乎乎的东西正聚拢到对过的栏杆后面。但是他不敢看。埃文斯就在栏杆后面！

"你在说什么呢？"利西娅突然问道，并在他身旁坐了下来。

又来打扰！她总是打扰。

躲开这些人——他们必须躲开这些游人，他说着（跳将起来），马上到那边去，那边的一棵树下有几把椅子；而且公园长长的坡地在那里向下倾斜，像一条绿带，上方高处罩着蓝色和粉红色烟雾幻化成的布顶篷；那边还有许多形状极不规则的房屋，构成了防御墙，在烟雾中显得朦胧，车辆在一条环形路上轰轰作响；在右面，许多黄褐色的野兽从动物园的围栏里伸出长长的脖子，大叫着，号叫着。他们两人坐到那边的一棵树下。

"你看啊。"她一面请求他，一面指着一伙扛着板球门柱的男孩子。其中的一个拖着脚走，不时立在脚后跟上旋转，然后继续拖着脚走，仿佛在音乐厅里扮演小丑。

"你看啊。"她又请求他，因为霍姆斯医生曾嘱咐她要让丈夫注意具体的事物，去音乐厅，去打板球——那是一项很好的户外运动，霍姆斯医生说，正适合她丈夫参加。

"你看啊。"她重复道。

无影无形的上苍在命令他看，这个声音在与他——塞普蒂莫斯——进行沟通，他最近曾出生入死过，是全人类最伟大的人，是前来复兴社会的上帝（他躺着，像一张床单，像一块只有太阳才能融化的雪毯，永不损耗，永远受苦），是替罪的羔羊，是永远蒙受苦难的人；但是塞普蒂莫斯不想看，他痛苦地呻吟着，挥了挥手把那永久的苦难、那永久的孤独从身边赶开。

"你看啊。"她又重复一遍，因为他不应该在外面大声自言自语。

"哎，你看啊。"她请求他。可是有什么好看的呢？几只绵羊，不过如此。

到摄政公园地铁车站怎么走——他们能不能告诉她去摄政

公园地铁站的路——梅济·约翰逊向他们打听。她两天以前刚从爱丁堡市来到这里。

"别从这边走——到那边去!"利西娅大喊,挥着手让她走开,生怕她看见塞普蒂莫斯。

这两个人看来都很怪,梅济·约翰逊想。这里的一切看来都很怪。她是第一次来伦敦,到她伯父在莱登霍尔街开的商店任职。在这个上午她步行穿过摄政公园时,椅子上的这对夫妇使她大吃一惊;那个年轻妇女像个外国人,那个男人看上去非常古怪;这个景象她到老也不会忘记,她会从记忆中搜寻出五十年前一个夏日的清晨她是如何穿行于摄政公园的。因为她只有十九岁,终于离家来到伦敦;现在多么奇怪啊,她刚才问过路的那对夫妇,那女人突然跳起来,摆了摆手,而那男人——他好像很怪僻;也许他们在吵嘴,也许他们要永远分离;她明白,他们之间肯定发生了什么事;现在所有这些人(因为她又走回宽路)、这些石盆、这些排列有序的花卉、这些老先生老太太、他们多是坐着巴斯轮椅的病残人——所有的人都显得那么古怪,与爱丁堡人不同。梅济·约翰逊加入到那些缓步行进、目光茫然、沐浴着微风的伙伴中去——几只松鼠蹲坐着在舔自己身上的毛,喷泉上的麻雀扑打着翅膀寻找面包渣,几只小狗在栏杆旁边戏耍打斗,和煦的微风吹拂着它们,给它们接受生活馈赠时的不以为然的凝视平添了几分古怪与和缓——梅济·约翰逊感到实在有必要大喊一声"哎呀!"(因为那个坐在椅子上的年轻男人刚才吓了她一跳。她知道一定是发生了什么事。)

可怕!可怕!她真想喊出来。(她已经离开了家人,他们曾警告过她会发生什么事情。)

她为什么不待在家里呢?她喊着,一面扭着栏杆上的铁帽。

那个姑娘还什么都不懂呢,登普斯特太太想(她把面包皮留起来喂松鼠,并常带午饭到摄政公园来吃);真的,在她看来,身体健壮些、举止放松些、期望值适中些似乎更好。帕西爱喝酒。是啊,有个儿子更好,登普斯特太太想。她自己经历过坎坷,因此情不自禁地向这样的女孩子微笑。你会结婚的,因为你很漂亮,登普斯特太太想。结婚吧,她想,到那时你就明白了。啊,那些厨师,还有别的人。每个男人都有自己的一套。可是假如我事先能知道的话,我还会做出这样的选择吗?登普斯特太太想;她不禁想对梅济·约翰逊说句悄悄话,想让自己皮肤松弛、布满皱纹的老脸感受一番怜悯的亲吻。因为生活一直很艰难,登普斯特太太想。她还有什么代价没付出呢?玫瑰花、身材,还有她的脚。(她把裙子下面那双肿胀的脚收了回去。)

玫瑰花,她轻蔑地想。全是些没用的东西,我亲爱的。因为说真的,由于吃喝、做爱,并随着好坏时光的流逝,生活已经不仅仅是玫瑰花了;还有,让我告诉你,卡丽·登普斯特并不想和肯梯斯镇的任何女人调换命运!但是她恳求怜悯。怜悯,为了那些失去的玫瑰。怜悯,这是她有求于梅济·约翰逊的,此时她正站在风信子花坛旁边。

啊,可是那飞机!登普斯特太太不是总想去国外看看吗?她有个外甥,是传教士。那飞机升腾起来冲向前方。她常在马盖特城海滨下海,而且从未远行到看不见陆地的程度,然而她却不能容忍怕水的女人。飞机一掠而过俯冲下来。她的心提到了嗓子眼。它又飞上去了。里面坐着一个满不错的小伙子,登普斯特太太敢打赌;飞机向远处飞去,速度很快,逐渐模糊,越来越远,它快速滑翔在格林尼治镇及所有的船舶桅杆上空,掠过一组孤零零的灰色教堂建筑——圣保罗大教堂及其他教堂,最后飞临从伦敦两侧向外延伸的片片农田和深棕色的树林,在树林里许多爱冒险的鸫鸟大胆地跳来跳去,它们眼睛一瞟,叼起蜗牛就往石头上磕,一下,两下,三下。

那架飞机越冲越远,最后只剩下一个闪亮的光点:一个志向、一个集点、一个人类灵魂的象征(在本特利先生看来似乎如此,他正在格林尼治兴致勃勃地滚压他家狭长的草坪);它象征着人类摆脱躯体、飞离房屋的决心,本特利先生一面想一面快速滚压那棵雪松的四周,而摆脱的方法是借助于思维、爱因斯坦、推测、数学、孟德尔的理论①——那架飞机冲向远方。

而后,一个衣衫褴褛、相貌平平的男人提着一个皮革书包站在圣保罗大教堂的台阶上,欲进又止,因为不知里面会有什么精神安慰,会受到多大的欢迎,也不知里面有多少飘着旗子的坟墓,那些旗子不是战胜军队的象征,而是战胜烦人的追求真理精神的象征,他想,为了追求真理,我现在连个职业都没有。更重要的是,教堂给你提供伙伴,他想,它邀请你加入一个社团,许多伟人都属于这一社团,许多先烈曾为它而献身,为什么不加入呢,他想,把自己那塞满传单的皮书包放到祭坛前,放到十字架前,十字架象征着一种高于寻觅求索和拼凑文字的东西,一种已成为纯精神的东西,像魂魄脱离了躯体——为什么不进去呢?他想,就在他犹豫不决的时候,那架飞机飞过了卢德加特圆形广场。

奇怪得很,到处是一片寂静。来往的车流上空听不到一点声音。飞机就像无人驾驶似的,自由自在地翱翔。现在机身尾部喷出一圈圈白色的烟雾,它们旋转着上升,上升,垂直上升,仿

---

① 孟德尔(1822—1884),奥地利遗传学家,孟德尔学派的创始人。

佛出于狂喜和十足的欢欣而升腾着,写下了一个T,一个O,一个F。

"他们在看什么呢?"克拉丽莎·达洛维对前来开门的女仆说。

这幢住宅的大厅犹如墓室一般凉爽。达洛维太太举起一只手伸向眼睛,她听见女仆露西关门时裙子沙沙作响,她感觉自己像个出世已久的修女,身上披着熟悉的薄纱,充满对古老宗教的虔诚。厨师在厨房里吹着口哨。她听见打字机的啪啪声。这就是她的生活,她在大厅的桌子前低下头,受这种神圣氛围的影响而弯下身子,感觉得到了祝福和净化。她拿起记录电话留言的拍纸簿时,自言自语道:这样的时刻多么像生命之树上的花蕾啊,它们是黑暗中的花朵,我想(似乎有一朵可爱的玫瑰花曾为她单独开放);她没有一时一刻相信过上帝;但是,她想,一面拿起拍纸簿,她在日常生活中更应做出回报,对仆人们,是啊,还对小狗和金丝雀,最重要的是对她的丈夫理查德,他是这一切——欢快的声音、绿色的灯光,甚至会吹口哨的厨师(因为沃克夫人是爱尔兰人,整天吹口哨)——的基础;你必须用这些秘密贮存的美妙瞬间去回报,她想着,一面拿起拍纸簿,此时露西正站在她身边想解释什么:

"太太,达洛维先生——"

克拉丽莎读着电话留言:"布鲁顿勋爵夫人想知道达洛维先生今天能否和她一起共进午餐。"

"太太,达洛维先生让我告诉你他要在外面吃午饭。"

"天啊!"克拉丽莎说,而露西则善解人意地也表示失望(可是感受不到那种痛苦);露西感觉到了她们两人之间的默契,理解这种暗示,思考着上流社会的人是如何对待爱情的,她以保持平静来改善自己的前途;她接过达洛维太太的阳伞,就像捧着一位女神从战场凯旋后卸下的一件神圣的武器,把它摆到伞架上。

"无须再怕。"克拉丽莎说。无须再怕骄阳酷暑;因为布鲁顿夫人邀请理查德而不邀请她这件事带来的震惊撼动了她站立着的这一瞬间,就像河床上的一棵植物因感觉到过往船桨的震动而颤抖:她就是这样摇摆着,颤抖着。

米莉森特·布鲁顿(据说她的午餐会总是别有情趣)竟然不邀请她。一般庸俗的嫉妒是不能把她和理查德分开的。但是她惧怕时间本身,她从布鲁顿夫人的脸上(仿佛这脸是用毫无知觉的石头雕刻的日晷)看到生命在日渐减少;看到年复一年自己的生命份额如何被逐渐削减,那剩余的部分是如何几乎无法扩展,几乎不能再像年轻时那样吸收人生的颜色、盐分和音调。年轻时她曾吸收过这一切,因而当她进屋时便能充满整个房间;当她站在自家客厅门口犹豫不决的那一刹那,她常感到一种美妙的挂虑,犹如那种使跳水员在跳入海中之前迟疑片刻的挂虑,此时他脚下的大海时而幽暗时而光亮,那颇有拍岸之势但实际上只轻柔地划开海面的波浪向前滚动,掩盖了海藻,又在翻转之时给海藻蒙上一层银白色的珍珠。

她把拍纸簿放回到大厅的桌子上。她开始慢慢上楼,一只手拉着楼梯的扶手,仿佛刚刚离开一个聚会,在那里一会儿这个朋友,一会儿那个朋友回忆起她过去的面容和声音;仿佛她已关上房门来到外面独自站立,孤零零的,背景是可怕的夜空,或者确切地说,背景是这个平平常常的六月早晨投注的一派晨光。这个早晨对某些人来说是柔和的,闪烁着玫瑰花瓣的光彩,她知道,也感受到了,当她在半楼梯敞开的窗旁停下来的时候;从这窗口传来窗帘掀动的噼啪声、狗群的吠叫声,还传来白昼的研磨声、敲击声和充满活力的声音,她想着,觉得自己突然萎缩,变老,胸部也变平坦了,仿佛她已飘到门外、窗外,飘离了自己的躯体和大脑;她的大脑已经不中用了,因为布鲁顿夫人(据说她的午餐会总是别有情趣)没有邀请她。

像个修女回屋歇息,或像个孩子探索塔楼,她向楼上走去,在半楼梯的窗旁停留片刻,然后走进盥洗室。那里铺着绿色地毯。有一个水龙头漏水。在生活的中心有一处空白,一间阁楼。妇女们必须脱下她们华贵的服装。中午时分她们必须脱掉礼服。她摘下别针插在针垫上,把饰有羽毛的黄帽子放到床上。床单很干净,用一条宽带紧紧地绷在床上。她的床会越来越窄。蜡烛燃掉了一半,她曾彻夜阅读马尔博男爵①的《回忆录》。她曾在深夜里阅读从莫斯科撤退那一章。由于下议院开会总是开到很晚,理查德在她得病以后坚持让她睡觉不受干扰。说实在的,她宁愿读关于莫斯科撤退的书。他了解这一点。于是她的房间被安排在阁楼上,床很窄;她躺在那里看书的时候(因为她常常失眠)总排除不掉从生孩子时起保留下来的那种贞洁感,它像床单一样紧裹着她。她在做姑娘时就很可爱,但突然出现了一个瞬间——例如在克利夫登镇的树林下面的小河上——当时由于这种冷漠的精神起了作用,她未能使他满足。后来在君士坦丁堡又是如此,以后这种情况一而再、再而三地发生。她明白自己缺少什么。不是美貌,也不是智慧。而是一种从中心向四周渗透的东西,一种温暖的东西,它冲破表层并在男女之间或女人之间的冰冷接触中掀起微波。因为她能够朦胧地感觉到**那**

---

① 马尔博男爵(1782—1854),法国将军,拿破仑时代回忆录的作者。

种东西。她讨厌它,对它有一种老天爷才知道是从哪里学来的顾忌,或者像她感觉的那样,来源于大自然(大自然总是明智的);然而她有时却不由自主地屈服于妇人的而不是姑娘的魅力,屈服于妇人在坦言自己的争吵和蠢事时表现出的魅力,要知道她们经常对她倾诉衷肠。不知是出于怜悯,还是由于她们的美貌,还是因为她的年龄比她们大,或是出于某种巧合——例如一种淡淡的香气,或邻家的小提琴声(在某些时刻声音的威力是那么奇特),她这时会毫无疑问地产生与男人同样的感受。不过那只是一瞬间,但已足够了。那是一种顿悟,有几分像一个人脸上的羞红,你力图掩饰它,但当它扩散时,只好由它去扩散,你跑到最远的角落,在那里发抖,觉得整个世界向你逼来,充满了某种令人惊讶的意义、某种狂喜的压力,这种意义和压力迸裂世界那层薄薄的表皮喷涌而出,以一种格外的轻松流过龟裂处和红肿处。然后,在那一瞬间,她看到了一束光;一根火柴在一棵番红花上燃烧;一种内在的意义几乎表达了出来。然而逼近的退却了,坚硬的变软了。这一瞬间消失了。这样的瞬间(和女人们在一起也有同样的感觉)与她的床、马尔博男爵的书以及燃掉一半的蜡烛形成了鲜明的对照(她放下帽子)。她躺在床上睡不着觉,地板在咯吱作响;灯火通明的房子突然转暗,如果她抬起头会正好听见咔嚓一响,那是理查德在尽可能轻地放松门把手;他穿着短袜悄悄溜上楼来,然后,像经常发生的那样,扔掉暖水袋大骂起来!她笑得多么开心啊!

可是这个爱情问题(她一面想着,一面收拾起上衣),这个与女人恋爱的问题。以萨莉·西顿为例,她与萨莉·西顿旧日的关系。不管怎么说,那难道不是恋爱吗?

坐在地板上——这是她对萨莉的第一个印象——萨莉坐在

地板上,抱着双膝,抽着烟卷。是在哪儿呢?在曼宁家?在金洛克-琼斯家?反正是在一次聚会上(具体地点她说不准),因为她清楚地记得曾问过和她在一起的那个男人:"**那女人是谁?**"他告诉了她,并说萨莉的父母关系不好(她是多么震惊啊——一个人的父母竟然吵架!)。但是一整个晚上她的目光都离不开萨莉。那是一种她最羡慕的非凡的美,肤色稍深,一双大眼睛,还有她自己不具备因而总是很嫉妒的品质——一种随心所欲,好像萨莉想说什么就说什么,想做什么就做什么;是一种外国人普遍具有而英国女人不常有的品质。萨莉总说她有法国血统,她的一位祖先曾服侍过玛丽·安托瓦妮特①,后来被砍了头,只留下一枚红宝石戒指。大概就在那个夏天萨莉来到伯尔顿小住,一天晚上正餐过后她出人意料地走了进来,口袋里没有一分钱,她的到来使可怜的海伦娜姑妈如此心烦意乱,她一直没有原谅她。萨莉家里曾吵得不可开交。那天晚上她来的时候确实一文不名——她典当了一枚胸针作为来程的路费。她是在情急之下跑出来的。克拉丽莎和萨莉坐了一夜,倾心长谈。是萨莉使她头一次感到她在伯尔顿的生活有多么封闭。她对性爱一点儿都不懂,对于社会问题也一无所知。她有一次曾见过一位老人在田野中倒地猝死——她还见过几头刚刚生完小牛的母牛。但是海伦娜姑妈从来不喜欢讨论任何事情(萨莉给她威廉·莫里斯②的书时,不得不裹上牛皮纸)。她们在顶楼她的卧室里坐了一个小时又一个小时,谈论生活,谈论她们将如何改造这个世界。她们想成立一个剥夺私有财产的协会,甚至写好了

---

① 玛丽·安托瓦妮特(1755—1793),法国王后,路易十六之妻,1793 年 1 月被法国革命政府判处死刑。
② 威廉·莫里斯(1834—1896),英国作家,美术家,有社会主义倾向。

一封信,只不过没有寄出。这些想法当然出自萨莉——但是她自己很快就跟萨莉一样激动起来——早餐前在床上读柏拉图①的书,读莫里斯的书,还按钟点读雪莱②的作品。

萨莉的魅力是惊人的,还有她的天才,她的性格。比如,她摆鲜花的方法。在伯尔顿,人们总是把许多呆板的小花瓶放在桌上排成一行。萨莉自己出去,采集了蜀葵花、天竺牡丹——各式各样的从来没人见过放在一起的鲜花——然后剪下花朵,放进碗里,让它们漂浮在水面上。这样一摆,效果特别好,特别是夕阳西下时分你进来吃饭的时候(当然海伦娜姑妈认为这样摆弄鲜花有些邪恶)。还有一次萨莉忘记拿擦澡用的海绵,于是她赤身裸体跑过走廊。那个严厉的老女仆埃伦·阿特金斯走过来走过去嘟囔着:"要是让一个男士看见了呢?"是啊,萨莉确实让人震惊。爸爸说她衣冠不整。

回想起来,最奇怪的是她对萨莉的感情竟是那么纯洁,那么完美。它跟对一个男人的感情不同。它是彻底无私的,此外,还有一个特点,它只存在于女性之间,存在于刚成年的女性之间。从她自己的角度来看,它是保护性的;它出自一种盟友的感觉,一种有什么东西注定要把她们分开的预感(她们常说婚姻是灾难),这种感觉导致了这种豪侠气概,这种保护性的感情在她身上比在萨莉身上体现得更明显。因为在那些日子里萨莉完全不顾忌后果,为了表现自己勇敢而做了许多蠢事,在台地上骑着自行车围着矮栏杆兜圈子,抽雪茄烟。萨莉很荒唐,非常荒唐。但是那种魅力是无法抗拒的,至少对她来说是如此,所以她还能记

---

① 柏拉图(约公元前428—前348),古希腊三大哲学家之一。和苏格拉底、亚里士多德共同奠定西方文化的哲学基础。
② 雪莱(1792—1822),英国诗人、哲学家、改革家和散文作家。

得自己曾站在顶楼的卧室里抱着暖水袋大声说:"她就在这个屋檐下面……她就在这个屋檐下面!"

现在不同了,这些话对她已毫无意义。她连过去那种感情的影子都找不到了。但是她还能记得当时曾激动得浑身发冷,曾狂喜地卷着头发(昔日的感情现在又开始回到她的心里,在她拿出发卡放在梳妆台上开始卷发的时候),当时有几只乌鸦在傍晚粉红色的余晖中炫耀地飞上飞下,她穿好衣服,走下楼去,在穿过大厅时感觉:"如果现在就死去,现在就是最幸福。"①那就是他的感觉——奥赛罗的感觉,她相信自己感受到了幸福,正如莎士比亚让奥赛罗感受到的那样强烈,这都是因为她披着白色罩袍下楼到饭桌边与萨莉·西顿相会!

萨莉当时穿着粉红色薄纱裙——这可能吗?无论如何,她**好像**十分轻盈,光彩照人,像一只飞进来的小鸟或一只气球,粘在一棵黑莓灌木上但仅停留了一瞬间。然而一个人恋爱的时候(这不是恋爱是什么?),最奇怪的莫过于其他人对此竟漠然视之。海伦娜姑妈吃过饭就走开了;爸爸在读报。彼得·沃尔什有可能在场,还有年老的卡明斯女士;约瑟夫·布赖特科普夫肯定在场,因为他每年夏天都来这里,可怜的老人,一住就是好几个星期,他装作来陪她读德语,实际上是来弹钢琴,还唱勃拉姆斯②的歌曲,尽管嗓子很糟糕。

这一切不过是衬托萨莉的背景而已。她站在壁炉旁边谈天,优美的声音使她的每句话都像一个吻,爸爸觉得似乎如此,他已开始受到她的吸引,违背了自己的意志(他曾借给过她一

---

① 见莎士比亚的《奥赛罗》第二幕第一场,表达了奥赛罗对恋人苔丝狄蒙娜的深切爱情。
② 勃拉姆斯(1833—1897),德国钢琴家、作曲家。

本书,后来发现书被扔在台地上浸湿了,因此一直耿耿于怀);突然间萨莉说:"总坐在屋里多遗憾呀!"于是大家都走出屋到台地上散步。彼得·沃尔什和约瑟夫·布赖特科普夫继续谈着瓦格纳。她和萨莉稍微落后一点儿。然后当她们走过一个栽满鲜花的石盆时,她经历了一生中最最美好的时刻。萨莉停下来,摘了一朵花,吻了一下她的嘴唇。整个世界似乎天翻地覆了!其他的人都消失了,只有她和萨莉单独在一起。她觉得好像自己先前得到了一件礼品,是用纸包装好的,并被告知要保存好,不要看——一块钻石,一个无价之宝,包得严严实实的,而在她们散步的时候(她们来回来去走着),她才打开包看见了它,或许是它的光芒透过包装直射出来,它就是神的启示,就是这种宗教般的感情!——突然间,老约瑟夫和彼得面对着她们:

"在占星吗?"彼得问。

这就像黑暗中一个人的脸撞到花岗岩墙壁上!太令人震惊了,太可怕了!

她倒不是为了自己。她只是觉得萨莉已经受到伤害,受到虐待;她感觉出了彼得的敌意、他的嫉妒之心、他破坏她们友谊的决心。这一切她都看出来了,正如一个人在闪电的瞬间看见一片风景——而萨莉(她从来没有如此爱慕过她!)依然我行我素,毫不服输。她哈哈大笑。她让老约瑟夫告诉她天上星座的名称,那是约瑟夫正经喜欢干的事。她站在那里,她在倾听。她听见了那些星座的名称。

"啊,这种恐怖感!"克拉丽莎自语道,仿佛她一直知道会有什么东西来干扰她瞬间的幸福,使她痛苦。

然而后来她是多么感谢彼得·沃尔什啊。每当她想起彼得,不知怎的总会想起他们的争吵——也许是因为她太急于得到他的好评。她感谢他使用了两个词:"感伤的"和"有教养的";她以这两个词开始每一天的生活,仿佛有他在保护自己。一本书是感伤的;一种生活态度是感伤的。由于她是"感伤的",她也许注定要回忆起过去。他回来之后会怎么想呢?她真想知道。

他会认为她已经老了吗?他回来以后会说她老吗?也许她会看出他在这样想。这是事实。自从生病以来她变得差不多苍白了。

她把胸针放在桌上,突然感觉一阵紧张,仿佛就在她冥想之际那些冰冷的爪子已趁机牢牢地抓住了她。她还不老呢。她刚刚进入五十二岁。还有许许多多的岁月没有度过。六月、七月、八月!每个月还几乎是完整的;克拉丽莎(现在穿过房间走向梳妆台)似乎想接住流逝的点滴时间,她投身于这个六月早晨的瞬间——这个汇集着所有其他早晨的压力的瞬间——的中心,把它凝固在那里,她用一种崭新的眼光审视着镜子、梳妆台和所有的小瓶子,把自己的全身定格在一点(在她照镜子的时候),她看见了一张粉红色的细嫩的脸,它属于当天要举办晚会的那个女人,属于克拉丽莎·达洛维,属于她自己。

她观察自己的脸已经有几百万次了,而且每次脸部的肌肉总是紧缩,但不易为人察觉!她照镜子时总要噘起嘴唇。那是为了使自己的脸有一个突出点。那就是她的自我——尖尖的,像个飞镖,十分清晰。那就是她的自我,当某种努力、某种对她的自我的召唤将她脸上的各个部分紧缩在一起的时候,只有她自己才知道这与平时有多么不同,有多么不谐调,而她这样做只是为了使世界进入一个中心,一块钻石,一个坐在自家客厅里成为聚会焦点的女人,一个在某些人的暗淡生命中无疑是璀璨的光点,也许还是孤独的人们寻求的一个庇护所;她曾经帮助过年轻人,他们感激她;她尽力做到表现一贯,丝毫不暴露自己的其他方面,如过错、嫉妒、虚荣、疑心等,例如布鲁顿夫人不请她吃饭这件事;那是十分卑鄙的!她想(一面最后梳理一下头发)。咦,她的衣裙在哪儿呢?

她的晚礼服都挂在衣橱里。克拉丽莎把手伸进柔软的衣服当中,轻轻地取出那件绿色衣裙,把它拿到窗前。这件衣服她曾弄撕过。有人曾踩过裙边。她在大使馆的晚会上曾感到裙腰的褶子撕裂了。这绿色料子通常在灯光下会闪闪发光,但此时在阳光下却黯然失色。她要自己补这裙子。她的女仆们要做的事情实在太多了。她今天晚上就要穿这件晚礼服。她要把她的丝绸、她的剪刀、她的——还有什么来着?——当然还有她的顶针,都拿到楼下客厅里去,因为她还要写信,还要确保一切准备工作基本就绪。

真奇怪,她一面想一面在半楼梯的驻脚台上停下来,同时思忖着那钻石形状、那孤独的人,真奇怪,一个女主人是多么了解这一时刻,多么了解全家人的情绪!模糊不清的声音从楼梯的井孔旋转直上:墩布拖地的窸窣声、轻拍声,敲击声,前门开启时的一声巨响,地下室里传达吩咐的说话声;银餐具和托盘碰撞的叮当声;洁净的银器是为晚会准备的。一切全是为了晚会。

(这时露西端着托盘走进客厅,她把几个极大的烛台放到壁炉架上,把小银箱放在中央,再把水晶海豚转向座钟。他们会来的;他们会站在这里;他们会用那种她能模仿的矫揉造作的语气说话,女士们和先生们。在所有的人当中,她的女主人是最可爱的——拥有银器、亚麻制品和瓷器的女主人,因为那阳光、那些银器、那些摘下的门扇、那些朗波尔迈耶店里来的工人都使她有一种成就感,此时她把裁纸小刀放在嵌花桌子上。看啊!看啊!她在面包店里和几个老朋友谈话时说,在店里她头一次透过窗玻璃看见卡特勒姆教堂的礼拜仪式。她就是安杰拉夫人,陪伴着玛丽公主,这时达洛维太太突然走了进来。)

"哎,露西,"她说,"这些银餐具真好看!"

"还有,"她说,一面转动那个水晶海豚使它直立,"你们喜欢昨晚的话剧吗?""唉,他们没看完就得走了!"她说。"他们十点以前必须回来!"她说。"所以他们不知道后面的剧情。"她说。"那真是不幸。"她说(因为平时她的仆人们常看到很晚,如果他们跟她说一声的话)。"那真是遗憾,"她一面说,一面拿起沙发中央那个光秃秃的旧靠垫塞到露西的怀里,并轻轻推了她一下,大声说,"把它拿开!给沃克太太送去,替我谢谢她!拿走!"她喊道。

露西抱着靠垫在客厅门旁停了下来,脸有些红,非常羞涩地问,能不能让她帮着补衣裙?

可是,达洛维太太说,露西手头的事已经很多了,足够她干的,就不用管这事儿了。

"但还是谢谢你。露西,啊,谢谢你。"达洛维太太说,谢谢你,谢谢你,她继续说(同时坐在沙发上,把那件衣裙放在膝头,还有剪刀、丝绸),谢谢你,谢谢你,她继续说着,笼统地感谢所有的仆人帮助她成为现在这个样子,成为她自己理想的样子,温柔,宽大为怀。她的仆人们喜欢她。再回到她的这件衣裙——撕破的地方在哪里?现在该往针上穿线啦。这是她最喜欢的一件衣服,是萨丽·帕克做的许许多多衣服中的一件,天呀,差不多是最后的一件,因为萨丽现已退休,住在伊令区,如果我有一点点时间,克拉丽莎想(可是她不会再有一点点时间了),我会去伊令看望她。因为她是一个有个性的人,克拉丽莎想,是个真正的艺术家。她常想些稀奇古怪的小事,然而她做的那些衣裙却从来不怪。你可以穿着它们去哈特菲尔德侯爵府,去白金汉宫。她确实穿着它们去过哈特菲尔德侯爵府,去过白金汉宫。

　　宁静降临到她的身上,平静,安详,此时她手里的针顺利地穿入丝绸,轻柔地停顿一下,然后将那些绿色的褶子聚敛在一起,轻轻地缝到裙腰上。于是在一个夏日里海浪聚拢起来,失去平衡,然后跌落;聚拢又跌落;整个世界似乎越来越阴沉地说:"完结了。"直到躺在海滩上晒太阳的躯体里的心脏也说"完结了"。无需再怕,那颗心脏。无需再怕,那颗心脏说,同时将自己的重负交给某个大海,那大海为所有人的忧伤发出哀叹,然后更新,开始,聚拢,任意跌落。那个躯体则孤零零地倾听着过往蜜蜂的嗡嗡声;海浪在拍打;小狗在吠叫,在很远的地方吠叫,吠叫。

　　"天啊,前门铃响了!"克拉丽莎大喊,停下了手中的针线。她精神起来,注意倾听着。

　　"达洛维太太会见我的。"一个年纪不轻的男人在大厅里说。"啊,是啊,她会见我的。"他重复道,同时和善地把露西推到一边,以从未有过的快速跑上楼梯。"是啊,是啊,是啊,"他一面上楼一面喃喃地说,"她会见我的。在印度待了五年之后,克拉丽莎会见我的。"

　　"有谁能——有什么能。"达洛维太太问道(她想,在她要举办晚会这天的上午十一点被人打扰实在可气),她听见了楼梯上的脚步声。她听见手拍门的声音。她试图把衣裙藏起来,犹如一个处女保护自己的贞操,因为她尊重自己的隐私权。现在铜门把动了。现在门打开了,进来的是——刹那间她竟想不起他叫什么名字!她见到他是那么惊奇,那么高兴,那么羞涩,那么震惊,彼得·沃尔什竟然在这个上午出乎意料地来看望她!(她没读到他的信。)

"你好。"彼得·沃尔什说,无疑是在颤抖,他握住她的双手,亲吻她的双手。她老多了,他想,同时坐了下来。我不会对她这样讲的,因为她确实老多了。她正在看着我,他想,此时一种窘迫感突然向他袭来,尽管他刚刚吻过她的手。他的一只手伸进口袋,掏出一把大折刀,打开了一半。

他和以前一模一样,克拉丽莎想,还是那种古怪的目光,还是那件格子西装;他的脸有些不像往日那么严肃,瘦了一些,也许更带些嘲讽的表情,但是他的身体看来非常健康,和以前一个样。

"见到你太高兴了!"克拉丽莎喊道。他又把折刀拿出来了。那就是他的做派,她想。

他昨天晚上刚进城,他说;他必须马上到乡下去;情况怎么样?大家——理查德,伊丽莎白——都好吗?

"这都是干什么用的?"他问,一面拿折刀斜着指向她的绿衣裙。

他穿得十分讲究,克拉丽莎想,可他还总批评**我**。

她在这里补衣服,像往常一样补衣服,他想;我去印度的这些年里她一直坐在这里,缝补衣裙,到处玩耍,参加各种晚会,跑到下议院去然后再回来,等等,他想,越想越生气,越想越激动,因为对某些女人来说世界上没有什么比婚姻再坏了,他想,还有政治,还有嫁给一个保守党的丈夫,比如令人钦佩的理查德。确实是这样,确实是这样,他想,一面啪的一声合上折刀。

"理查德身体很好。理查德正在一个委员会开会。"克拉丽莎回答。

她打开剪刀,并且问他是否介意她补裙子,因为他们当天晚上要举行晚会。

"我不打算请你参加。"她说。"我亲爱的彼得!"她说。

然而他感觉亲切,听见她如此称呼自己——我亲爱的彼得!是啊,一切都是那么亲切——那些银餐具、那些椅子,所有的东西都是那么亲切。

她为什么不请他参加晚会呢?他问。

克拉丽莎想,他现在显然是迷人的!绝对迷人!现在我还记得当初下决心不嫁给他是多么困难,就在那个可怕的夏天,我为什么要下这个决心呢?她真想不明白。

"可是你今天早上来这里实在太不寻常了!"她大声说,同时把自己的双手重叠在一起,放到衣裙上。

"你还记得吗,"她说,"在伯尔顿村的时候,那些窗帘是怎么啪啪响的?"

"是啊。"他说;他还记得曾单独陪克拉丽莎的父亲吃早餐,非常局促不安;那老人已经去世,而他也没有给克拉丽莎写信;不过他一向跟老帕里合不来,那个牢骚满腹、毫无主见的老头儿,克拉丽莎的父亲贾斯廷·帕里。

"我常希望我那时和你的父亲相处得好一点。"他说。

"但是他从来没喜欢过任何一个——我们的朋友。"克拉丽莎说。她本来可以控制自己不说这话,因为这等于提醒彼得他曾想和她结婚。

是啊,我是想过和她结婚,彼得想;那件事还差点儿让我心碎,他想;他全身心沉浸在自己的痛苦当中,这痛苦在上升,有如从台地上看到的月亮,在白昼余光的映照下美丽得吓人。自那以后我还从来没有那么忧伤过,他想。他觉得自己仿佛真的坐在那个台地上,于是向克拉丽莎挪近一点儿,伸出一只手,抬起来,又放下。那轮明月就挂在他们的上方。她也仿佛和他一起坐在台地上,沐浴着月光。

"那房子归赫伯特了。"她说。"我现在不去了。"她说。

而后,正如在月光照耀在台地上时经常发生的那样,一个人因已经厌烦而开始感到惭愧,可由于对方只是无言地坐着,非常安静,悲哀地望着月亮,因此,他不想说话,只是挪挪脚,清清嗓子,看看桌子腿上的卷轴形铁饰物,动动桌子的活边,但一言不发——这就是彼得·沃尔什现在的心境。因为何必要这样回顾过去呢?他想。为什么要让他又想起往事呢?在她已经那么残酷地折磨过他之后,为什么还要让他受苦呢?为什么?

"你还记得那个湖吗?"她说,声音很突兀,出于一种感情的压力,这种感情攫取了她的心,使她喉部肌肉发紧,使她在说"湖"字时嘴唇痉挛。因为她既是个孩子,站在父母中间,向鸭群扔着面包,同时又是个成年女人,向站在湖边的父母走去,怀抱着自己的生命,在她接近父母时它越变越大,最后变成了整个生命,完好的生命,她把它放在父母身边说:"这就是我的成果!这就是!"可她的生命有什么成果呢?究竟是什么呢?这个上午和彼得坐在一起缝衣服。

她看着彼得·沃尔什;她的目光掠过那段时光和那种情感,犹豫不决地落到他的身上,满含泪花停留在他的身上,然后向上,扑棱着离开了,犹如一只鸟儿擦过树枝后扑打着翅膀飞走了。她很自然地擦了擦眼睛。

"记得。"彼得说,"记得,记得,记得。"他说,仿佛她把什么东西提到表面,而这个东西在上升时肯定伤害了他。停下!停下！他想喊。因为他的年纪还不老,他的生命还没有完结,绝对没有。他刚五十岁出头。他想,我是告诉她,还是不告诉她呢？他愿意坦言一切。但是她太冷淡了,他想,只顾缝衣服,用剪刀。黛西和克拉丽莎在一起会显得非常平庸。那么克拉丽莎就会认为我是个失败者,他想,从他们的意义上来讲,从达洛维夫妇的意义上来讲,我确实是失败者。啊,是啊,他对此确信无疑;他是失败者,与这里的一切——嵌花桌子、文具架上的裁纸刀、水晶海豚和烛台、椅子罩和古老珍贵的英国淡彩画——与这些相比,他确实是失败者！我讨厌整个恋爱事件中的那种自以为了不起的态度,他想,我讨厌的是理查德的所作所为,而不是克拉丽莎的,但她嫁给他这件事除外。(这时露西走进屋来,捧着银餐具,更多的银餐具,但是她看上去很妩媚、苗条、优雅,在她俯下身来放这些东西时他想。)这些年来这一切仍在继续！他想;一个星期又一个星期,克拉丽莎就这样生活;与此同时我——他想;顿时仿佛一切都从他身上向四面八方射出光芒:旅行、骑马、争吵、历险、桥牌聚会、恋爱、工作、工作、工作！他当面拿出他的折刀,并攥在手心里——克拉丽莎敢说这三十年来他一直带着这把有牛角柄的旧折刀。

多么特别的习惯呀,克拉丽莎想;总是玩小刀。总是让人感觉他太轻浮,内心空虚;他不过是个愚蠢的、喋喋不休的人,和过去一样。但我也和过去一样,她想,一面拿起针,一面发出召唤,就像一个在卫兵们熟睡的情况下无人保护的女王(她被他的来访所震惊,感到十分沮丧),因此任何人都能漫步来到弯曲的黑莓枝下她躺着的地方看看她;她在召唤她所做过的事情、她喜欢的事情、她的丈夫、伊丽莎白、她的自我(彼得现在已不了解她的自我了)来帮助她;简而言之,她把一切都召唤到她身边来打退敌人。

"那么,你这些年都干了些什么呢?"她问。就这样,在战斗开始之前,战马踢着地,摇着头,光线照射着它们的肋腹,它们的脖子弯曲着。就这样,彼得·沃尔什和克拉丽莎并肩坐在蓝色的沙发上,争论起来。他的力量在胸中涌动翻滚。他从许多不同的方面把各种各样的事情集中到一起:他所受到的称赞、他在牛津大学的经历、他的婚姻(对此她还一点儿都不了解),还有他如何恋爱等,向她倾诉这一切,回答了她的问题。

"无数的事情!"他感慨地说。此时聚集在他胸中的各种力量正在朝各个方向涌动,使他感觉被腾空推到无缘谋面的人们的肩膀上,既感到恐惧又极其振奋,在这些力量的促使下,他将双手举向额头。

克拉丽莎腰板挺直地坐着,吸了一口气。

"我在恋爱。"他说,但不是对她,而是对某一个人,这个人在黑暗中被安放在高处,因而你摸不着,但你必须在黑暗中把你的花环摆在草地上。

"恋爱,"他重复道,现在用一种略带嘲讽的口气对克拉丽莎说,"爱上了一个印度的姑娘。"他已经摆好了他的花环。克拉丽莎爱怎么理解就怎么理解吧。

"恋爱!"她说。他在这种年龄竟戴着小领结被那魔鬼拖下水去!他的脖子上已没有了肌肉,他的双手发红,而且他比我才大六个月!她的目光一闪转向自己;但是在内心里她感觉他还是老样子,他总是在恋爱。他总有爱情,他总是恋爱,她感到了这一点。

但是那不可战胜的自负感永远能击败反对它的大军,犹如那总是说流啊流啊流啊的大河,即便它承认我们可能根本就没有什么目标,它还是流啊流啊;这种不可战胜的自负感突然给她的面颊带来红晕,使她显得十分年轻,皮肤白里透红,眼睛分外明亮,此时她坐在那里,衣裙放在膝头,针已缝到绿色丝绸的尽头,她在微微颤抖。他在恋爱!不是和她。当然是和一个年轻些的女人。

"那么她是谁呢?"她问。

现在必须把这座雕像从高处取下,放到他们两人中间。

"非常遗憾,是个结了婚的女人,"他说,"一个印度陆军少校的妻子。"

他微微一笑,带有几分不寻常的讥讽和愉悦,因为他竟以如此可笑的方式把她放到了克拉丽莎面前。

(还是老样子,他总是在恋爱,克拉丽莎想。)

他继续非常理智地说:"她有两个小孩子,一个男孩,一个女孩;我这次回来是找我的律师们办离婚手续的。"

他们的情况就是如此!他想。你愿意怎样对待他们都行,克拉丽莎!他们的情况就是如此!对他来说,那位印度陆军少校的妻子(他的黛西)和她的两个孩子似乎每一秒钟都变得更加可爱,因为克拉丽莎在看着他们;仿佛他照亮了盘子里的灰色小丸,于是一棵可爱的树立时长了出来,沐浴着凉爽的带咸味的海风,这海风就是他们两人之间的亲密关系(因为从某种意义上讲,还没有一个人像克拉丽莎那样了解他,与他感情相通)——他们之间美好的亲密关系。

那个女人奉承他,愚弄他,克拉丽莎想,用小刀三划两划画出那个女人即那个印度陆军少校的妻子的轮廓。简直是浪费!简直是愚蠢!彼得一生中总是这样被人愚弄,先是从牛津被开除,然后是娶了他在去印度的船上遇到的姑娘为妻;现在又来了个少校的妻子——感谢老天爷她当初拒绝了他的求婚！尽管如此,他还是恋爱了,她的老朋友、她亲爱的彼得在恋爱。

"那你打算怎么办呢?"她问他。哦,林肯律师协会的胡珀-格雷特利事务所的律师们和诉讼代理人们,他们准备受理此事,他说。他真的在用折刀削指甲。

看在老天爷的分上,放下你的小刀吧！她以一种不可压抑的愠怒对自己喊;这是他不遵从社会习俗的愚蠢表现,是他的弱点,还有他丝毫不懂对别人的感情,这些都使她恼火,一直使她恼火;现在他年纪已经不小了,多愚蠢啊！

这些我都知道,彼得想;我知道我对抗的是什么,他一面想一面用手指摸着折刀的刀刃,是克拉丽莎和达洛维以及所有他们这样的人;但是我要向克拉丽莎显示——然后令他十分吃惊的是,他突然受到那些被抛到空中的无法控制的力量的袭击,顿时眼泪夺眶而出,大哭起来,一点儿也不觉得羞耻地大哭起来,他坐在沙发上,任凭泪水顺着面颊往下流。

克拉丽莎这时已经探出身去,拉住他的手,把他拉到身边,吻吻他的手——实际上她已经感觉他的脸接触到了自己的脸,但她还是将在她胸中舞动着的那些银光闪闪的羽毛(就像热带狂风中的蒲苇)压了下去;随着羽毛的退却,她只是握住他的手,拍拍他的膝,然后重新坐回去,她感到和他在一起异乎寻常地安逸和愉快。刹那间她产生了一个念头,如果我当初嫁给了他,我就能整天享受这种欢欣了！

对她来说一切都结束了。床单绷得很平,床很狭窄。她已独自上了顶楼,听任别人在阳光下采摘浆果。门已经关上了,在那里透过剥落墙皮的尘埃和鸟巢掉下的杂屑可以望得多么远啊,传来的各种声音极不清晰且令人悚然(有一次在莱斯山上,她还记得);她喊道,理查德啊,理查德!犹如一个熟睡的人夜间惊醒后在黑暗里伸出手求救。他在和布鲁顿夫人共进午餐,她又想起了这件事。他已经离开了我,我将永远孤独,她想着,把双手搭在膝头。

彼得·沃尔什已经站起身来穿过房间走到窗前,背向她站着,快速地挥动着一条颜色鲜丽的方巾。他那对瘦瘦的肩胛骨把上衣稍稍支起,他看上去干练、冷静、孤独,他用力地擤着鼻涕。你带我走吧,克拉丽莎冲动地想,仿佛他马上要从这里出发去开始重要的航行;过了一瞬间,又仿佛一出十分激动感人的五幕话剧刚刚结束,而她已在剧中生活了一辈子,曾经私奔过并与彼得一起生活过,可是现在一切都结束了。

现在该行动了,犹如一个女人收拾起自己的斗篷、手套、观剧用的小望远镜等东西,然后站起身来准备离开剧场走上街头,她从沙发上站起来走向彼得。

真是太奇怪了,当她在叮当声和沙沙声中走来的时候,当她穿过房间的时候,他想,她竟然保持着昔日的魅力,那种能使他所讨厌的月亮在夏天升起在伯尔顿的台地上空的魅力。

"告诉我,"他说,一面抓住她的肩膀,"克拉丽莎,你幸福吗?理查德他——"

门打开了。

"我的伊丽莎白来啦。"克拉丽莎激情地,也许是故作姿态地说。

"你好。"伊丽莎白走上前来说。

此时大本钟敲击半点的声响以惊人的气势在他们之间回荡,仿佛一个强壮、冷漠、毫不体恤他人的小伙子在挥舞哑铃,这边一下,那边一下。

"你好啊,伊丽莎白!"彼得大声说,同时把方巾塞进口袋,很快地走到她面前,连看都没有看她便说:"再见,克拉丽莎。"然后快步走出房间,跑下楼梯,打开大厅的门。

"彼得!彼得!"克拉丽莎喊,跟在他后面走到半楼梯的驻脚台。"我的晚会!别忘了今天晚上我家有晚会!"她喊道,她不得不提高嗓音以便压过外面传来的喧闹声。在过往的车辆和所有的时钟占压倒性优势的混响中,她的"别忘了今天晚上我家有晚会"的喊声显得微弱无力,并且非常遥远,因为彼得已经关上了大门。

别忘了我的晚会,别忘了我的晚会,彼得·沃尔什走上大街时有节奏地自言自语着,与大本钟那直截了当的半点报时的声流相合拍。(那深沉的音波逐渐消逝在空中。)啊,这些晚会,他想,克拉丽莎的晚会。她为什么要举办这些晚会呢,他想。他并不是责备她,也不是责备这个正在向他走来的像纸人一般的男人,这人穿着燕尾服,纽扣孔里插着一朵康乃馨。世界上只有一个人可能像他这样在恋爱。他就在那里,这个幸运的人,就是他自己,映照在维多利亚街一个汽车制造商的玻璃橱窗上。整个印度横卧于他的身后,平原、高山、霍乱瘟疫,面积相当于两个爱尔兰的区域,他曾独自做出的那些决定——他,彼得·沃尔什;他现在是平生头一次真正在恋爱。克拉丽莎变得冷酷了,他想;除此之外还有一点伤感,他猜想,一面看着那些名牌汽车的功能——用多少加仑汽油能跑多少英里?因为他倒是有些机械方面的才能;他在自己管辖的区里曾发明过一种犁,还从英国定购过一些手推车,但那些苦力却不肯使用,所有这些克拉丽莎一点儿都不知道。

她说"我的伊丽莎白来啦"——这种措辞使他恼火。为什么不简单地说"伊丽莎白来啦"？她那样说一点儿都不真诚，连伊丽莎白都不喜欢听。(那巨大深沉的钟声的余音仍在他周围的空中震荡；半点钟，时间还早，才刚刚十一点半。)因为他理解年轻人，喜欢他们。克拉丽莎身上总有一种冷漠，他想。她总是有那么一点儿怯懦，就是在做姑娘时也如此，到了中年，这种怯懦变成了因循守旧，然后一切都完了，一切都完了，他沮丧地注视着橱窗玻璃的深处时想，并思索着刚才在那个时间去拜访是否惹恼了她；他突然为自己刚才做了傻事而羞耻，他刚才痛哭流涕，大动感情，把一切都告诉了她，和以往一样，和以往一样。

像一朵云彩飘过太阳，寂静降临到伦敦城，也降临到人们的心头。一切努力都停止了。时间在桅杆上呼啦啦地飘扬。我们在那里停下；我们在那里站立。只有习惯势力的僵硬骨架在支撑着人的身体。其实里面一无所有，感情被掏空了，内心极度空虚，彼得·沃尔什对自己说。克拉丽莎拒绝了我，他想。他站在那里沉思，克拉丽莎拒绝了我。

啊，圣玛格丽特教堂的钟声说，犹如一个女主人在报时的钟声刚响起时走进客厅，发现客人都已经到了。我没来晚。我没来晚，现在刚好十一点半，她说。尽管她完全有理，她的声音，女主人的声音，还是不愿意彰显个性。对过去的某种哀伤，还有对现在的某种担忧抑制了它。她说现在是十一点半，而圣玛格丽特的钟声滑进心灵的深处，在一圈又一圈的声波中将自己埋葬，就像一种有生命的东西，想袒露自己，想扩散自己，想带着一阵喜悦去休息——就像克拉丽莎本人在正点的钟声响起时穿着白衣裙走下楼梯，彼得·沃尔什想。这钟声就是克拉丽莎本人，他想，满怀着深情和对她的异常清晰而又困惑的回忆，似乎这钟声

49

在多年以前就传入过他们两人坐着共享亲密时刻的那个房间,并且在穿过了一个个房间后离去,犹如一只采集花蜜的蜜蜂,满载着那一瞬间的收获。可那究竟是哪一个房间呢?是哪一个瞬间呢?他为什么会在这个钟敲响时产生如此巨大的幸福感呢?而后,在圣玛格丽特教堂的钟声逐渐减弱时,他想,她一直有病,这阵钟声表达了衰弱和痛苦。她有心脏病,他想起来了;那突然加大的最后一响是报丧的钟声,死神在生命的中途骤然而至,克拉丽莎就在她站着的地方倒下了,在她的客厅里。不可能!不可能!他大喊。她没有死!我还不老,他喊道,一面迈着大步沿着白厅街走去,似乎他的未来正朝着他滚滚而来,充满活力,无穷无尽。

他还不老,也不顽固,一点儿都不冷漠。至于说别人如何议论他——达洛维夫妇、惠特布雷德夫妇,还有他们圈子里的人,他一点儿都不在乎——一点儿都不在乎(尽管他偶尔确实不得不考虑理查德是否能帮他找个工作)。他迈着大步,瞪大眼睛,怒视着坎布里奇公爵的雕像。他曾被牛津大学开除——这是事实。他曾是个社会主义者,在某种意义上是个失败者——这也是事实。然而人类文明的前途却掌握在那样的年轻人手里,他想,像三十年前的他那样的年轻人;他们喜欢抽象的原则;他们千里迢迢让人把书从伦敦给他们寄到喜马拉雅山的一座山峰上;他们阅读科学书籍,阅读哲学书籍。未来掌握在那样的年轻人手里,他想。

从他身后传来一阵急速的轻拍声,犹如林中树叶的飒飒声,还伴随着一种窸窣的有规律的啪啪声,这声响从他身边经过时敲击着他的思绪,与行进的节拍完全同步,不知不觉地把他的思绪带到白厅街。穿着军装的小伙子们扛着步枪在行进,双目直视,步伐整齐,他们的臂膀僵挺,他们面部的表情体现了刻在一座雕像底座上的文字所赞扬的:尽职、感恩、忠诚、热爱英格兰。

彼得·沃尔什开始跟上他们的步伐并想,他们训练得不错。可是他们的体质看来不很强壮。大多数人瘦弱,都是十六岁的小伙子,他们有可能明天就站到摆在柜台上的一碗碗米饭和一块块肥皂后面。现在他们脸上的表情是肃穆的,丝毫没有肉欲的快感和日常的忧虑,这肃穆感来自他们从芬斯伯利街带来放到那座空空的坟墓上的花圈。他们刚刚宣过誓。来往的车辆对此表示尊重;小货车被禁行。

我跟不上他们的步伐,彼得·沃尔什想,此时他们继续沿着白厅街齐步前进,毋庸置疑地超过了他,超过了所有的人,他们稳步前行,仿佛有一个统一的意志指挥着他们的腿和胳膊一致行动,而丰富多彩的、不甘沉默的生命则被放到满是纪念碑和花圈的街道底下,并被纪律麻醉成一具虽僵挺但仍在凝视的尸首。你不得不尊重它;你可能发笑,但不得不尊重它,他想。他们往那边走了,彼得·沃尔什想,一面在人行道边停下歇脚;所有那些尊贵人物的雕像,纳尔逊①、戈登②、哈夫洛克③,所有那些伟大军人的黝黑雄壮的形象站立着向前瞻望,似乎他们也曾同样宣誓克己尽忠(彼得·沃尔什觉得自己也曾将此视为重大的承诺),也曾受到同样的诱惑的摧残,最终才得到了雕刻在大理石上的凝视。但这是彼得·沃尔什一点儿都不想为自己争取的,尽管他能尊重别人的凝视。他能尊重小伙子们凝视的目光。他

---

① 纳尔逊(1758—1805),英国著名海军统帅,受人爱戴的民族英雄。
② 戈登(1833—1885),英国将军,因镇压中国太平军和守卫喀土穆时被苏丹起义者杀死而出名。
③ 哈夫洛克(1795—1857),英国将军。

们还不懂得肉欲的烦恼,当那些行进的年轻人沿着河滨街的方向逐渐消失的时候他想——没有经历过我所经历的一切,他想,一面穿过马路来到戈登雕像下,他在孩提时代曾崇拜过的戈登;戈登孤独地站着,一腿抬起,双臂抱肩,——可怜的戈登,他想。

正因为除了克拉丽莎以外还没有人知道他来伦敦,而且在乘船旅行之后陆地对他来说仍像个岛屿,他为自己活着但不为人所知并且在十一点半钟独自站在特拉法尔加广场这一奇特的处境而激动不已。这是怎么回事?我是在哪儿?你究竟为什么要这样做呢?他想,离婚的事好像是极其愚蠢而又不现实的。他的心沉下去并扩展开来,像一片沼泽;有三种激烈的情感征服了他,那就是理解、博大的仁爱,最后是一种不可抑制的极度的快乐,后者似乎是前两者的结果;仿佛在他的脑子里有另一只手拉动了绳索,打开了百叶窗,而他虽与此无关,却仍站在许多无尽头的街道的起点处,如果他愿意的话可以沿着它们漫步下去。他多年来从未感觉过这年轻。

他已经逃脱了!他完全自由了——这种情况在习惯势力衰败的时候经常发生,人的心像一个没有灯罩保护的火苗前后摇曳,似乎马上要从灯台上进出去。我多年来没有感觉过这么年轻啦!彼得想,他正在逃离现在的他(当然才一个小时左右),他感觉自己像个跑到外面的孩子,一边跑一边看见老保姆在一个并非正对着他的窗口招手。可是她格外漂亮,他想,就在他穿过特拉法尔加广场向干草市场街方向走去的时候,迎面过来一个年轻女人,她走过戈登雕像时仿佛在摘掉一层又一层面纱,彼得·沃尔什想(因为他极易动感情),最后她变成了他一直放在心上的那个女人,年轻而庄重,愉快而谨慎,黝黑而动人。

他挺直身子,暗自摸着口袋里的折刀,跟了上去,尾随这个女人,追寻这种激情;似乎这激情即使在背向他时仍会射出光芒照亮他,把他们两人联系在一起,使他突出,仿佛那车流的任意的喧嚣声已经通过拢在一起的双手轻声喊着他的名字,不是喊彼得,而是喊他在想心事时自己对自己的秘密称呼。"你",她说,只有一个"你"字,她带着白手套拢着双肩喊道。然后在她走过科克斯波街的丹特商店时,她那薄薄的长斗篷被风掀动飘了起来,传达出一种铺天盖地的慈爱,一种哀伤的柔情,宛如一双手臂,会张开去拥抱那疲倦的——

然而她是个未婚女人,她年轻,很年轻,彼得想,早在她穿过特拉法尔加广场时他就看见她戴着一朵红色康乃馨,现在这红花又一次在他眼里燃烧,使她的嘴唇变得通红。但是她在人行道的石沿上等待。她身上有一种尊严。她不像克拉丽莎那么世俗,也不像克拉丽莎那么富有。她是否人品端正呢,当她又开始走的时候他想。她谈吐机智,口舌之快如同壁虎,他想(因为你必须想象,必须允许自己有一点点消遣),是个能冷静等待的有才智的人,一个有敏锐才智的人,而且从不喧嚷。

她向前走去,穿过马路,他跟着她。他最不愿使她尴尬。然而假如她停下来的话,他会说:"过来吃个冰激凌吧。"而她会非常简单地回答:"好吧。"

但是街上的行人走到了他们两人中间,挡住了他,遮住了她。他追赶着;她变幻着。她面颊绯红,眼神嘲讽;他是个冒险家,他想,鲁莽、敏捷、大胆,的确是个浪漫的海盗(他确实是昨天晚上从印度来此登陆的),他毫不关心所有这些该死的礼仪规范,这些展示在商店橱窗里的黄色晨服、烟斗、钓鱼竿,毫不关心名誉、地位、晚会和那些在西服背心里穿着白色套衫的整洁的老先生们。他是个海盗。那女人继续前行,穿过皮卡德利广场,走上摄政街,走在他的前面,她的斗篷、她的手套、她的肩膀,连同橱窗里展示的带穗花边、饰带和羽毛围巾构成了一种既华贵艳丽又光怪陆离的精神,它越变越小,从那些商店飘到人行道上,正如夜间一盏灯的光芒颤悠悠地散射到黑暗中的灌木篱上。

她兴奋地笑着,已经穿过牛津街和大波特兰街,拐进一条小马路,现在,就是现在,伟大的时刻正在到来,因为现在她放慢了脚步,打开手提包,朝他的方向瞥了一眼,但不是看他;她以这告别的一瞥总结了整个形势,并得意扬扬地将它永远置之脑后;她已插入钥匙,打开大门,不见了!克拉丽莎说"别忘了我的晚会,别忘了我的晚会"的声音在他的耳边回响,这所房子是那些门前挂着花篮的红色平房中的一所,似非正经之地。这一幕到此结束。

哈,我已从中得到了快乐,得到了快乐,他想,一面抬头注视那些摇曳着的浅色天竺葵花篮。然而他的快乐立刻被击得粉碎,因为它有一半是假想出来的,他知道得非常清楚,这一跟踪姑娘的恶作剧是虚构出来的,是假想出来的,正如一个人常常假想生活中较好的部分,他想——假想自己,也假想她,创造一种极度的兴奋以及更多的感受。但奇怪的是,这一切从来不能与他人分享,确实如此——它已被击得粉碎。

他转过身,走上大街,想找个地方坐坐,一直坐到该去林肯律师协会——去胡珀-格雷特利事务所的时候。他现在究竟去哪儿呢?无所谓。就沿着这条大街走吧,去摄政公园。他的皮靴在人行道上敲击出"无所谓"的节奏,因为时间还早,还很早呢。

今天上午又是那样晴朗。生命直接敲击着条条街道,像一个健全的心脏在搏动。没有一点儿失误,没有一点儿犹豫。此时此刻,一辆汽车疾驰而来,急转弯后准确地、适时地、无声地停在门口。一个姑娘走下车来,她穿着高筒丝袜、戴着羽毛头饰,很快就消失了,但这姑娘对他并没有什么吸引力(因为他刚刚恣情放纵过)。彼得通过敞开的大门看见那些令人羡慕的男管家、黄褐色的乔乔狗、镶嵌着黑白菱形图案并飘着白窗帘的大厅,他对这一切表示赞同。其本身不失为一种辉煌的成就,伦敦,夏季,文明。事实上,他出身于一个有声望的久居印度的英国人家庭,他家至少有三代人参与管理一片大陆的事务(很奇怪,他想,我对此竟有如此感情,尽管他不喜欢印度,不喜欢帝国,不喜欢军队)。由于他的家庭背景,他有时在刹那间会觉得文明(即使是这种形式的文明)似乎像一件私人财产那样宝贵;他有时在刹那间会为英格兰,为管家们,为乔乔狗和过着安逸生活的姑娘们感到自豪。这够可笑的,但这种感觉确实存在,他想。那些医生、商人、干练的女人四处奔忙,遵守时间,机敏而健壮;在他看来他们是完全值得钦佩的,他们都是好人,你会把自己的生命托付给他们,他们都是生活艺术中的伴侣,会帮助你渡过难关。由于这样那样的原因,他刚才见到的那一炫耀的场面的确是可以容忍的;他想坐到树荫下抽烟。

摄政公园到了。是啊。他小时候就在摄政公园散步——真奇怪,他想,童年的往事不断涌上心头——也许是见到了克拉丽莎的结果,因为女人通常比我们更加怀旧,他想。她们对地方有感情,对她们的父亲有感情——女人总是为自己的父亲感到骄傲。伯尔顿是个好地方,非常好的地方,但是我和那个老头儿一向合不来,他想。有一天晚上曾发生过争吵——争论什么事情,具体是什么他记不起来了。大概与政治有关。

是啊,他记得摄政公园,那长长的笔直的小路,左面是人们常去买气球的小屋，什么地方还有座刻着碑文的可笑的雕像。他在寻找空座位。他不想被问询钟点的人们打扰（他真的感觉有些困了）。一个头发灰白的年长保姆，还有一个在童车里熟睡的婴儿——这是他的最佳选择，就挨着这位保姆坐在长椅的另一头吧。

她是个长相古怪的女孩，他想，突然回忆起刚才伊丽莎白进屋后站在她母亲身边的样子。她长大了，成熟多了，不大漂亮，可以说很健美，而且最多不过十八岁。大概她和克拉丽莎相处得不好。"我的伊丽莎白来啦"——诸如此类的事——为什么不简单地说"伊丽莎白来啦"？——想掩盖事情的本来面貌，像大多数母亲那样。她过于相信自己的魅力，他想。她做得太过分了。

浓烈宜人的雪茄烟雾旋转着进入他的喉咙，带来一丝凉意；他又将烟吐了出来，一个个烟圈刹那间勇敢地推开周围的空气，蓝色，圆形——今天晚上我要设法和伊丽莎白单独谈一谈，他想——那烟雾开始游移并转化成古代计时沙漏的形状，然后逐渐消失；它们的形状真怪，他想。他突然闭上眼睛，吃力地抬起一只手，扔掉雪茄烟的粗头。一把巨大的刷子平稳地掠过他的心头，横扫过去，移开树枝、孩子们的说话声、沙沙的脚步声，移开过往的行人、嗡嗡的车流、此起彼伏的车流。他往下陷啊陷啊，陷进了睡眠的羽毛堆里，最后什么声音都听不见了。

彼得·沃尔什坐在被晒热的椅子上开始打鼾的时候，他旁边的头发灰白的保姆又开始织毛衣了。她穿着灰色衣裙，双手不知疲倦地但无声地移动着，活像一个保护睡觉者权利的卫士，活像黄昏时分从树林中升起的那种由天空和树枝构成的幽灵。

那孤独的旅人，即那出没于小径之间、拨乱蕨草丛、破坏巨大的毒芹丛的人，突然抬起头来，看见这一巨大的人形出现在旅途的尽头。

大概由于他是个无神论者，他在体验到瞬间的狂喜时总是大吃一惊。在我们自身以外不存在别的，只存在一种心态，他想；那是一种愿望，寻求慰藉，寻求解脱，寻求存在于这些可怜的芸芸众生，这些懦弱、丑陋、胆怯的男人女人之外的某种力量。但是如果他能想象出那种力量，那么她就在某种程度上存在，他想；而当他一面沿着小路前行一面望着天空和树枝的时候，他总是迅速地赋予它们以女人的特性，惊喜地看到它们变得多么严肃，看到它们在微风吹拂时是如何以树叶神秘的摇动将慈爱、理解和宽恕庄重地赐予人们，而后它们突然高高扬起，以狂饮的姿态颠覆自己虔诚的表面形象。

这些都是幻象，它们向孤独的旅人献上盛满水果的巨大羊角，或像跳跃于碧海琼涛之上的海妖在他耳边窃窃私语，或像一束束玫瑰花直抛到他的脸上，或像渔民们在洪水中挣扎时力图拥抱的那些惨白的面孔一样浮上海面。

这些都是幻象，它们不断漂浮上来，在现实存在的事物旁边徘徊，并将自己的面孔伸到它的前面；它们经常控制孤独的旅人，剥夺他对大地的感觉和回归的希望，相反却给予他一种普通的平和的心境，似乎（他沿着森林小径向前骑行时心里这样想）所有这些生活的狂热其实非常简单，似乎无数的事物都汇合于一体，似乎这个其实是由天空和树枝构成的人形从汹涌的海面升起（他年纪大了，已五十出头），犹如某种人形有可能被吸出海涛，以便用她神奇的双手泼洒同情、理解和宽恕。因此，他想，但愿我永远不再回到那灯光里去，永远不再回到那客厅里去，永远不读完我的书,永远不磕尽我的烟斗,永远不按铃叫特纳太太来收拾餐具;我情愿一直走向这巨大的人形,她将会抬抬头,让我登上她那狭长的旗幡,让我和其他人一起随风飘向虚无。

这些都是幻象。孤独的旅人很快走出了树林;在那边,一个上了年纪的女人走到门口,举着手遮在眼睛上方,白色的围裙随风飘荡,可能是在企盼他回家;她好像(这个衰弱的人是如此强有力)要穿过沙漠去寻找一个失散的儿子,去寻觅一个被害的骑者;她仿佛是一个母亲的形象,她的儿子们都已在世界的多次战斗中阵亡。因此,当孤独的旅人走在那个村庄的街道上,看到女人们站着编织而男人们在庭院里锄地的时候,这个傍晚似乎预兆着不祥;那些人一动不动,仿佛威严的命运(他们都熟悉它并无畏地等着它)马上就要将他们扫荡殆尽。

在室内,在餐具橱、桌子、摆放着天竺葵的窗台等普通的东西之间,那女房东弯身撤台布的轮廓在灯光下突然变得柔和了;这是一个可爱慕的象征,我们只是因为回忆起往日冰冷的人际关系才无法接受它。她拿起柑橘酱,把它放进餐具橱。

"先生,今天晚上没别的事儿了吧?"

可是孤独的旅人该对谁做出回答呢?

那位年长的保姆就是这样在摄政公园里一面照看熟睡的婴儿一面织毛衣。彼得·沃尔什就是这样鼾睡着。他突然醒来,自言自语道:"灵魂之死。"

"上帝啊,上帝!"他大声对自己说,伸着懒腰,用力睁大眼睛。"灵魂之死",这几个字与他刚才梦见的某个场面、某个房间、某件过去的事相关联。现在那个场面、那个房间、那件过去的事变得更加清晰了。

那事发生在伯尔顿,在九十年代的那个夏天,当时他是那么忘情地热恋着克拉丽莎。有许多人在那里说说笑笑,他们吃过午茶后仍围坐在桌旁,整个房间沐浴在金色的阳光里,弥漫着香烟的烟雾。他们在谈论一个娶了自家女仆为妻的人,是邻近的一位乡绅,他已忘记那人的姓名。那人和女仆结了婚,曾带她来伯尔顿做客——那次访问简直糟透了。她打扮得过分妖艳,"像个澳大利亚鹦鹉,"克拉丽莎曾说,一面模仿着她,再有那女人说起话来喋喋不休。她说呀,说呀,说呀,说呀。克拉丽莎模仿着她。然后不知是谁说——是萨莉·西顿——你要是知道她在和他结婚前就生过一个孩子,这对你的感情有什么真正的影响吗?(在那个年代,当男女宾客在一起的时候,说这种话是很冒失的。)他现在还能见克拉丽莎当时的样子,她的脸涨得通红,莫名其妙地扭曲了,并说:"哎呀,我今后没法再跟她说话了!"于是所有围坐在茶桌旁的人好像都摇晃起来。真让人受不了。

他并没有因为她在乎这件事而责怪她,要知道在那个年代,一个像她这样教养出来的女孩子什么都不懂,但是她的态度使他恼火,她怯懦、无情、傲慢、过分拘谨。"灵魂之死。"他当时本能地说出了这句话,像往常那样给那一时刻冠以名称——她的灵魂之死。

每一个人都在摇晃,每一个人在她说话时似乎都在弯腰低头,然后站起身来姿态各异。他还能想见萨莉·西顿的样子,她像个刚刚捣过乱的孩子,身体前倾、面颊绯红,想要说话,但又害怕;克拉丽莎确实能吓唬人。(她是克拉丽莎最要好的朋友,常出入她家,是个动人的姑娘,健美,肤色较暗,当时以敢说敢为而闻名;他常给她雪茄烟,她就在自己的卧室里抽;她是和某人订了婚或是和家人吵了架；老帕里对他们两人都不喜欢，这倒使他俩亲近起来。）随后克拉丽莎仍带着怨恨大家的神情站起身来，找了个借口，独自走开了。她开门的时候，那只用来驱赶羊群的大长毛狗正在往里跑，她立刻扑向那只狗，欣喜若狂。她仿佛是在对彼得说——他明白这是冲着他来的——"我知道刚才关于那女人的事你认为我很荒谬，可是现在看看我多么有同情心吧，看看我多么爱小狗罗伯吧！"

他们两人之间一向有这种奇特的能力，不用说话就能沟通。她能直接明白他在批评她。然后她会做些非常明显的事来为自己辩护，例如这次对小狗的故作姿态——可是这从来瞒不过他，他总能看穿克拉丽莎。当然，他什么话都不说，只是坐在那里快快不乐。他们之间的争吵往往是这样开始的。

她关上了门。他立刻变得十分沮丧。一切似乎都是徒劳无益的——继续恋爱，继续吵架，继续和好，于是他独自一人到外面的棚舍和马厩之间闲逛，观看那些马匹。（那个地方很简陋，虽然帕里一家从来没有很富裕过，但那里总有仆人和马夫出入——克拉丽莎喜欢骑马——还有一个年老的马车夫——他叫什么名字来着？——还有个老保姆，叫老穆迪，或老古迪，反正他们喊她类似的名字，人们会被带到一间小屋去见她，屋里有很多照片，很多鸟笼。）

那是个极不愉快的夜晚！他越来越忧郁，不仅仅是因为那一件事，而是因为所有的事。他见不到她，不能向她解释，不能把问题谈开。周围总是有许多人——她会继续干她的事，好像什么事情都没有发生过。那是她邪恶的一面——这种冷漠、这种拘谨，是她内心深处的东西，他今天上午和她谈话时又一次感受到了，那是一种让人捉摸不透的东西。然而老天爷知道他在爱着她。她有某种奇特的力量,能弹拨一个人的神经,把它们变作小提琴的琴弦,确实如此。

他很晚才去就餐,那是出于想引起人们注意的某种愚蠢念头,他坐下来,挨着老帕里女士,即海伦娜姑妈、老帕里先生的姐姐,她应是宴会的主人。她坐在那里,披着用克什米尔羊毛线织成的白色披巾,头靠着窗户——一个可敬畏的老妇人,但对他很慈祥,因为他曾帮她找到一种罕见的花卉,而她是个有名的植物学家,常常穿着厚厚的靴子上路,双肩背着铝制的黑色采集箱。他在她身边坐下,说不出一句话。一切仿佛从他身边匆匆而过;他只是坐在那里吃饭。后来晚餐吃到一半的时候,他第一次强迫自己看了看坐在餐桌另一边的克拉丽莎。她正在与她右边的一个小伙子聊天。他突然得到一个启示。"她会嫁给那个男人的。"他对自己说。当时他连那人的姓名都不知道。

因为肯定是在那天下午,就在那天下午,那个达洛维来了;克拉丽莎叫他"威克姆";于是一切就开始了。不知是谁把他带来的;克拉丽莎听错了他的姓氏。她向大家介绍他叫威克姆。最后他自己说:"我叫达洛维!"——那是他对理查德的第一个印象——一个皮肤白皙的小伙子,有些局促不安,坐在帆布椅上,突然脱口说出:"我叫达洛维!"萨莉抓住了这一点,此后她总喊他"我叫达洛维!"

那时他常被各种各样的启示所困扰。这一个启示——她会嫁给达洛维的——使他失去了判断力,使他在那一瞬间感到无能为力。在她对他的态度中有一种——他该怎样形容呢?——有一种轻松随意,有一种母性,有一种温柔。他们在谈论政治。整个晚餐过程中他都在努力倾听他们谈些什么。

他记得自己后来在客厅里站到老帕里女士的坐椅旁。克拉丽莎走了过来,彬彬有礼,像个真正的女主人,而且要把他介绍给某人——她说话的口气就像他们两人以前从不认识似的,这使他勃然大怒。然而即便在那个时候他仍为此而钦佩她。他钦佩她的勇气、她的社交本能,他钦佩她把事情做到底的能力。"完美的女主人。"他对她说,一听这话她全身立刻微微颤抖起来。但他是故意让她有这种感觉的。看见她和达洛维在一起以后,他简直想用一切办法伤害她的感情。于是她离开了他。他觉得所有这些人聚集在一起是为了阴谋反对他——在他背后又是嘲笑又是议论。他站在老帕里女士的坐椅旁,活像个木雕的人,谈论着野生花卉。他还从来没有,从来没有经历过这种地狱般可怕的痛苦!他当时一定是连假装倾听谈话都忘记了;最后他清醒过来;他看见帕里女士露出几分焦虑、几分气愤,她那双凸出的眼球一动不动。他差一点儿脱口说出他无法集中精神,因为他心在地狱!人们开始走出客厅。他听见他们说要去取斗篷,还说水面很冷,云云。他们要趁着月色去湖中划船——这是萨莉出的疯主意之一。他能听见她在描述月亮。他们都出去了。他独自留了下来。

"你不想和他们一起去吗?"海伦娜姑妈说——这个老太太!——她已经猜到了。他转过身去,又见到了克拉丽莎。她是回来叫他的。他深深地感动了,为她的宽宏大量——她的美德。

"来吧,"她说,"他们都在等着呢。"

整个一生中他还从来没有感觉过这样幸福!他们不说一句话就和好了。他俩向河边走去。他享受了二十分钟完完全全的幸福。她的说话声、她的笑声、她的衣裙(轻飘飘的、白色、深红色)、她的勇气、她的冒险精神;她说服他们都下船去游览那个小岛;她吓跑了一只母鸡;她大笑;她唱歌。在这整个过程中他一直知道得十分清楚,达洛维在爱上她,她也在爱上达洛维,但这似乎没有什么关系。一切都无所谓。他们坐在地上谈天——他和克拉丽莎。他们之间不用费力便可出入对方的心田。后来在一刹那一切都结束了。他们重新登上小船时,他对自己说:"她会嫁给那个男人的。"说得很平淡,毫无怨尤;可那是很明显的事。达洛维会娶克拉丽莎的。

达洛维划着船把他们送回来。他没有说一句话。可是不知怎的,当他们目送他上路的时候,看着他跳上自行车准备穿过树林骑行二十英里的时候,看着他摇摇晃晃地沿庭院小路远去,招了招手便消失了的时候,他确实本能地、充分地、强烈地感受到了那一切;那个夜晚、那段浪漫史、克拉丽莎。他理应得到她。

至于他自己则是荒谬的。他对克拉丽莎提出的许多要求是荒谬的(他现在能看出这一点了)。他总是要求难以得到的东西。他曾大吵大闹。她那时也许还会接纳他,如果他不是那么过分荒谬的话。萨莉也这样认为。她在那年的整个夏天给他写了许多长信;她们是如何评论他的,她是如何称赞他的,克拉丽莎是如何突然大哭的!那是个不平常的夏天——全是信件、吵闹、电报——凌晨到达伯尔顿,四处游逛,直到仆人们起了床;早餐时与老帕里先生的密谈令人震惊;海伦娜姑妈令人生畏但心地善良;萨莉风风火火地拉他到菜园里谈话;克拉丽莎因头痛而卧床。

那最后一次争吵,那次激烈的争吵,发生在酷热的一天下午三点钟,他相信这比他整个一生中的任何事情都重要(这样说可能有些夸张——但是现在看来似乎确实如此)。争吵是由一件小事引起的——午饭时萨莉谈起达洛维,把他叫做"我叫达洛维";克拉丽莎一听便激动起来,脸涨得通红,像她经常表现的那样,突然尖刻地说:"这个无聊的玩笑我们已经听够了。"就这么一句话;但是在他看来,她似乎是说:"我不过是跟你玩玩而已;我和理查德·达洛维已经达成了理解。"他对此耿耿于怀。他夜夜难眠。"横竖得吹灯。"他告诉自己。他让萨莉给她送去一张便条,约她三点钟在喷泉边会面。他在便条末尾潦草地写着:"出了一件大事。"

那个喷泉位于一个小灌木丛中央,离她家很远,四周全是灌木和树丛。她来了,比预定的时间还提前了,然后他们站到喷泉两边,那喷嘴(已损坏)不停地滴着水。眼见的景象竟会在心里留下不可磨灭的印象!例如,那鲜绿的苔藓。

她一动不动。"你告诉我实话。告诉我实话。"他不停地说。他感觉自己的头好像要裂开。她则似乎缩小了,变成了石头。她一动不动。"告诉我实话。"他重复道。突然间那个布赖特普夫老先生探出头来,手里拿着《泰晤士报》,他瞪着他们,惊愕地张大了嘴,然后走开了。他们两人都没有动。"告诉我实话。"他又重复一遍。他觉得自己是在研磨一种质地坚硬的东西;她丝毫不让步。她像铁,像燧石,直到脊柱都是僵硬的。当她说"没用了,没用了,到此为止吧"的时候——在他淌着泪水絮絮叨叨地讲了大概有几个小时之后——这就像她打了他一记耳光。她转过身去,离开他,走远了。

"克拉丽莎!"他喊道,"克拉丽莎!"可是她再也没有回来。一切都完了。他当天夜里就走了。他再也没有见她。

真糟糕,他喊道,糟透了,糟透了!
然而,阳光依然炎热。人依然渡过了难关。生活依然日复一日地运转。他想着,一面打着哈欠并开始注意到——摄政公园依然没有多少变化,跟他儿时所见差不多,除了那些松鼠之外——大概损失依然会得到补偿——突然间,一直在捡卵石的小埃莉斯·米切尔(她准备扩充她和哥哥放在保育室壁炉架上的收藏)把一捧石子猛地倒在那保姆的膝上,又飞快地跑开了,不料撞到一个妇人的腿上。彼得·沃尔什大笑起来。

然而柳克利西娅·沃伦·史密斯正在自言自语,真倒霉,我为什么就该受罪?她沿着宽路走去,一面问着自己。不行,我再也忍受不下去了,她说道;她刚才暂时离开了塞普蒂莫斯,让他独自坐在那边的椅子上,他已不是过去的塞普蒂莫斯了,总是说些无情的、残酷的、邪恶的话,总是自言自语,总是对一个死人说话;此时那个小女孩飞跑着撞上了她,跌倒在地,大哭起来。

这倒起了宽慰的作用。她扶起小女孩,掸掉她衣裙上的土,亲吻了她。

但是从她来讲,她并没有做过什么错事;她曾爱过塞普蒂莫斯;她曾很幸福;她曾有过一个漂亮的家,至今她的姐妹们还住在那里,还在做帽子。为什么单单**她**就得受苦呢?

那个女孩一直跑回保姆身边;利西娅看见那孩子先是受到责备继而受到安慰,最后那保姆放下手中的毛线活儿把她抱了起来,而那个面孔慈祥的男人把自己的手表递给女孩让她打开,以此安慰她——可是**她自己**为什么没有人保护呢?当时她为什么不留在米兰呢?她为什么受到折磨呢?为什么?

由于眼泪的作用,那宽路、保姆、灰衣男人、童车变得有些模糊,在她眼前时起时伏。她命中注定要被这个可恶的折磨人者摇来晃去。可究竟是为什么呢?她像一只小鸟,躲在一片树叶形成的薄薄空间里,当这片树叶摇动时她对着阳光眨眼睛,而当一根干枝断裂时她又大吃一惊。她得不到任何保护;她被巨大的树木和大片的云朵所环绕,四周是一个冷漠的世界,她得不到任何保护;她受着折磨;但她为什么就该受苦呢?为什么?

她皱了皱眉头,跺了跺脚。她必须回到塞普蒂莫斯身边去,因为时间快到了,他们该动身去威廉·布拉德肖爵士家了。她必须过去告诉他,回到他的身边去,这时他仍坐在那棵树下的绿椅子上自言自语,或者对那个死鬼埃文斯说话,那人她只在商店里匆匆见过一面。埃文斯倒像个文静的好人,是塞普蒂莫斯的密友,在大战中阵亡了。然而类似的事每个人都有所经历。每个人都有朋友死于大战。每个人结婚时都要放弃些什么东西。她就放弃了自己的家。她来到了这里,居住在这个讨厌的城市。可是塞普蒂莫斯却放任自己胡思乱想各种可怕的事,这她也能做到,如果她努力的话。他现在变得越来越怪。他说有人在他卧室的墙后面谈话。菲尔默太太认为这实在离奇。他还能看见很多东西——他曾看见一个老妇人的头长在一根蕨草的中段。然而如果他愿意,他也能快活。一次他们去汉普顿宫廷花园,坐在公共汽车上层,简直开心极了。草丛里开满红黄色的小花,他说像飘浮的灯笼,他谈笑风生,编了许多故事。突然间他说:"现在我们要自杀了。"当时他俩正站在河边,他望着河水,那眼神她曾见过,是在一列火车或许是一辆公共汽车驶过的时候——那是一种好像着了迷的眼神;她感觉他要离开她,于是抓住了他的胳膊。可是在回家的路上他却十分平静——十分通情达理。他愿意和她争论自杀的事,还给她解释人们是多么邪恶,以及他如何能在街上的行人走过时看出他们在编造谎言。他说他知道他们都在想些什么;他什么事情都知道。他说他知道这个世界的意义。

后来他们到家时他几乎走不动了。他躺在沙发上非叫她握紧他的手,别让他跌呀,跌呀,跌进火焰里去!他喊道;他看见四面墙上有许多张脸在嘲笑他,用可怕的、令人作呕的话骂他,还有许多手指头在屏风周围对他指指点点。其实屋子里只有他们两个人。可是他开始大声说话,回答别人的问题,争论,大笑大闹,激动异常,还非让她做记录。完全是一派胡言,关于死亡,关于伊莎贝尔·波尔小姐。她再也忍受不下去了。她要回娘家。

现在她离他很近,能看见他在瞪着天空喃喃自语,还拍着手。可是霍姆斯医生却说他没有病。那么看看都发生了什么事吧——他为什么每况愈下,她挨着他坐下时他为什么吓了一跳,对她皱眉,躲到一边,并指着她的手,拉过去惊恐地看呢?

是不是因为她摘掉了结婚戒指?"我的手变细了。"她说,"我把戒指放进手提包了。"她告诉他。

他放开她的手。他们的婚姻结束了,他想,既痛苦,又轻松。绳索已经切断;他登鞍上了马;他自由了,因为上苍有令说他,塞普蒂莫斯,人类的君主,应该得到自由;只他一个人(因为他的妻子已经扔掉了结婚戒指,因为她已经离开了他)先于大众被召去聆听真理,去了解意义;这真理和意义在经过了所有为文明付出的辛劳之后——希腊人、罗马人、莎士比亚、达尔文,现在是他自己——即将完整地揭示给……"揭示给谁呢?"他大声问道,"揭示给首相。"他头部上方窸窸窣窣的声音回答道。这个最高的秘密必须告诉内阁;首先,树木都活着;其次,不存在罪恶;再其次,爱,普天之下的爱;他喃喃自语,喘着气,发着抖,痛苦地拉着长声道出这些真理,它们是如此深刻如此困难,需要费很大的力气才能说出来,但是它们彻底改变了整个世界。

不存在罪恶;爱;他重复道,一面摸索着找卡片和铅笔。突然一只斯开猎犬过来闻闻他的裤子,他吓了一跳,充满恐惧的痛苦。那狗正在变成人!他不能看着这等事情发生!看着狗变人,可怕,太可怕了!那条狗马上快步跑开了。

老天无比宽容,无限慈悲。它解除了他的灾难,宽恕了他的弱点。可是怎样用科学来解释呢(因为人首先必须讲科学)?他为什么能看穿肉体,为什么能看到未来,看出狗类将变成人类呢?大概是由于热浪的缘故,热浪对进化了几千年而变得敏感的大脑起了作用。科学地讲,肌肉会被化解并从世界上消失。他的肉体会被浸烂,直到只剩下一根根神经纤维。它会像面纱一样铺在一块岩石上。

他向后靠在椅背上,非常疲倦,但仍硬挺着。他半躺着休息,他在等待,准备再一次痛苦地努力向人类做出解释。他躺得非常高,躺在世界的脊梁上。大地在他下面震颤。许多红花长入他的肉体,那些僵挺的叶片在他的头颈旁边刷刷作响。音乐当啷啷响起来,碰撞着这上面的岩石。那是从下面的街道传来的汽车鸣笛声,他自语道;但是它在这上面猛力地敲击着一块块岩石,四散开去,又汇合在由许多光滑的圆柱此起彼伏构成的声音的震波中(音乐竟有形可见,这是一大发现),然后变成一曲圣歌;现在这圣歌声被一个牧童的笛声所缭绕(那是一位老人在一家酒店旁边吹着六孔小笛,他自语道),那牧童站着不动,乐声从他的笛子里翻滚而出,然后,当他登高时,笛子又发出美妙的如泣如诉的声音,与此同时车辆在下面驶过。那个牧童的悲歌是在车流的喧嚣声中演奏的,塞普蒂莫斯想。现在他缩进雪堆里,周围悬吊着许多玫瑰花——就是长在我卧室墙上的那些浓密的红玫瑰,他想起来了。那乐声中止了。他得到了一个便士,又走向另一家酒店,塞普蒂莫斯思索着得出结论。

然而他自己仍躺在那块高高的岩石上,像一个溺水的海员躺在岩石上。我是趴在小船边上掉进水中的,他想。我沉入了海底。我死过去,现在又活过来了,可是让我再休息一会儿吧,他乞求道(他又在自言自语——可怕,太可怕了!)正如一个熟睡的人在醒来之前,由于百鸟啁啾和车轮轧轧的奇特和谐之音越来越响而感到自己正在接近生活的海岸,他也感到自己正在接近生活,阳光变得更热,喊声变得更响,重大的事情即将发生。

他只需睁开眼睛去看;然而有一种重量压在他身上,是一种恐惧感。他紧张起来,他用力去推,他睁开眼,他看见眼前的摄政公园。阳光的条条长丝带在他脚下跳跃。树木都在得意扬扬地招手。这个世界仿佛在说,我们欢迎,我们接受,我们创造。美,这个世界仿佛在说。似乎为了证明这一点(科学地证明),无论他朝哪边看,无论是看那些房子,还是那些栏杆,还是那些从围栏里探出头来的羚羊,美都立即涌现出来。观察一片叶子在一股气流中颤动给人以巨大的快乐。高空之中,一群燕子猝然低飞,急速转弯,冲出冲入,转来转去,但它们总能很好地控制自己,就像有许多橡皮筋在拴着它们;无数苍蝇飞起飞落;太阳开玩笑地一会儿照亮这片叶子,一会儿照亮那片叶子,完全出于好心用自己柔和的金光使其闪亮;某种钟声(可能是汽车的笛声吧)在无数草梗上美妙地响起——所有这一切虽然是宁静而合乎情理的,虽然是由普通事物组成的,但它们就是现时的真理;美,就是现时的真理。美无所不在。

"时间到了。"利西娅说。

"时间"这个词撕开自己的外壳,把财富倾泻到他的身上;于是许许多多的词语,难懂的、白色的、不朽的词语,自动地从他的嘴唇里飞落下来,像无数贝壳,像无数刨花,用不着他安排就自动地飞到应在的位置,组成了一曲时间的颂歌;那是一曲不朽的时间颂歌。他唱了起来。埃文斯在那棵大树后面应答着。死者都在色萨利①,躺在幽兰花丛里,埃文斯唱道。他们在那里等待大战结束,而现在那些死者,现在埃文斯自己——

"看在上帝的分上,你别过来!"塞普蒂莫斯喊出声来。因为他无法直视那些死者。

但是树枝被分开了,一个穿灰衣的男人真的向他走来。那是埃文斯!可是他的身上没有泥土,也没有伤痕;他一点儿都没有变。我必须告诉全世界,塞普蒂莫斯喊,一面举起一只手(当那个灰衣死者走得更近些时),他举起一只手,酷似一个巨人;这巨人多年来独自在沙漠里哀叹人类的命运,双手捂着前额,双颊布满绝望的皱纹,而今他在沙漠的边缘见到了光明,在光照之下那个铁青色的人形变得宽大明亮(塞普蒂莫斯从椅子上欠起身来),而且巨人身后有无数男人俯身致敬,一刹那哀伤的巨人脸上的表情显示他接受了这整个的——

"可我总是那么不快活,塞普蒂莫斯。"利西娅说,同时用力按他坐下。

那几百万人在哀悼;他们已经悲伤多年。他要转过身去,几秒钟后,仅仅再过几秒钟,他就要对他们讲述这种轻松的感觉,这种兴奋的感觉,这一令人惊讶的启示——

"时间,塞普蒂莫斯,"利西娅重复道,"现在是什么时间啦?"

他在说话,他惊恐地跳起来,这个男人一定注意到了。他正在注视着他们。

---

① 色萨利系希腊北部的一个地区。

"我会告诉你时间的。"塞普蒂莫斯非常缓慢地、非常困倦地说,同时对那个灰衣死者神秘地笑了笑。正当他坐着微笑的时候,报时钟声敲响了——差一刻十二点。

那就是年轻人的特点,彼得·沃尔什经过他们身边时这样想。吵吵闹闹——那个可怜的姑娘看上去完全绝望了——在上午才过了一半的时候。但他们在争吵什么呢,他真不明白;那个穿大衣的小伙子到底说了些什么才使她如此绝望呢?他们两人究竟陷入了怎样严重的困境,才会在这样美好的夏日上午显得如此绝望呢?离开五年后再回到英国,他发现最有意思的是一切事物都那么显眼,好像以前从来没有见过似的,至少头几天里是这样;恋人们在树下为琐事争吵;人们举家到公园里消闲。他还从来没有见过伦敦如此妩媚迷人——那社会差别的和缓、那富裕、那绿化、那文明,特别是在印度生活过之后感触很深,他一面漫步穿过草坪一面想。

这种好动感情的特点一向是导致他失败的原因,这是毫无疑问的。当他还在这个小伙子的年龄时,他的情绪就变化无常,简直像个小孩;有的日子情绪好,有的日子情绪坏,没有任何理由,见到一张漂亮的脸就高兴,见到一个穿着平俗的女人又非常难过。当然啦,从印度回来之后你会爱上你所见到的每一个女人。她们的身上有一种青春活力;就连那些穿得最差的女人也肯定比五年前穿得好;在他看来,时装从来没有这么合身过;那长长的黑斗篷,那苗条的身材,那高雅的风度,还有那宜人悦目的而且显然已普及了的化妆面部的习惯。每一个女人,就连最有身份的女人,面颊都像玻璃罩下盛开的玫瑰;嘴唇像用小刀雕刻过一样;鬈发是用印度染发剂染过的;到处都是设计,到处都是艺术;毫无疑问,确实发生了某种变化。年轻人对此看法如何呢？彼得·沃尔什问自己。

一九一八年到一九二三年那五年在某种意义上非常重要,他猜想。人们的模样变了。报纸似乎也变了。比如说,现在有人在一家有声望的周报上公开发表文章谈论厕所。十年前你绝不会这样做的——不会在有声望的周报上公开谈论厕所。还有,你也不会拿出口红或粉扑在大庭广众之下化妆。他回来时乘的轮船上有许多青年男女——他特别记得贝蒂和伯提——他们非常公开地亲热;那位上了年纪的母亲坐在那里一边织毛衣一边看着他们,竟然十分冷静。那姑娘常常停下来当着众人往鼻子上抹粉。再说他们两人并没有订婚,只不过在一起玩玩;双方的感情都没有受到伤害。她像钉子一样坚硬——那个叫贝蒂什么的——可她完全是个好人。三十岁上她会成为一个很好的妻子——她会在她认为合适的时候结婚;会嫁给一个有钱人并住进曼彻斯特市附近的一所大公馆。

是谁已经这样做了?彼得·沃尔什问自己,同时拐弯走入宽路——嫁给一个有钱人并住进曼彻斯特附近的大公馆?是那个不久前给他写过一封感情洋溢的长信的人,信中谈到"蓝色绣球花"。她是因为看见蓝绣球花才想起了他和过去的时光——是萨莉·西顿,没错!是萨莉·西顿——世界上你最想不到会嫁给有钱人并住进曼彻斯特附近的大公馆的人,那个放肆、大胆、浪漫的萨莉!

但是在所有的老相识当中,即克拉丽莎的朋友——惠特布雷德夫妇、金德斯利夫妇、坎宁安夫妇、金洛克·琼斯夫妇——当中,萨莉大概是最好的人。不管怎么说,她能恰如其分地把握事物。不管怎么说,她看穿了休·惠特布雷德——那可爱慕的休——就在克拉丽莎和其他人还拜倒在他脚下的时候。

"惠特布雷德夫妇?"他现在还能听见她说,"惠特布雷德夫妇是什么人?是煤炭商。体面的商人。"

她讨厌休是有原因的。他对什么事都不关心,只关心自己的仪表,她说。他本来应该当个公爵。那他肯定会娶一个王室的公主。当然啦,在他遇见的所有人当中,休对英国贵族怀有一种最非凡的、最自然的、最崇高的敬意。就连克拉丽莎都不得不承认这一点。啊,可他是那么可爱的人,那么不自私,他放弃了射击运动以取悦老母亲——总记得他的姑妈姨妈们的生日,等等。

说句公道话,萨莉把这一切都看透了。他记得最清楚的一件事是一个星期天上午在伯尔顿进行的关于女权的争论(那个已经过时的论题),当时萨莉突然大发雷霆,火冒三丈,她告诉休他代表英国中产阶级生活中最令人厌恶的一切。她说她认为他对"皮卡德利街上的穷姑娘们"的境况负有责任——休,那完美的绅士,可怜的休!——还从来没有一个男人像他那样显得如此恐惧!她是故意的,她后来承认(因为那时他们常在菜园里交换意见)。"他什么都不读,什么都不想,什么都没感觉到。"他仍能听见她用一种刻意强调的声音这样说,这声音传达的意思远远超出她的本意。她说那些马夫比休更有活力。她说他是私立学校培养出来的十全十美的典型。除了英国以外没有别的国家能培养出他这样的人。她确实看不起他,因为某种原因,她对他怀有怨恨。曾经发生过一件事——他想不起是什么——就在吸烟室里。他侮辱了她——亲吻了她?简直难以置信!当然,谁都不相信说休不好的话。谁能相信呢?他在吸烟室里亲吻了萨莉!如果是某个有贵族身份的尊敬的伊迪斯或瓦奥莱特小姐的话,这倒有可能;但不可能是那个衣衫褴褛的萨莉，她的名下没有一分钱，父亲或母亲又不在蒙特卡罗城赌博。因为在他见过的所有的人当中休是最势利眼的人——最卑躬屈节的人——不对，他并非完全卑躬屈节。他是个自视甚高的人，不会如此下贱。把他比做第一流的仆人显然十分恰当——那种跟在后面提皮箱的人，能委派去发电报的人——女主人们不可缺少的人。他找到了职业——与尊敬的伊夫琳结了婚；他在宫中得到一个小职位，照管国王的酒窖，打磨王室成员的鞋扣，穿着过膝的短裤和带金线的褶边衬衫进进出出。生活是多么无情啊！宫廷里的小职务！

　　他娶了这位贵族小姐——尊敬的伊夫琳，他们就住在这附近，他这样想（一面看着那些俯视摄政公园的显赫的房子），因为有一次他曾到一所那样的房子里吃过午饭，那房子像休的所有财产一样，有着其他房子所不可能有的东西——大概是那些盛亚麻制品的柜子吧。你不得不去参观那些东西——你总是不得不费很多时间去欣赏房间里的东西，不管是什么——那些亚麻柜、枕头套、橡木家具、油画，都是休偶然买到的便宜货。但休夫人有时却把这些展品送给别人。她是那种不起眼的、瘦小如鼠的女人，爱慕身材高大的男人。她几乎被人忽视。然后她会突然说些出人意料的话——非常尖刻的话。她大概仍保留着一点她家族的高贵举止。烧锅炉用的煤对她来说气味有些过于刺激——它使空气浓烈。他们就是这样在那里生活，连同他们那些亚麻柜、那些老管家、那些饰有真正金边的枕头套，年收入可能有五千到一万英镑，而比休大两岁的他却仍在托人找工作。

　　他在五十三岁还不得不到这里来请求他们把他安插进某个秘书的办公室，或帮他找个男校助教的职位，去教小男孩拉丁语，并在办公室里听从某个自以为是的人调遣，总之找一个每年能挣五百英镑的工作;因为如果他和黛西结了婚,就是算上他的退休金,他们至少还需要五百英镑才能维持生活。也许惠特布雷德能帮助他;或者是达洛维。他倒不怵头求达洛维办事。他可是个十足的好人;权力有限,头脑不大灵活,这是事实,但他绝对是个好人。他无论承诺了什么事都会以同样客观明智的方式去完成,不掺杂任何想象,也不使用任何心计,只是用他这类人特有的难以解释的好心去处理。他本该当个乡绅——搞政治浪费了他的才能。他最大的本事在户外,在跟马和狗打交道的时候——例如,他表现得多么好啊,当克拉丽莎那只长毛大狗跌进陷阱并有一只爪子被掀掉一半的时候,克拉丽莎吓晕了,达洛维包揽了一切;给狗缠绷带,上夹板;还劝克拉丽莎别犯傻。那也许就是她喜欢他的原因——那正是她所需要的。"嗨,我亲爱的,别犯傻啦。拿着这个——去取那个。"同时他一直在和那条狗说话,仿佛它是个人。

但是她怎么能容忍那些关于诗歌的谈话呢?她怎么能听任他喋喋不休地大谈莎士比亚呢?理查德·达洛维严肃地、郑重地站起来说,任何一个正经的男人都不应该读莎士比亚的十四行诗,因为读它们就像通过门上的钥匙孔去偷听(再说,那种人际关系是他所不赞同的)。任何一个正经的男人都不应该允许他的妻子去看望一个亡妇的姐妹。真难以理解!唯一能做的事是拿起糖粘杏仁向他扔过去——那是在吃正餐的时候。但是克拉丽莎竟把这些都听进去了;她认为他是那么诚实,那么有独立见解;老天知道她是否认为达洛维是她所遇到的最有创见的人!

那是把他和萨莉联系在一起的纽带之一。那时他们经常去花园散步,那个地方四面都有围墙,种着许多玫瑰花和大花椰菜——他还能记得萨莉摘下一朵玫瑰花,并停下来赞叹月光下的卷心菜叶子是多么美丽(真奇怪,这一切都生动地回到他的记忆里,那些他多年没有想起过的事),同时她还请求他,当然是半开玩笑地,请求他把克拉丽莎抢走,以保护她免受休和达洛维以及其他"完美的绅士"的影响,他们会"窒息她的灵魂"(在那些日子里萨莉写了许多诗歌),他们会把她变成单纯的女主人,会鼓励她的世俗欲望。但是你必须公正地评价克拉丽莎。她并不打算嫁给休。她完全清楚自己的意愿。她的情绪都是表面的东西。在内心深处,她是非常精明的——例如她判断人的性格比萨莉要准确得多,但尽管如此,她仍具有纯女性的特质;她有一种非凡的天才,一种女人的天才,即无论到哪里她都能创造自己的天地。她走进一个房间;她站在门口,周围有许许多多的人,正如他经常所见。但是你能记住的却是克拉丽莎。并不是因为她长得出众,她一点儿都不漂亮,身上也没有任何不寻常的地方;她从来没有说过特别聪明的话;然而她却很显眼,十分显眼。

　　不对,不对,不对!他已不再爱她!他只是觉得,在今天早上见到她拿着剪刀和丝绸为晚会做准备之后,他无法不想念她;她一再回到他的记忆里,好似火车车厢里一个熟睡的人不时地碰撞他;当然,这绝非恋爱;他是在思念她,批评她,然后重新开始努力去解释她,在过了三十年之后。对她明显的评语是:她很世俗,过分热衷于地位、上流社会和向上爬——从某种意义上讲这是事实;她向他承认过这一点。(你如果费一点力气的话总是能让她承认的;她很诚实。)她会说她讨厌穿着过时的女人、因循守旧的人、无所作为的人,也许包括他自己;她认为人们没有权利袖手闲逛,他们必须干点什么,成就点什么;而那些大人物、那些公爵夫人、那些在她家客厅里见到的头发花白的伯爵夫人们,在他看来微不足道,远非什么重要人物,而在她看来则代表着一种真正的成就。她有一次说贝克斯伯拉夫人身板直挺(克拉丽莎自己也是同样;她无论是坐还是站从不懒散地倚着靠着;她总是像飞镖一样直挺,事实上还有一点儿僵硬)。她说她们有一种勇气,对此她随着年龄的增长钦佩有加。在这些看法中自然不乏达洛维先生的见解,不乏那种热心公益的、大英帝国的、主张税制改革的统治阶级的精神,这种精神已进入她的思想,正如经常发生的那样。虽然她的天资比理查德高两倍,但她却不得不通过他的眼睛去看待事物——这是婚姻生活的悲剧之一。虽然她有自己的思想,但她却必须永远引用理查德的话——仿佛一个人读了早晨的《晨邮报》后仍一点儿都不明白理查德的观点似的!例如,这些晚会都是为他而举行的,或者说是为她认为他应如何社交而举行的(公道地讲,理查德如果在诺福克郡务农会快乐得多)。她把自家的客厅变成了类似会议室的地方;她在这方面很有天才。他曾不止一次看见她拉过一个不谙世事的年轻人,激发他,规劝他,使他觉醒,让他行动。无数枯燥乏味的人聚集在她的周围,这是必然的。但是出人意料的奇怪客人也会出现,有时是个艺术家,有时是个作家,总之是与那里的气氛不协调的怪人。在这一切的背后是一个网络,其组成部分包括登门造访、留下名片、善待客人、捧着一束束鲜花和小礼物东奔西跑;某某人要去法国——需要一个气垫;这等事费尽了她的心思;街上的车辆川流不息是因为有她这类女人频频出行;然而她是真心实意地做着这些事,出于一种本能。

奇怪极了,她是他所遇见的最彻底的宗教怀疑论者之一,她可能(这是他过去编造出来以解释她的行为的一个理论,在某些方面是那么明白易懂,在其他方面又是那么难以理解),她很可能对自己说:由于我们是注定要灭亡的民族,被锁在一艘正在下沉的轮船上(她年轻时最喜欢读赫胥黎①和廷德耳②的书,他们两位都喜欢使用航海的比喻),由于这一切是个拙劣的玩笑,那无论如何让我们尽自己的努力吧,减轻我们狱友的痛苦(又是赫胥黎的比喻),用鲜花和气垫装饰我们的囚室,尽我们所能活得体面。绝不允许众神恶棍们为所欲为——她认为众神总是不失时机地伤害、攻击和毁灭人类的生命,然而如果你像贵妇人一样行事的话,他们就真的被赶走了。这一思想阶段直接始于希尔维娅之死那一恐怖事件发生之后。亲眼看见你自己的妹妹(一个也将走向生活的女孩、她们中间最有天分的一个)被一棵倒下的大树活活砸死(这都是贾斯廷·帕里的过错——都怪他粗心大意),足以使人怨恨尘世,克拉丽莎常说。后来她大概不再那么乐观了。她认为众神根本不存在,不应埋怨任何人;她因而逐渐发展到信仰这一无神论的准则:为了拥有美德而行善。

诚然,她充分享受着生活的乐趣。享受乐趣是她的本性(尽管,老天爷才知道,她有含蓄的一面;他常觉得,就连他在这么多年之后也只能描绘出克拉丽莎的轮廓)。不管怎么说,她并没有怨恨,丝毫没有好女人的那种令人生厌的道德感。她几乎从任何事物中都能得到乐趣。如果你和她一起去海德公园散步,一会儿是一花坛郁金香,一会儿是童车里的小孩,一会儿是她即兴编出的荒唐小故事,都能使她快乐。(她很可能会跟刚才那对恋人说话,如果她知道他们不快乐的话。)她有一种真正敏锐的喜剧感,可是她需要很多人,总是需要很多人将它引发出

---

① 赫胥黎(1825—1895),英国生物学家、作家,公开支持达尔文的进化论思想,并发明了"不可知论者"一词,用来指对上帝存在与否没有把握的人。
② 廷德耳(1820—1893),英国物理学家。

来,其必然的结果是:她浪费了许多时间去参加午餐会,参加宴会,举办这些无休止的晚会,谈些毫无意义的事,说些言不由衷的话,降低了自己的思维能力,丧失了辨别是非的能力。她常坐在餐桌一头的主座上费尽心机招待一个也许会对达洛维有用的老家伙——他们认识全欧洲最令人憎恶的人——要不就是伊丽莎白走进来,然后一切都必须让位于**她**。他上次来访时伊丽莎白还是个高中生,处于不善言谈的阶段,她是个眼睛圆圆、面色苍白的女孩,没有一处像她的母亲,沉默寡言而不易激动。她对这一切习以为常,听任她的母亲小题大做地谈论她,然后问道:"现在我可以走了吗?"像个四岁小孩。她要去打曲棍球,克拉丽莎解释道,口气中流露出似乎是被达洛维本人唤起的兴奋和骄傲。现在伊丽莎白大概就算"初入社会"了;她把他看做因循守旧的人;她嘲笑她母亲的朋友们。没关系,随她去吧。彼得·沃尔什拿着帽子走出摄政公园时想,人虽然逐渐变老,但还是得到了报偿;这报偿是:尽管激情依旧,他却得到了——终于得到了!——给生活增添极大美味的能力,也就是说他有能力抓住生活的体验并在光亮中慢慢地审视它。

他有一种想法,说出来不大好(他重新戴上帽子),那就是:现在,人到了五十三岁,已经不再需要别人了。生活本身,它的每一瞬间、每一点滴、此地、此刻、现在、在阳光里、在摄政公园,就足够了。确实是太多了。整个人生太短暂了,即便一个人取得了品味人生的能力,也无法尝出它的全部滋味,无法从中摄取每一盎司的快乐和每一层次的意义;这快乐和意义比过去要充实得多,个人色彩也要少得多。他今后不会再受痛苦的折磨了,不会像克拉丽莎曾使他痛苦那样。有一段时间他一连几个小时(祈求上帝保佑,你说这些事时不被别人听见!),他一连几小时甚至几天没想过黛西。

他是不是因为回忆起往日的痛苦、折磨和那不寻常的激情才与黛西相恋的呢？这段恋情与过去的完全不同，它要快乐得多，因为实情是她爱上了他，这是毋庸置疑的。可能就是那种想法使他在轮船真的开航时感到特别轻松，使他什么都不想干只想独处，使他在发现舱房里有她派人送来的小礼品——雪茄烟、便笺、旅途用的毯子——时感到恼火。每个人如果诚实的话都会说同样的话：一个人过了五十岁就不再需要别人了，不想再告诉女人她们很漂亮；大多数五十岁以上的男人都会这样说的，如果他们诚实的话，彼得·沃尔什想。

然而这些令人惊奇的感情宣泄——今天早晨的痛哭流涕，究竟是为了什么呢？当时克拉丽莎会怎样想他呢？大概认为他是傻瓜，肯定不是第一次了。说到底那是由于嫉妒引起的，嫉妒比人类的任何其他情感都要持久，彼得·沃尔什想，同时握住小刀伸直胳膊。黛西在最近的一封信中说，她一直和奥德少校约会；他明白，她是故意这样说的，目的是让他嫉妒；他能想见她写信时皱着眉头的样子，她在思索着能说些什么话来伤害他；然而这起不了什么作用；他气愤极了！他专程回到英国又忙着拜访律师，他做这一切不是为了和她结婚，而是为了不让她嫁给任何别的人。那就是折磨着他的情感，那就是当他看到克拉丽莎如此镇静、如此冷漠、如此专心地缝补衣裙之类东西时突然袭来的情感，他意识到她本来是可以不伤害他的，也意识到她已把他贬低为什么样的人——一个呜咽泣诉的老傻瓜。但是女人不懂得什么是激情，他一面合上折刀一面想，她们不知道激情对男人意味着什么。克拉丽莎像冰柱一样冷漠。她常和他并肩坐在沙发上，任他握她的手，她会吻一下他的面颊——此时他已来到十字路口。

一个声音扰乱了他的思绪;那是一个微弱颤抖的声音,一个人的歌声,它突突地冒了出来,没有方向,没有活力,没有开头也没有终结,它无力地但刺耳地流淌着,丝毫不含人类能理解的任何意义:

　　义　安　发　安　叟
　　伏　绥　图　印　乌……

这声音没有年龄和性别的特征,它是古老的泉水喷出地面的声音;它来自摄政公园地铁车站正对面的一个高高的、微微颤抖的形体,像个漏斗,像个生锈的曲柄抽水机,又像一棵饱经风霜、永远不长叶子的树,它听凭风儿出入它的枝桠并唱道:

　　义　安　发　安　叟
　　伏　绥　图　印　乌,

它在永不停息的微风中摇曳,碰撞,呻吟。

经过了所有的年代——当这片人行道还是草地的时候,当它还是沼泽的时候,经过了长牙野象出没的年代,经过了寂静日出的年代,那个饱经风霜的女人(因为她穿着一条裙子),右手张开,左手叉腰,站在那里歌唱爱情,那已经延续了一百万年的爱情,战胜一切的爱情;她轻声唱道,几百万年前,她的恋人(他在许多世纪前就已死去)曾经在五月里和她一起散步;但是她还记得,在像夏日般漫长的岁月里,在只有红色紫菀花发出火一样的光芒的岁月里,他已经去了;死神的巨大镰刀已经横扫过那些高大的山峦,当她终于把自己长满华发的、非常衰老的头靠在大地(现已变为冰的焦土)上的时候,她请求众神在她身边放上一束紫色石南花,就放在埋葬她的地方,那受到最后的太阳的最后光线照耀的高岗上,因为到那时宇宙的万象将不复存在。

正当这支古老的歌曲在摄政公园地铁车站对面突突响起之时,大地似乎依然郁郁葱葱、花团锦簇;尽管这歌声出自那么粗俗之口,出自大地上的一个空洞,沾满泥土,交织着根的纤维和成团的野草,这支古老的汩汩突突的歌曲,这支浸透了远古年代的无数盘根、骷髅和宝藏的歌曲,依然分成细流不断地流淌在人行道上,流过整条玛丽乐彭路,流向尤斯顿路,肥沃了这些地方,留下了潮湿的痕迹。

那个生锈的曲柄抽水机,即那个一手伸出索要铜板、一手叉着腰部的饱经风霜的老妇人,仍然记得在某个久远年代的五月里和恋人一起散步的情景;一千万年之后她仍然会站在那里,仍然会记得她在五月里散步的情景(那个地方现已成了海洋),跟谁在一起散步并不重要——他是个男人,啊,是啊,一个爱过她的男人。但是随着年代的流逝,那个古老的五月天已不再清晰;艳丽的花朵已染上银白色的寒霜;当她请求他(正如她现在很清晰地唱着)"用您那美妙的眼睛,注意看看我"时,她再也看不见,再也看不见那双褐色的眼睛、黑色的络腮胡子和被阳光晒黑的面庞,只能看见一个隐约出现的形体、一个黝黑的身影,但她仍以高龄老人特有的像小鸟般活泼的神态喋喋不休地唱:"向我伸出你的手吧,让我轻轻摸。"(彼得·沃尔什情不自禁地给了可怜的老妇人一枚硬币,然后上了出租车。)"若被人看见,那又有何妨?"①她继续唱着诘问;她用拳头不时捶着腰,微笑着把那一先令硬币放进衣袋,此时所有那些凝视探察的目光似乎都

---

① 老妇人唱的歌曲是《万灵节》,由奥地利诗人赫尔曼·封·格尔姆(1812—1864)作词,德国作曲家理查·施特劳斯(1864—1949)作曲。万灵节是纪念所有忠于信仰的死者的宗教节日。

被抹掉了,那一代又一代的过客——人行道上挤满了匆忙赶路的中产阶级——都消失了,像无数的树叶被踩在脚下,并被浸湿、泡透,变成腐叶土,被那永恒的泉水——

义 安 发 安 叟
伏 绥 图 印 乌。

"可怜的老妇人。"利西娅·沃伦·史密斯说。

哎,可怜的不幸的人!她说,一面等着过马路。

假设这是个雨夜呢?假设你的父亲或了解你过去生活富裕情况的人恰巧路过此地,看见你站在路旁的雨水沟里,会怎么想呢?还有,她夜里究竟在什么地方睡觉呢?

这微弱的、不可战胜的歌声愉快地、甚至是兴奋地旋转着飘入空中,犹如从一座农舍的烟囱里冒出的轻烟,它旋转着飘上洁净的山毛榉树丛,然后变成一缕蓝烟,从树冠顶部飞了出来。

"若被人看见,那又有何妨?"

由于利西娅已连续许多个星期那么不快活,她认为发生的一切事情都是有一定用意的,她有时几乎觉得她必须拦住街上的行人,如果他们像慈祥的好人的话,目的只是对他们说:"我很不快活";而这个在街上唱"若被人看见,那又有何妨?"的老妇人使她突然相信一切都会好起来的。他们要去见威廉·布拉德肖爵士;她认为他的名字听着挺不错;他会马上治好塞普蒂莫斯的病。这时一辆酿酒厂的马车过来了,那些灰马的尾巴上沾满直立的麦秸;还有许多报纸广告牌。感觉不快活实在是非常非常愚蠢的梦幻。

于是他们——塞普蒂莫斯·沃伦·史密斯先生和太太——穿过马路,那么他们身上有什么能引起别人注意的地方吗?有什么能使过路人想到这里有个年轻男子负责传播世界上最伟大的信息,因而是世界上最幸福也是最痛苦的人吗?也许他们比别的人走得慢一些,而且这男子走路的姿态有些犹豫,有些拖拉,但是对于一个多年没有在工作日里的这个时辰光顾伦敦西区的小职员来说,不时望望天空,看看这看看那,不是最自然的事吗?他东顾西盼,仿佛波特兰波拉斯街是一间屋子,他来访时恰逢主人举家外出,只见大吊灯包在粗亚麻布袋里,那位看管房子的女仆掀起拖地窗帘的一角,让一缕缕长长的、充满尘土的光线照亮那些久未使用的、式样怪异的安乐椅,同时向客人们解释这个地方有多么好;多么好啊,可又是多么奇怪啊,他想。

从外表看,他倒有可能是个小职员,不过是较好的那种职员,因为他穿着棕色的靴子,有着受过教育的人所特有的手,还有他的侧面轮廓——有棱角、大鼻子、聪慧、敏感——也是受过教育的人所特有的;但他的嘴唇却不尽如此,因为它们不受约束;他的眼睛(人的眼睛一般如此)仅仅是眼睛而已,淡褐色的、大大的;因此总的来讲他是个边缘人物,既不属于这类也不属于那类;他最终有可能在帕利拥有一所房子和一辆汽车,也可能一辈子继续租用坐落在小街上的公寓;他是受过一些教育又自学成才的人们中的一员,他们从公共图书馆借来书籍,在工作之余利用晚间阅读,并通过书信得到著名作者的指教,他们都是这样完成学业的。

至于其他的经历,那些孤独的经历,即人们在卧室、在办公室、在田间或伦敦街头单独经历的事情,他都经历过。他少年时代就离开了家,是因为他的母亲说了谎,是因为他第五十次没有洗手就下楼吃茶点,是因为他觉得诗人在斯特劳德镇没有前途,因此他悄悄地和小妹告了别便离开家来到伦敦,只给家人留下一张荒谬的便条,类似许多伟人曾写过的并在他们的斗争史出名后全世界都读到过的那种便条。

伦敦已经容纳了好几百万姓史密斯的年轻人;它根本看不上这些人的父母为使他们成名而为他们取的教名,例如塞普蒂莫斯。他寄宿在离尤斯顿路不远的地方,经历了许许多多的事,例如在两年之内他那红润、天真、椭圆形的脸变得又瘦又小而且充满敌意。对于所有这些变化,朋友当中那最富于观察力的一位又能说什么呢?他只能借用园丁在清晨打开暖房门发现一株植物开新花时常说的一句话:它开花了;这花是从虚荣心、雄心壮志、理想主义、激情、孤独、勇气、懒惰中生长出来的,它们都是常见的种子,它们混杂在一起(在离尤斯顿路不远的一间屋子里),使他羞怯、口吃,使他急于完善自己,使他爱上了伊莎贝尔·波尔小姐,她当时在滑铁卢街学校讲莎士比亚的作品。

他不是很像济慈①吗?她问道,并思量着如何让他品味一下《安东尼和克莉奥佩特拉》②及其他作品;她借给他许多书,用纸片给他写了许多信,并在他心中点燃了一生中只燃烧一次的火,这火没有热量,闪烁着金红色的火焰,它无限轻妙而虚幻,映照在波尔小姐身上;《安东尼和克莉奥佩特拉》,还有滑铁卢街学校。他认为她非常美丽,相信她绝对聪慧,他梦见她,写诗献给她,而她却毫不理睬诗的内容,一律用红墨水批改;那是一个夏日的晚上,他看见她穿着绿衣裙在广场散步。"花开了。"那园丁可能会这样说,如果他打开门的话;也就是说,如果园丁在

---

① 济慈(1795—1821),英国诗人,被认为是浪漫主义运动中最伟大的人物之一。

② 《安东尼和克莉奥佩特拉》,莎士比亚写的一部悲剧。

任何一天夜里的这个时辰走进来,会发现他在写作,发现他在撕手稿,发现他在凌晨三点完成了一篇杰作并跑到街上蹀步,去教堂礼拜,今天禁食明天酗酒,贪婪地阅读莎士比亚、达尔文①的著作,还有《文明史》和萧伯纳②的作品。

一定出什么事了,布鲁尔先生心里明白;布鲁尔先生在专门从事拍卖、估价及房地产经纪的西布利斯和阿罗史密斯公司里担任负责管理的职员;一定出什么事了,他想,而且由于他对年轻雇员有一种父亲般的感情,由于他高度评价史密斯的能力并预言十到十五年后他会坐到里间屋天窗下的皮椅上,周围摆满装契约的小箱子,他说:"如果他能保持健康的话。"而这正是危险之处——史密斯看上去弱不禁风;他劝史密斯踢足球,请他吃晚饭并表示愿意推荐给他加薪,但突然间出了一件大事,把布鲁尔先生的许多打算抛到九霄云外,还拉走了他那些最得力的年轻雇员,最后,由于欧洲战争的魔爪是如此喜好触动隐私并具有如此隐秘的破坏力,它们打碎了谷类女神刻瑞斯的石膏复制像,在天竺葵花坛里刨了一个大坑,还彻底摧垮了厨师的神经,这些都发生在马斯韦尔山上布鲁尔的家里。

塞普蒂莫斯是首批志愿兵的一员。他到法国去保卫英国,而这个英国几乎完全是由莎士比亚戏剧和穿绿衣信步广场的伊莎贝尔·波尔小姐组成的。在那边的战壕里,布鲁尔先生当年劝他踢足球时就期望看到的变化立时发生了,他变得很有男子气,他得到了晋升,引起了名叫埃文斯的军官的注意,实际上是得到了他的钟爱。这就像两只狗在壁炉前的地毯上玩耍,一只

---

① 达尔文(1809—1882),英国自然博物学家,提出了以自然选择为基础的进化论。
② 萧伯纳(1856—1950),爱尔兰籍剧作家、小说家、音乐和文学评论家。

正在玩引火用的纸捻。龇着牙大声吼叫,并不时揪揪老狗的耳朵;另一只则躺着发困,对着炉火眨眼睛,并抬起一只爪子,转过头去和善地低声叫。他们两个必须在一起,共享甘苦,相互打架,相互吵嘴。但是当埃文斯(利西娅只见过他一面,说他是"文静的人";他身体强壮,头发棕红,在有女人的场合感情不外露)于停战前夕在意大利阵亡时,塞普蒂莫斯却无动于衷,对这段友谊的终结没有丝毫表示,相反他庆幸自己不为感情所动。战争教育了他。战争是崇高的。他已经历了整个过程:友谊、欧洲战争、死亡,他得到了晋升,他还不到三十岁,肯定能活下来。他当时就在现场。最后的炮弹没有击中他。他漠然地看着炮弹爆炸。

和平来临的时候,他正在米兰,随部队借宿在一个旅店老板家里;房前有一个小院,圆盆里种着鲜花,还摆着几张小桌子,店主的女儿们在做帽子;他和小女儿柳克利西娅订了婚,那是在一天晚上他因自己变得麻木不仁而惊慌失措的时候。

因为现在一切都已结束,停战协定已签订,死者已被安葬,在这种情况下,特别是那天晚上,他突然经历了像阵阵雷鸣般的恐惧。他变得麻木不仁了。当他推开房门时,那几个意大利姑娘正在做帽子,他能看见她们,能听见她们说话,她们在盛着彩色珠子的小盘子里磨着铁丝,她们把硬衬布折来折去;桌上摆满了羽毛、光片、丝绸、装饰带;剪刀在桌子上轻轻碰撞;但是他失去了什么东西,他失去了感知的能力。尽管如此,剪刀在轻轻敲击,姑娘们在说笑,帽子在制作之中,这一切保护了他,使他确实感到安全;他有了一个庇护所。但是他不可能整夜坐在那里。凌晨时分总有醒来的时候。床在跌落,他也在跌落。啊,为了那剪刀、灯光和不同形状的硬衬布!他请求两姐妹中年纪较小的柳克利西娅嫁给他,她既快乐又风流,长着艺术家的纤细的手指,她常翘起手指说,"都是它们的功劳。"它们给丝绸、羽毛及其他东西带来了生命。

"帽子是最重要的。"他们一起到外面散步的时候她常常这样说。他们在路上见到的每一顶帽子她都要仔细观察,还有斗篷、衣裙以及女人优雅的姿态。她批评不讲究穿着的人和过于讲究穿着的人,但并不粗鲁,只是不耐烦地挥着两手,就像一位画家不耐烦地挥着手拿开某件明显的赝品,尽管制作者显然并非出于恶意。然后她会豁达地但总是挑剔地赞赏一个尽其所有而装扮入时的女售货员,或以一种热情的和内行的理解力去衷心称赞一个正走下马车的法国贵妇人,这女人穿着绒鼠皮衣和长袍,戴着珍珠首饰。

"美极了!"她会小声说,同时碰碰塞普蒂莫斯,让他也看。但是美似乎隔着一层玻璃。就连美味(利西娅喜欢吃冰激凌、巧克力、甜食)对他都没有吸引力。他把茶杯放到大理石小桌上。他看着外面的人们;他们似乎很快乐,聚集在大街当中,叫着,笑着,无缘无故地争吵着。但是他品不出滋味,他失去了感觉的能力。在那个茶馆里,在许多小桌子和闲聊的侍者中间,可怕的恐惧向他袭来——他变得麻木不仁了。他能够论理,他能够很轻松地阅读例如但丁①的作品("塞普蒂莫斯,把书放下。"利西娅说着轻轻地合上《地狱篇》),他能够计算账单;他的脑子是完好的;那么他的麻木不仁一定是这个世界的过错了。

"英国人是那么少言寡语。"利西娅说。她说她喜欢这一点。她尊敬这些英国男人,她想看看伦敦,想看看英国马,还有

---

① 但丁(1265—1321),意大利诗人,著有《神曲》。

裁剪合体的西装,她还记得听一个嫁到伦敦并定居索霍区的姨妈说过那里的商店有多么好。

他们离开纽黑文市时,塞普蒂莫斯一面望着火车车窗外的英国大地一面想,这个世界本身大概没有任何意义。

在办公室里,他被提升到一个相当负责的职位。同事们为他感到自豪;他曾荣获过十字勋章。"你已尽了你的职责,我们决定——"布鲁尔先生开始讲,但未能讲完,他的情绪是那么兴奋。他和利西娅在离托特纳姆科特路不远的地方租了一套令人羡慕的寓所。

在这里他又一次打开莎士比亚的书。那家伙在《安东尼和克莉奥佩特拉》里所使用的语言已经完全失去了魅力。莎士比亚是多么厌恶人类啊——穿衣服,生孩子,嘴和肚子同样肮脏!

现在这一点已向塞普蒂莫斯揭示出来,这一信息隐藏在优美文字当中。一代人传给下一代人的经过伪装的信号是:厌恶、仇恨、绝望。但丁的作品也是如此。埃斯库罗斯①的(翻译过来的)作品也是如此。利西娅坐在那边的桌子旁修饰帽子。她一连几个小时为菲尔默太太的朋友们修饰帽子。她看上去脸色苍白,显得神秘,像朵睡莲被淹没在水中,他想。

"英国人是那么严肃。"她常说,一面搂着塞普蒂莫斯,把脸贴在他的脸上。

男女之间的情爱在莎士比亚看来是令人厌恶的。性交的事在他看来早就是肮脏的。但是利西娅说她必须要孩子。他们结婚已经有五年了。

他们一起去参观伦敦塔,去参观维多利亚和阿尔伯特博物

---

① 埃斯库罗斯(公元前525—前456),古希腊戏剧家,被称为希腊悲剧之父。

馆；他们一起站在人群中观看国王主持议会开幕式。还有许多店铺——帽子店、衣裙店、橱窗里展示着真皮手提包的商店，她常站在这些店铺前睁大眼睛好奇地观看。但是她必须有个儿子。

她必须有个长得像塞普蒂莫斯的儿子，她说。可是没有一个人能像塞普蒂莫斯；他是那么温柔，那么严肃，那么聪明。她难道不能也读读莎士比亚的书吗？莎士比亚是个难懂的作家吗？她问道。

你不能把孩子带到这样的世界上来。你不能让苦难延续下去，也不能更多地繁育这些充满情欲的动物，他们没有始终如一的情感，有的只是冲动和虚荣心，驱使着他们一会儿朝东一会儿朝西。

他看着她剪裁、成型，犹如一个人看着一只小鸟在草地上蹦跳、轻飞，却不敢动一动手指头。因为事实是（她看不到就算了）人类既没有仁慈，又没有信念，也没有怜悯之心，只知道增加一时的快乐。他们成群结队狩猎。他们的队伍扫荡沙漠，然后尖叫着消失在荒原里。他们抛弃了倒下的同伴。他们的脸上满是痛苦的神情。布鲁尔先生坐在办公室里，他有抹过蜡的胡子，戴着珊瑚领带夹，穿着白色套衫，他的情绪使人感到愉快——然而他的内心却完全是冷冰冰黏糊糊的——他的天竺葵毁于大战之中——他的厨师精神崩溃；或者那个叫阿米利娅什么的，每天五点钟准时给大家送茶点——是个爱送秋波的世俗风骚的小妖精；还有那些叫汤姆呀波梯呀的仆人们，穿着浆过前襟的衬衣，渗出一滴滴浓浓的坏水。他们从未看见过他在笔记本上给他们画的像，在画里他们赤身裸体做着滑稽愚蠢的动作。在大街上，小货车吼叫着从他身边开过；公告牌上醒目地记载着暴力事件：男人们被困在矿井里，女人们被活活烧死。有一次一队残疾精神病患者被当众训练、展示,以供公众取笑(人们哈哈大笑);那些人懒散地迈着步子,点着头,咧嘴笑着走过他的身边,在托特纳姆科特路上,每个人都是半抱歉地又非常得意地把失望的痛苦强加于他。那么**他自己会发疯吗?**

喝午茶时,利西娅告诉他,菲尔默太太的女儿快生孩子了。**她自己**年龄越来越大也不能没有孩子呀!她很孤独,她很不幸!他们结婚以来她第一次哭了起来。他听得见她在抽泣,声音离得很远;他听得真真切切,看得清清楚楚;他把这哭声比做活塞起落的砰砰声。但是他无动于衷。

他的妻子在哭泣,而他却无动于衷;只是她如此强烈、无言、绝望地每哭一次,他就向深渊迈下一步。

最后,他机械地做出一种夸张的姿态,把头埋进双手里,但他完全清楚这是在装模作样。现在他已经投降了;现在别的人必须帮助他。必须叫人来。他让步了。

什么都不能使他打起精神。利西娅让他上了床。她派人去请医生,去请菲尔默太太的霍姆斯医生。霍姆斯医生为他作了检查,说他什么病也没有。啊,可松了一口气!他是个多么慈祥、多么好的人啊!利西娅想。霍姆斯医生说,他自己的情绪像这样坏的时候,他就去音乐厅。他休了一天假陪他的妻子打高尔夫球。不妨试试把两片溴化钾镇静剂溶解在一杯水里睡前服用。霍姆斯医生敲了敲墙壁说,这些布卢姆斯伯里区的老式房子通常有很好的护墙板,可那些房东净做傻事,用壁纸把它们都糊上了。就在前两天他去探访过一个病人,是某某爵士,住在贝德福德广场——

这么说没有任何借口了,什么病都没有,只有那罪恶——他的麻木不仁,为此人性已判处他死刑。埃文斯遇难时他无动于衷,那是最糟糕的事;但是所有其他的罪恶也纷纷抬起头来,在凌晨时分从床栏上方摇晃着手指,挖苦嘲笑那个软弱无力的躯体;这个躯体躺在那里反省自己的堕落:他是如何娶了妻子但并不爱她,如何对她说了谎,如何玷污了她,如何激怒了伊莎贝尔·波尔小姐;他身上散布着那么多邪恶的疤痕,使得女人们在街上见到他就瑟瑟发抖。人性对这样一个坏蛋的宣判是死刑。

霍姆斯医生又来了。他身材高大、面色红润、英俊潇洒,他掸了掸靴子,照了照镜子,他认为头痛、失眠、恐惧、梦呓等都不要紧,不过是些神经症状,没有别的,他说。如果霍姆斯医生发现自己的体重比十一斯通①零六磅下降了哪怕半磅,他也要在早餐时让妻子多给他一盘麦片粥。(利西娅将要学会煮麦片粥。)但是,他继续说,健康在很大程度上是我们自己可以控制的。让你自己对外界的事情产生兴趣,培养某种业余爱好。他翻开了莎士比亚的剧本《安东尼和克莉奥佩特拉》,然后又将莎士比亚的书推到一边。某种业余爱好,霍姆斯医生说,因为他之所以有这样好的身体(要知道他像伦敦的任何男人一样拼命工作)不就是因为他能从注意病人转向注意旧家具吗?啊,沃伦·史密斯太太头上戴的小梳子是多么漂亮啊,如果允许他评论的话。

这个可恶的傻瓜再来的时候,塞普蒂莫斯拒绝见他。他真的不想见我?霍姆斯医生愉快地笑着问。说真的,他必须友善地推开那位娇小美丽的史密斯夫人才得以进入她丈夫的卧室。

"这么说你很害怕。"他愉快地说着,在病人身边坐下。他真的对他的妻子说过要自杀吗?她还是个年轻姑娘,并且是个外国人,对吧?这难道不会使她对英国丈夫们产生奇怪的看法

---

① 斯通为英制重量单位,一斯通相当于十四磅。

吗?难道一个人对他的妻子不负有什么责任吗?起来干点什么不是要比躺在床上好吗?因为霍姆斯医生已有四十年的经验,塞普蒂莫斯可以相信他的话——他什么病都没有。霍姆斯医生希望下次再来时会看见史密斯已经下了床,不会再让他那美丽的小妻子为他担心了。

一句话,人性对他发起了攻击——那可恶的野兽,长着血红色的鼻孔。霍姆斯在攻击他。霍姆斯医生几乎每天都来。你一旦要跌倒,人性就来攻击你,塞普蒂莫斯在一张明信片的背面写道。霍姆斯在攻击你。他们唯一的办法是逃跑,不让霍姆斯知道;逃到意大利去,逃到哪里都行,哪里都行,远远地躲开霍姆斯医生。

但是利西娅不能理解他。霍姆斯医生是这么慈祥的人。他对塞普蒂莫斯是那么关心。他说他只是想帮助他。他有四个孩子,他已经邀请她去吃茶点了,她告诉塞普蒂莫斯。

这么说他被遗弃了。整个世界都在大声疾呼:你自杀吧,你自杀吧,为了我们。但是他为什么要为他们而自杀呢?食物使人愉悦,阳光依旧炎热;而自杀,人怎样自杀呢,用餐刀,惨不忍睹,血流遍地,那么吸煤气管怎么样?他太懦弱,他连手都抬不起来。再说,既然他现在是孤身一人,受人谴责,被人遗弃,与那些垂死的人同样孤独,那么在这种孤独中便有一种难得的享受,一种完全崇高的孤立,一种亲人们永远不能理解的自由。霍姆斯当然占了上风;那长着血红鼻孔的野兽占了上风。但就是霍姆斯本人也不能碰一碰这个躲在世界边缘的最后的遗人,这个被抛弃了的人,他回过头去凝望着那些有人居住的地区,像溺水的海员躺在世界的海岸上。

正是在这一瞬间(利西娅已去购物)他突然领悟到一个伟

大的真理。屏风后面传来说话声。那是埃文斯在说话。那些死者和他在一起。

"埃文斯,埃文斯!"他喊道。

史密斯先生在大声跟自己说话,女仆阿格妮斯对厨房里的菲尔默太太喊道。她端着托盘进去时他在喊:"埃文斯,埃文斯!"她当时跳了起来,真的跳了起来。她仓皇逃到楼下。

利西娅进来了,她捧着鲜花穿过房间,把玫瑰花放进一个花瓶里,阳光直射到花瓶上,她笑着,跳着,在屋子里转着圈子。

利西娅说,她不得不从街上一个穷苦的男人那里买下这些玫瑰。但是这些花都已经快死了,她一面摆弄着玫瑰花一面说。

这么说外边有个男人,也许是埃文斯吧;利西娅提到的那些半死的玫瑰花就是他从希腊的田野里采来的。与人沟通就是健康,与人沟通就是幸福,沟通,他自语道。

"塞普蒂莫斯,你说什么?"利西娅问,她害怕极了,因为他在自言自语。

她让阿格妮斯赶紧去请霍姆斯医生。她说她的丈夫发疯了,几乎不认识她了。

"你这头野兽!你这头野兽!"当塞普蒂莫斯看见人性(即霍姆斯医生)走进屋时喊道。

"这都是怎么回事呀,"霍姆斯医生用世界上最和蔼的态度问道,"你怎么净说胡话吓唬你的妻子呢?"然而他要给他点什么药让他睡觉。可是如果他们很有钱的话,霍姆斯医生一面讽刺地环顾着房间一面说,那就让他们去哈利街求医吧,如果他们不相信他的话,霍姆斯医生说到这里显得不那么和善了。

现在是十二点整,大本钟报时十二点整,那钟声随风飘荡在伦敦北部上空,与其他钟声汇合在一起,轻飘飘地融入云彩和缕缕烟雾之中,最后消逝在天上的鸥群里——十二点的钟声响起时,克拉丽莎·达洛维把她的绿色衣裙放到床上;而沃伦·史密斯夫妇正走在哈利街上。十二点是他们预约的时间。利西娅想,那座门前停有灰汽车的房子大概就是威廉·布拉德肖的家。(那深沉的音波逐渐消逝在空中。)

那辆汽车确实是布拉德肖爵士的,车身矮,功率大,灰颜色,侧面漆着交织在一起的两个字母,是他的名和姓的起首字母,很朴素,似乎因为此人是提供精神帮助的人和传播科学的权威,所以不宜在车身漆炫耀贵族地位的盾形纹徽;由于那辆汽车是灰色的,为了与它朴素雅致的风格相匹配,里面堆满了灰色的皮毛,那银灰色的暖毯是为尊敬的爵士夫人等在车里时保暖用的。因为威廉爵士经常坐车去六十英里外或更远的乡下探访有钱的、受痛苦折磨的病人,他们有能力支付他非常恰当地索要的极其昂贵的出诊费。爵士夫人要在车里等上一个小时或更长时间,她腿上盖着毯子,身体向后靠着,有时想想病人,有时想想那座用金子筑成的墙,这完全有道理,就在她等候的同时,金墙每分钟都在增高;金墙不断地增长,把他们与所有的变故和焦虑(她已勇敢地承受了它们;他们两人曾经艰苦奋斗过)分隔开来,直到她感觉自己被挤入一个平静的海洋,那里只有带馨香料味的风儿吹过;她受人尊敬,被人爱慕,被人嫉妒,简直没有什么再可奢望的了,尽管她为自己的肥胖而感到遗憾;每星期四晚上为医务界人士举办大型宴会,偶尔需要主持慈善义卖开幕式,还要去欢迎王室成员;天啊,她和丈夫在一起的时间太少了,而他的工作也越来越多;她有一个儿子就读于伊顿公学,成绩不错;她也曾希望能生个女儿;然而她有多方面的兴趣:儿童福利、癫痫病人出院后的护理以及摄影;因此在她等待丈夫的过程中,如果当地有教堂,或颓败的教堂建筑,她总要贿赂教堂司事,拿过钥匙进去拍照,这些照片与专业摄影师的作品相差无几。

威廉爵士本人已不再年轻。他一直拼命地工作;他取得现在的地位完全凭自己的能力(他是个店主的儿子);他热爱自己的职业;他已成为各种仪式上优秀的头面人物,擅长讲演——到了他被授予爵位时,他所作的上述一切努力已使他显得那么笨重、那么疲乏(他的病人川流不息;他的职业赋予他的责任和特权是那么繁多),这种疲惫的样子再加上他的灰白头发,使他无论走到哪里都格外引人注目,而且使他不仅以诊断技术快捷惊人和准确无误著称,而且以富于同情心、处世圆通和理解人的灵魂而闻名(这种声望对于诊治精神病人最为重要)。他们刚刚进屋(他们叫沃伦·史密斯夫妇)他就看出来了,他一见那个男人就敢肯定他是个极其严重的病人。那是精神彻底崩溃的病例——身体和神经的彻底崩溃,具有晚期的各种症状,他在两三分钟内就确诊了(同时记下他们对他的谨慎小声提问做出的回答,写在一张粉红色的卡片上)。

霍姆斯医生给他看病有多长时间啦?

六个星期。

开了一点镇静剂?说没有什么病?啊,是啊(那些家庭医生!威廉爵士想。他得花费一半的时间去纠正他们的错误。有些错误是无法补救的)。

"你参加过大战并获得很高的荣誉是吗?"

病人疑问地重复着"大战"一词。

他给词语加上象征性的意义。一个严重的症状,应记在卡片上。

"大战?"病人问。欧洲战争——那个小学男生们用火药搞的小小喧嚣吗?他参过战得到过荣誉吗?他还真想不起来了。他就是在大战中失败的。

"是啊,他参过战还得到过最高的荣誉,"利西娅肯定地告诉医生,"他得到了晋升。"

"你们办公室的人对你评价很高是吗?"威廉爵士瞟了一眼布鲁尔先生写的充满溢美之词的信,小声问道,"那么说你没有什么可担心的事,没有经济方面的忧虑,什么问题都没有啦?"

他犯过一个可怕的罪,已被人性判处死刑。

"我曾经……我曾经,"他开始说,"犯了一个罪……"

"他没做过任何错事。"利西娅肯定地告诉医生。威廉爵士说,如果史密斯先生愿意等一等的话,他要带史密斯太太到隔壁房间去单独谈一谈。她的丈夫病情非常严重,威廉爵士,他是不是要挟过要自杀?

对,他是这么说过,她哭了。可他不是真心的,她说。当然不是。只是个休息的问题,威廉爵士说,是休息、休息、休息的问题,长期卧床休息。乡下有一个宜人的疗养所,她的丈夫在那里会受到最好的照料。要离开她吗?她问。很遗憾,是要离开她;我们生病的时候,我们最亲近的人就不适合照顾我们了。可是他没有疯,对吗?威廉爵士说他从来不用"疯"字,他把这叫做失去均衡感。可是她的丈夫不喜欢医生,他不会同意到那儿去的。威廉爵士和善地向她简单解释了病情。他已经说过要自杀了。没有别的办法。这是个法律问题。他将到乡下那所漂亮的房子里卧床休养。那里的护士们是值得称赞的,威廉爵士将每星期去看他一次。如果沃伦·史密斯太太没有别的问题要问的话——他从不催促他的病人——他们就回到她丈夫那边去。她没有什么要问的了——没有什么要问威廉爵士的。

于是他们回到那个全人类中地位最显赫的人身边,那面对法官的罪犯,那袒露在高原上的受害者,那逃亡者,那溺水的海员,那创作了不朽的时间颂歌的诗人,那出生入死的上帝;他们回到塞普蒂莫斯身边,他坐在天窗下的安乐椅上凝视着布拉德肖夫人身穿宫廷礼服的照片,念念有词地谈论着对美的看法。

"我们已经谈完了。"威廉爵士说。

"他说你的病很重,非常严重。"利西娅哭着说。

"我们一直在做安排,让你进一个疗养所。"威廉爵士说。

"去霍姆斯的疗养所吗?"塞普蒂莫斯轻蔑地说。

这个家伙给人极不愉快的印象。因为威廉爵士(他的父亲是商人)很自然地尊重教养和穿着,而破衣烂衫激怒了这种情感;还有更深刻的一方面,威廉爵士一向没有时间读书,因而从内心深处嫉恨某些温文尔雅的人,他们走进他的房间并暗示医生不算受过教育的人,而实际上医生的职业要求所有最高级的官能处于持续紧张的状态。

"是去**我办的**一个疗养所,沃伦·史密斯先生,"他说,"在那里我们将叫你休息。"

还有一件事。

他敢肯定沃伦·史密斯先生在身体好的时候绝不会吓唬他的妻子。但是他已经说过要自杀了。

"我们都有情绪低落的时候。"威廉爵士说。

你一旦跌倒,人性就来攻击你,塞普蒂莫斯对自己重复道。霍姆斯和布拉德肖在攻击你。他们扫荡沙漠。他们尖叫着跑进荒原。扯肢刑架和拇指夹等刑具都用上了。人性丝毫没有同情心。

"他有时会突然冲动吗?"威廉爵士问,他的铅笔停留在粉红色的卡片上。

那是他私人的事,塞普蒂莫斯说。

"谁都不是只为自己活着。"威廉爵士说着瞟了一眼他夫人身穿宫廷服装的照片。

"你有光明的前程。"威廉爵士说。布鲁尔先生的信就在桌子上。"极其光明的前程。"

可是如果他坦白呢?如果他把自己的想法说出来呢?霍姆斯、布拉德肖他们会放过他吗?

"我……我……"他结结巴巴地说。

可是他到底犯了什么罪呢?他想不起来了。

"说呀。"威廉爵士鼓励他。(可是天已经晚了。)

爱情、树木、没有罪恶——他想说的是什么呢?

他想不起来了。

"我……我……"塞普蒂莫斯结结巴巴地说。

"尽可能少想你自己。"威廉爵士和气地说。说真的,他不适合到处乱跑。

他们还有什么问题想问他吗?威廉爵士会安排一切的(他小声对利西娅说),他将在当天傍晚五点到六点之间通知她。

"把一切都交给我吧。"他说,然后把他们打发走了。

利西娅一生中还从来没有,从来没有这么痛苦过。她是来请求帮助的,却遭到了背弃!他辜负了他们的期望!威廉·布拉德肖爵士不是好人。

光是保养那辆汽车他就得花不少钱,他们走到外面大街上时塞普蒂莫斯说。

她紧紧地挽着他的手臂。他们遭到了背弃。

可是她还想再要求什么呢？

对他的病人，威廉爵士已经奉献了三刻钟的时间；再说医疗是颇费精力的科学，毕竟关系到我们不懂的东西，如神经系统、人脑。那么如果医生失去了均衡感，那他作为医生就一事无成。健康是我们必须拥有的，而健康就意味着均衡；因此如果有人走进你的房间说他就是耶稣基督（这是一种普遍的幻觉），说他有信息要传达（这类人通常都有信息要传达），并且威胁说要自杀（正如他们常做的那样），你就必须调动均衡感；命令他们卧床休息，隔离休息，默默地休息，不准会见朋友，不准看书，不准传达信息；要休息六个月，直到入院时体重为七点六斯通的人出院时增加到十二斯通。

均衡，神圣的均衡，是威廉爵士的女神，是他在巡视医院、捕捞鲑鱼、与布拉德肖夫人在哈利街生养儿子的过程中得到的。布拉德肖夫人也常捕捞鲑鱼，还摄影，她的照片与专业摄影师的作品相差无几。威廉爵士靠崇拜均衡不仅自己发家致富，而且使英国繁荣昌盛，他隔离了英国的精神病人，禁止他们生育，宣布绝望也算犯罪，不让病人宣扬自己的观点，直到他们也获得了他的均衡感——如果病人是男人，得到的就是他的均衡感，如果病人是女人，得到的就是布拉德肖夫人的均衡感（她刺绣，织毛衣，每周七天里有四天晚上待在家里陪伴儿子），因此不仅他的同事们敬重他，他的下级惧怕他，而且他的病人的亲朋好友最深切地感激他，因为他坚持让这些预言世界末日或上帝降临的男女耶稣们在床上喝牛奶，按照威廉爵士的命令；威廉爵士有三十年治疗这类病人的经验，还有准确无误的直觉（这个属于疯狂，那个属于理智），即他的均衡感。

但是均衡还有个妹妹，更不爱笑，更加可怕，这个女神如今仍奔忙在印度的酷暑和沙漠中,在非洲的泥潭和沼泽中,在伦敦内外,总之在气候或魔鬼引诱人们背叛真正信仰(即她自己的信仰)的一切地方;她如今仍在忙着掀翻祭坛,击碎偶像,以她自己威严的面容取而代之。她的名字叫劝皈,她吞噬弱者的意志,喜欢留下印记,喜欢强加于人,把自己的面容烙在公众的脸上并洋洋自得。在海德公园的"讲演者之角",她站在木箱上发表演说;她全身裹着白衣,乔装成博爱,以忏悔的姿态走过许许多多的工厂和议会;她主动提供帮助,但又渴望权力;她把阻碍她前进的持异议者或心怀不满的人统统野蛮地消灭掉;她祝福那些仰望她的眼睛并服帖地从中看见自己光明的人们。这个女神也在威廉爵士心中占有一席之地(利西娅·沃伦·史密斯领悟到这一点),尽管多数情况下她隐藏在某些冠冕堂皇的伪装之下,在某个值得崇敬的名称之下,如爱情、责任、自我牺牲。他是如何地不辞劳苦——四处奔波去募集资金,宣传改革,发起成立慈善机构!但是劝皈,这个贪婪的女神,爱鲜血胜过爱砖瓦,她用最微妙的方法吞噬人类的意志。例如布拉德肖夫人。十五年前她就被征服了。你弄不清是什么原因,当时没有争执,没有吵闹,只是她的意志慢慢下沉,陷入水中,逐渐沉入他的意志之中。她的微笑是甜美的,她的归顺是迅速的;在哈利街寓所举行的宴会上,有八九道菜,有十几个从事专业工作的客人,宴会进行得相当顺利,客人们个个温文尔雅。只是到了后来,她表现出些许迟钝,也许是不安,肌肉紧张地抽动了一下,她胡乱摸索,不断说错话,思路不清,这些迹象表明这位可怜的贵妇人说了谎——这是令人痛心的。很久以前,她曾自由自在地捕捞鲑鱼,可现在为了迅速帮助丈夫实现对于统治和权力的热望(这种热望使他的眼睛放射出狡黠的光芒),她克制,压挤,削减,剔除,退缩,窥视;结果那个夜晚变得极不愉快,尽管人们不清楚是什么缘故,并在人们的头脑里造成这么大的压力(这不妨归咎于关于医学的谈话或一个伟大医生的劳累,用布拉德肖夫人的话来说,他的生命"不属于自己而属于病人"),总之,晚宴极不愉快,因此当客人们在十点的钟声响起时呼吸到哈利街上的空气后甚至狂喜起来;然而这种轻松感他的病人却无法得到。

在那间挂着油画、陈设着贵重家具的灰暗房间里,在那嵌有磨砂玻璃的天窗下,他的病人们了解到自己在多大程度上逾越了规范;他们蜷缩在安乐椅里,观看他为他们而做的一种奇怪的双臂操练,他快速伸出双臂,然后直接收回臀部,目的在于证明(如果病人顽固的话)威廉爵士能够控制自己的行为,而病人却不能。在那里一些意志薄弱者崩溃了,抽泣了,屈服了;另一些人出于一种老天爷才知道的极度的疯狂当面骂威廉爵士是该死的骗子;他们更加邪恶地质问生活本身。他们诘问:为什么要活着?威廉爵士回答:生活是美好的。是啊,布拉德肖夫人穿着饰有鸵鸟毛的服装的照片就挂在壁炉架上方,至于他的收入,每年足有一万二千英镑。但是生活对我们却没有那么慷慨,他们争辩道。他默认了。他们缺乏均衡感。也许根本就没有上帝吧?他耸了耸肩。简而言之,这个活与不活的问题是我们自己的事吧?但是他们想错了。威廉爵士有一个朋友在萨里郡,他们在那里教病人培养均衡感,他坦率地承认那是一门困难的艺术。除此之外,还有家庭亲情、勇气和光辉的事业。威廉爵士是上述这一切的坚强卫士。如果他们失败了,还有警察和社会的善举作他的后盾;在萨里郡,警察和社会善举会很快行动起来,使这些主要由于出身卑贱而形成的不合社会规范的冲动得到控制,他非常平静地说。然后那位劝皈女神便从藏身之地悄然而至,登上她的宝座;她强烈的欲望是压制反对派,将自己的形象不可磨灭地打印在别人的圣殿里。那些疲惫不堪的人们,那些无亲无故的人们,赤身裸体,赤手空拳,他们接受了威廉爵士意志的烙印。他猝然攻击,他贪婪吞食。他把人们囚禁起来。正是这种决断与人性的结合使威廉爵士得到受害者的亲属们的青睐。

但是利西娅·沃伦·史密斯在沿着哈利街回去的路上大声地说她不喜欢那个人。

哈利街的许多时钟在蚕食着这个六月天,把它切成丝,削成片,分割了再分割;它们劝告人们服从,它们维护权威,并以合奏的方式指出均衡感的高度优越性,直到成堆的时间消逝了那么多,一个广告钟宣告现在已是一点半了;这个广告钟悬挂在牛津街一家商店上方,它和蔼地、友善地报时,仿佛免费提供时间信息对里格比-朗兹商店来说是一件快乐的事。

抬起头来可见广告钟上嵌有里格比(Rigby)和朗兹(Lowndes)这两个姓氏的十二个字母,每个字母代表一点钟;你会下意识地感谢里格比和朗兹先生为自己提供了格林尼治天文台认可的时间;而这种感激之情(休·惠特布雷德在橱窗前闲逛,反复思索着)后来很自然地以购买里格比-朗兹商店的鞋袜体现出来。他如此思索着。这是他的习惯。他想得并不太深。他仅仅涉及表面:那些失去生命力的语言,那些活着的人,在君士坦丁堡、巴黎和罗马的生活,曾经骑马、射击、打网球。对他怀有敌意的人断言他目前在白金汉宫担任卫士,穿着长丝袜和齐膝短裤,至于看守什么就不得而知了。但是他的卫士工作干得极其有效率。他漂浮在英国社会的精华之上已有五十五年了。他认识几届的首相。他对他们的深情是一致公认的。如果说他的确没有参加过当代任何一个伟大的运动也没担任过要职的话,他却对一两个小小的改革立下过汗马功劳,改善公共防雨棚是其一,保护诺福克郡的猫头鹰是其二;年轻的女仆们有理由感激他;还有他给《泰晤士报》写了许多信,要求经费,呼吁公众保护和维护环境、清除垃圾、呼吁减少烟尘、消灭公园里的不道德行为,等等,他在这些信函末尾的签名值得人们尊敬。

他的外表也相当引人注目,他此时驻足片刻(在半点报时的钟声消逝时),以批评的、权威的眼光看着那些短袜和鞋子,无可挑剔,十分结实,仿佛他站在某个高度俯瞰世界,并且穿着与之相称的服装;但他意识到,能力、财富和健康带来了许多义务,因而他即便在不十分必要的时候仍一丝不苟地遵守各种小小的礼节,参加各种过时的仪式,因为这些礼仪能给他的举止增色,使人们能模仿他记住他;比如他和布鲁顿夫人已相识二十年了,他每次去参加她的午餐会时总不会忘记伸出手臂献上一束康乃馨,而且不会忘记向布鲁顿夫人的秘书布拉什女士问候她在南非的弟弟。尽管布拉什女士在各方面都缺少女人的魅力,她却出于某种原因非常讨厌他的问候,她说:"谢谢你,他在南非干得不错。"而事实上她的弟弟六年来一直在朴次茅斯市干得不怎么样。

布鲁顿夫人本人更喜欢理查德·达洛维。他和休同时到达,他们两人确实是在门前台阶上相遇的。

布鲁顿夫人有理由喜欢理查德·达洛维。他是用更好的材料制成的。但是她不会允许别人贬低她亲爱的休。她永远不会忘记他的慷慨帮助——他确实一直都特别慷慨——她记不起是在什么具体场合。但他确实特别慷慨。不管怎么说,一个人与另一个人并没有多大的差别。她从来不明白贬低别人有什么意思,像克拉丽莎·达洛维那样先贬低别人然后再抚慰他们;反正一个人在六十二岁上是不会那样做的。她接过休送的康乃馨，带棱角的脸上露出一丝威严的笑容。她说没有别的客人了。她托辞请他们来是为了让他们帮助解决一个难题——

"咱们还是先吃饭吧。"她说。

于是穿着围裙、戴着白帽的女仆们开始无声地优美地穿梭往来于弹簧门之间，她们倒不一定是贴身女仆，但都是梅费尔区的女主人们在一点半到两点之间导演的神秘剧或大骗局中熟练的演员。通常在那段时间里，挥手之间所有的车辆都停了下来，代之而升起的是这一奥秘的幻觉，首先是关于食品的——吃饭不用花钱；然后餐桌自动地摆满了玻璃杯、银餐具、小衬垫、带有红色水果图案的小碟；再摆上浇着棕色奶油汁的鲆鱼，鸡块在瓷焙盘里游动，普通家庭少见的彩色火焰在燃烧；由于酒和咖啡（都不用花钱）的作用，各种愉快的幻象升起在客人眼前，那些深思的眼睛、悄悄推测的眼睛、看见生活充满音乐和神秘的眼睛，还有被激发起来和善地观察艳美红花的眼睛；那些红色康乃馨已被布鲁顿夫人（她的动作总是带棱带角）放在盘边；于是休·惠特布雷德感到自己与整个宇宙十分和谐并完全确信自己的地位，他放下叉子说：

"这些花衬着你衣服的金边不是会更美吗？"

布拉什女士十分讨厌这种过分亲昵的话。她心想他是个缺乏教养的人。她使布鲁顿夫人大笑起来。

布鲁顿夫人拿起康乃馨，捧着一动不动，与她身后画像中的将军手捧一卷奖状的姿态一模一样；她仍然不动，两眼出神。那么她是那位将军的曾孙女呢，还是玄孙女呢？到底是哪一个呢？理查德·达洛维思量着。罗德里克爵士、迈尔斯爵士、塔尔博特爵士——那就对了。那个家族的面貌特征在女性成员中一直遗传下来，真是太不寻常了。她本人也应是个重骑兵将军。那么理查德就会愉快地服务于她的麾下；他对她最为敬重；他对富有的名门望族老妇人素来持有这样浪漫的看法；他本来会把他结识的一些鲁莽的年轻人带来与她共进午餐，好像她这种类型的人可以从和气的喝茶积极分子当中培养出来似的！他了解她的家乡。他了解她的家族。那里有一棵葡萄藤，至今依然结果，洛夫莱斯①或赫里克②曾在藤下坐过——她自己从未读过一句诗，但传说是这样的。最好是等一会儿再向他们提出那个一直困扰着她的问题（关于向公众呼吁的事；如果写的话，怎样措辞，等等），最好是等他们喝完咖啡，布鲁顿夫人想；于是她把康乃馨放在盘边。

"克拉丽莎好吗？"她突兀地问。

克拉丽莎总说布鲁顿夫人不喜欢她。的确，布鲁顿夫人的名声是众所周知的，她关心政治胜于关心人，说起话来像男人，曾参与策划十九世纪八十年代某个臭名昭著的阴谋，这一事件已开始在回忆录中提及。她的客厅里肯定有一个凹室，里边有一张桌子，上面摆着已故的将军塔尔博特·穆尔的照片；将军曾在那里（在八十年代的一天晚上）当着布鲁顿夫人的面，在她的注视下，也许在她的建议下，起草过一份电报，命令英国军队在某个历史关头向前挺进。（她保存着这支笔并讲述这段往事。）因此，当她信口说出"克拉丽莎好吗？"的时候，丈夫们很难说服他们的妻子相信她竟会对那些常做丈夫绊脚石的女人感兴趣，那些女人常阻挠丈夫接受海外任职，在会议进行中不得不因患

---

① 洛夫莱斯(1618—1657)，英国诗人、军人、狂热的保王分子。
② 赫里克(1591—1674)，英国牧师、诗人，有保王倾向。

流行性感冒被送到海滨去疗养;丈夫们自己无论对她多么忠心也确实暗自怀疑这一点。然而女人们会准确无误地认为她的"克拉丽莎好吗?"是一个信号,来自一个好心的人,一个几乎沉默的伴侣,她的话(这种话她一生中只说过六七次)标志着对某种女性之间的同志情谊的认同,这种认同深入到男性客人出席的午餐会里并将布鲁顿夫人和达洛维太太(她俩很少见面,见了面都很冷淡,甚至露出敌意)奇特地联结在一起。

"今天早上我在圣詹姆斯公园遇见了克拉丽莎。"休·惠特布雷德说(一面迫不及待地吃焙盘里的菜,急于犒劳自己),因为他只要来一趟伦敦就能同时见到所有的朋友。可是他真贪吃,是她所见过的最贪吃的人之一,米莉·布拉什想,她以一种无畏的坦诚观察男人,并能长期保持忠心,特别是对女性,尽管她脸上有疙瘩和疤痕,棱角突出,全然没有女人的魅力。

"你们知道谁进城了吗?"布鲁顿夫人想到克拉丽莎时突然说,"我们的老朋友彼得·沃尔什。"

他们都微笑了。彼得·沃尔什!达洛维先生是真正的高兴,而惠特布雷德先生一心只想着他的鸡块,米莉·布拉什想。

彼得·沃尔什!布鲁顿夫人、休·惠特布雷德和理查德·达洛维三个人回忆起同一件事——彼得曾经怎样热恋,怎样被拒绝,怎样去了印度,怎样栽了跟头,搞得很糟;而理查德·达洛维倒还很喜欢这个亲爱的老家伙。米莉·布拉什看出来了。她从他的棕色眼睛里看出一种深度,看出他在犹豫,在思考,这引起了她的兴趣(达洛维先生总能引起她的兴趣),因为她想知道他对彼得·沃尔什是怎么想的。

他在想,彼得·沃尔什曾与克拉丽莎相恋过,自己午饭后要直接回去找克拉丽莎,他要用那么多话对她说他爱她。是的,他会这样说的。

米莉·布拉什大概几乎爱上过这些沉默的时刻;而达洛维先生总是那么可靠,还那么有绅士风度。米莉·布拉什现年四十岁了,因此只要布鲁顿夫人点点头或突然扭头,她就能心领神会,无论她如何沉湎于这些想法之中;她以冷静超脱的精神和未受腐蚀的心灵来沉思冥想,不会受生活的欺骗,因为生活没有给予她丝毫有价值的装饰物,没有鬈发,没有微笑,也没有好看的嘴唇、面颊和鼻子,什么都没有;只要布鲁顿夫人点点头,她就会吩咐帕金斯快点送咖啡来。

"是啊,彼得·沃尔什回来了。"布鲁顿夫人说。这使他们所有的人暗自庆幸。他遍体鳞伤,一事无成,又回到他们安全的海岸上。但是,他们想,很难给他帮忙,他的性格有某种缺点。休·惠特布雷德说当然可以向某某人提提他的名字。随后,他故作忧伤地皱起眉头,想着他将给政府各部门的负责人写的那些信,关于"我的老朋友彼得·沃尔什"云云。但是那起不了任何作用,不会有什么根本性的结果,因为他的性格。

"他跟一个女人闹了点儿麻烦。"布鲁顿夫人说。他们早已猜到**那**就是问题的症结所在。

"不过,"布鲁顿夫人说,她急于结束这个话题,"我们要听听彼得本人讲讲整个经过。"

(咖啡迟迟没有端上来。)

"他的地址呢?"休·惠特布雷德低声问道;于是一个微波立时出现在仆人服务的灰色浪潮之中,这浪潮日复一日地在布鲁顿夫人周围激荡,聚敛着,阻隔着,用一种能解除震惊和缓解干扰的薄膜包裹她,并将一张细网覆盖在这幢坐落在布鲁克街的房子四周;网上嵌着各种各样的东西,花白头发的帕金斯能立刻准确地把它们挑拣出来。帕金斯近三十年来一直跟随布鲁顿夫人,他现在写下那个地址,递给惠特布雷德先生;惠特布雷德掏出笔记本,抬抬眼眉,把它塞进那些最为重要的文件中去,并说要让伊夫琳请彼得吃午饭。

(他们要等惠特布雷德先生收拾好了才送咖啡。)

休的动作很慢,布鲁顿夫人想。她注意到他发胖了。理查德总是保持着良好的身体状况。她逐渐不耐烦起来;她的全身心开始积极地、明确地、专横地排除所有这些不必要的琐事(彼得·沃尔什及其恋爱事件),以便突出她十分关注的话题;那话题不仅占据了她的注意力,还占据了能激发她的灵魂之火的那种特质,即她身上最本质的部分,没有这部分她就不是米莉森特·布鲁顿了。这个话题就是:让出身于有声望家庭的青年男女移居加拿大并为其提供良好发展前景的计划。她夸夸其谈起来。她大概已失去了均衡感。对别人来讲,"移民"并不是个显而易见的解决办法,并不是非常好的创意。对他们(休、理查德,甚至包括忠心耿耿的布拉什女士)来讲,"移民"绝非释放聚集已久的自我主义的好办法;这种自我主义在一个强健、勇武、营养好、出身高贵的女人胸中涌动,她有直接的冲动和直率的情感,但缺乏内省的能力(心宽而单纯——为什么不能每个人都心宽而单纯呢?她问),青春一旦逝去,她就必须把这种自我主义喷射到某个目标上去——也许是"移民",也许是"解放";但不管是什么,她的灵魂每天分泌出精华缠绕着这个目标,使它自然而然地变得五彩缤纷、光彩照人,一半似镜子,一半似宝石;它一会儿小心隐藏起来怕被人嘲笑,一会儿又骄傲地显示自己。总而言之,"移民"已在很大程度上变成了布鲁顿夫人的生命。

但是她必须写信。她常对布拉什女士说,给《泰晤士报》写一封信比组织一次南非远征（她在大战期间曾组织过）还要费力。经过一上午写了开头又撕掉重写的战斗，她常感到自己作为女人的无能，但在任何其他场合她都没有这种感觉，于是她会感激地想起休·惠特布雷德，他精通给《泰晤士报》写信的技巧，没有人能怀疑这一点。

休与她自己禀赋截然不同，他对语言掌握得如此熟练，他能按编辑们的喜好写文章，他有着不能简单称之为贪婪的激情。布鲁顿夫人通常不轻易对男人做出判断，因为她尊重一种神秘的共识：是男人，而不是女人，坚信宇宙的规律，知道怎样书写表达，理解别人说的话；因此如果理查德给她出主意，休给她代笔的话，她肯定能占几分理。所以她让休先吃蛋奶酥，还问候可怜的伊夫琳，等到他们两人都抽上了烟才说：

"米莉，把文件拿来好吗？"

布拉什女士出去又进来，把文件放在桌子上；休掏出自来水笔，他的银质自来水笔；他一面拧开笔帽一面说，这支笔已经为他服务了二十年。这笔依然完好，他曾拿去给制笔工匠们看过，他们说这支笔没有理由磨损；这话在某种程度上是称赞休的，也是称赞他的笔所表达过的那些意见（理查德·达洛维觉得如此）。这时休开始用心地在纸页边缘写着大写字母并在周围画上圆圈，于是他神奇地把布鲁顿夫人的繁乱思绪变成了意义，变成了语法；布鲁顿夫人在观察着这一巨大的变化时感到，这意义和语法是《泰晤士报》的编辑们必须尊重的。休的动作很慢。休很执拗。理查德说，人必须敢冒风险。休则建议作些小小的改动以尊重人们的情感；当理查德大笑时休尖刻地说"必须考虑"人们的情感，随后朗读道："所以，我们的意见是时机已经成熟……我们持续增长的人口中那些富余的青年人……我们感谢那些死者给了我们……"理查德认为这些都是废话蠢话,但也无伤大雅,这是肯定的;休继续按字母表的顺序起草着最崇高的意见,他掸掸西服背心上的雪茄烟灰,不时小结一下他们已取得的进展,最后朗读这封信的初稿,布鲁顿夫人敢肯定这是一篇杰作。她自己的意思听起来能那么好吗?

休不能保证报社编辑一定刊登这封信,但是他将在午餐会上见见某人。

由于这一成果,布鲁顿夫人(她难得干一件优雅得体的事)把休送的康乃馨都插在衣裙前胸,甩出双手叫他:"我的首相!"她简直不知道假如没有他们两人她该怎么办。他们站起身来。理查德·达洛维像往常一样慢慢走开,去欣赏那幅将军的画像,因为他有意利用点滴闲暇时间撰写布鲁顿夫人的家史。

米莉森特·布鲁顿为自己的家族感到无比自豪。但是他们能够等待,他们能够等待,她望着画像说;她的意思是她家族里的那些军人、行政官员、海军将官们都是付诸行动的人,他们已尽了自己的职责,而理查德首先要对国家尽责,但他的打算是令人鼓舞的,她说;所有的文件都在奥德米克斯顿为他准备好了,时机到来就可以使用,她指的是将来工党上台的时候。"唉,那些来自印度的消息!"她喊道。

后来,当他们站在门厅里从放在孔雀石桌上的盘子里取出黄手套的时候,休以完全不必要的礼节送给布拉什女士一张没人要的戏票或其他小礼物,而布拉什女士从内心深处讨厌这些,她的脸变成砖红色。理查德手里拿着帽子转向布鲁顿夫人说:

"今天晚上您会光临我家的晚会吧?"布鲁顿夫人一听这话立刻恢复了平日尊贵的神态,那神态曾被写信的事驱散得无影无踪。她可能去,也可能不去。克拉丽莎精力真充沛。晚会使布鲁顿夫人望而生畏。不过,她的年龄是越来越大了。她就是这样站在门口对他们说着心里话,仪容高贵,身板直挺;与此同时,她的中国种狗卧在她的身后,而布拉什女士则捧着文件消失在背景中。

布鲁顿夫人若有所思地、姿态优雅地走回楼上她的房间里,然后躺到长沙发上,一只胳膊伸展开去,她叹了口气,发出呼噜噜的声音,但她没有睡着,只是感觉又困又累,又困又累,犹如这六月天里阳光照耀下的一片苜蓿地,有许多蜜蜂穿梭其间,还有许多黄蝴蝶。她的思绪总会回到德文郡的田野里,她曾在那里骑着小马帕蒂,跟她的兄弟莫蒂默和汤姆一起,跃过一条条小溪。那里有很多狗,有很多老鼠;她父母坐在树荫下的草坪上,茶具都摆在外面,周围是花坛,种着大丽花,以及蜀葵、蒲苇草;他们这些小淘气总是想方设法捣乱!他们穿过灌木丛偷跑回家,以免让人看见,由于恶作剧把全身弄得湿乎乎脏兮兮的。老保姆总是抱怨她弄脏了衣裙!

哎呀,她记起来了——今天是星期三,她是在布鲁克街。理查德·达洛维和休·惠特布雷德两位善良的好人已经在这炎热的白天沿着大街走远了,她仍躺在沙发上,街上的隆隆声传到她的耳边。她有权力,有地位,有收入。她曾生活在她那个时代的最前沿。她有过好朋友,认识那个时代最能干的男人们。低声细语的伦敦向着她滚滚而来,她靠在沙发背上,一只手握住一根想象中的权杖,犹如她的祖先有可能握过的那种,仿佛在举着权杖指挥几个军团挺进加拿大,尽管她又困又累;此时那两个好心人正穿越伦敦,穿越他们的领土,穿越像块小地毯的梅费尔区。

他们离她越来越远,靠一条细线与她相连(因为他们刚才曾与她共进午餐),他们穿过伦敦城时,这条线会逐渐拉长,越来越细;仿佛你的朋友们和你一起吃过午饭后就被一条细线拴到你的身上,这条线(当她在那里打盹的时候)随着报时的钟声和教堂仪式的钟声,变得朦胧起来,正如一线蛛丝被雨点溅湿后为其重量所坠而垂了下去。她就是这样睡着了。

就在米莉森特·布鲁顿躺在沙发上听凭这条细线拉断并打着鼾的时候,理查德·达洛维和休·惠特布雷德正在喷泉街的拐角处迟疑停步。街角上刮过来两股逆风。他们两人注视着一个商店的橱窗;他们既不想买东西又不想谈话,只想分手,他们之所以暂时停下脚步仅仅是因为街角上刮过两股逆风,因为身体里的潮汐出现了某种懈怠,那是由于上午和下午两股势力在旋涡中相会所致。某家报纸的广告牌贸然飞上天空,起初像只风筝,后来停顿片刻,猝然下飞,飘飘摇摇,像一块女人的面纱挂在空中。黄色的遮阳篷在抖动。上午的车流速度减慢了,不时有单人两轮马车漫不经心地沿着空了一半的街道嘎嘎驶过。理查德朦胧地想起,在诺福克郡,一股柔和的暖风把花瓣吹向花心,掀动了水面,吹皱了鲜花盛开的草原。打草的人在上午劳作之后已躺在灌木篱下准备休息,他们扒开绿色草叶构成的帘子,拨开一团团抖动的欧芹仰望天空,那蓝色的、不变的、灿烂的夏日天空。

理查德虽然意识到自己在看着一个詹姆斯一世时代的双柄银酒杯,也意识到休·惠特布雷德正在以鉴赏家的神态有些得意地观赏着一串西班牙项链(想问问价钱,也许伊夫琳会喜欢),但他还是感到木然,既不能思维也不能走动。生活竟然把这些陈年遗物又翻腾出来了;橱窗里充斥着五颜六色的人造宝石,而他竟站着往里面看,像个老年人,由于倦怠而一动不动,由于僵化而拘谨呆板。伊夫琳·惠特布雷德有可能想买这串西班牙项链，很有可能。他得打个哈欠。休走进这家商店。

"行，进去看看！"理查德说，也跟着进了商店。

老天爷知道他并不想跟休一起进去买项链。但是人体里有不同的潮汐。上午总是与下午汇合。犹如一叶扁舟漂浮在深深的洪水之中，布鲁顿夫人的曾祖父与他的回忆录以及他在北美洲的政治运动曾遭灭顶之灾，沉了下去。米莉森特·布鲁顿也如此。她沉了下去。理查德一点儿都不关心移民运动会有什么结果，不关心那封信，也不关心《泰晤士报》的编辑是否刊登那封信。那串项链在休的令人羡慕的手指间下垂伸展。让他把项链送给一个姑娘吧，如果他必须买珠宝的话——给任何一个姑娘，街上的任何一个姑娘。因为理查德强烈地意识到这种生活是毫无意义的——给伊夫琳买很多项链。假如他有个男孩的话，他就会对他说：工作，工作。但是他只有伊丽莎白，他钟爱他的伊丽莎白。

"我要见杜波奈先生。"休以他简慢的世俗的方式说。看来这位杜波奈先生有惠特布雷德夫人颈围的尺寸，或者，更奇怪的是，他了解她对西班牙首饰的看法以及她有多少这样的首饰（这些休都不记得）。所有这些在理查德·达洛维看来都非常奇怪。因为他从来没给克拉丽莎买过礼物，除了两三年前送过一个手镯以外，而这个礼物却没起作用。她从来不戴。一想起她从来不戴那个手镯，他就感到痛苦。像一根蛛丝在东摇西摆之后搭在一片树叶的尖端，理查德那从倦怠状态恢复过来的心，现在集中到他妻子克拉丽莎身上，彼得曾经那么热恋她；理查德突然幻想看见她就在午餐会上，看见自己和克拉丽莎，看见他们一起的生活；他把那盘旧首饰拉过来，先拿起这个胸针，又拿起那个戒指，"那个多少钱？"他问，但是又怀疑自己的鉴赏力。他真想打开客厅的门进去,手里举着一样东西,一件送给克拉丽莎的礼物。那么送什么好呢?可是休又往前走了。他有一种说不出的傲慢。是啊,在这个店里买过三十五年东西之后,他不能容忍一个不懂业务的小男孩敷衍他。因为杜波奈好像外出了,所以休要等杜波奈先生决意留在店里的时候再来买东西;听到这话那年轻人脸红了,并正经地鞠了一个躬。他的动作十分合乎礼仪规范。然而理查德绝不会说这样的话来保全自己的面子!他不明白这些人为什么竟能容忍那种可恶的怠慢态度。休正在变成一个不能容人的傻瓜。理查德·达洛维和他在一起不能超过一小时,否则就受不了。理查德挥着礼帽告了别,然后在喷泉街的转角处拐了弯,他急切地,是的,非常急切地想沿着那条连结他和克拉丽莎的蛛丝前进,他要直接回到她的身边,回到威斯敏斯特去。

但是他想在进屋时手里拿点东西。拿鲜花好吧?对了,鲜花,因为他不相信自己对金首饰的鉴赏力;多少鲜花都行,玫瑰也好,兰花也好,作为庆祝某件事,你可以随心所欲地设想;庆祝他对她的感情,那感情是在午餐会上谈起彼得·沃尔什的时候油然而生的。他和克拉丽莎从来没有谈过这种感情,多年来他们从未谈过;这是世界上最大的错误,他想,同时捧起刚买的红玫瑰和白玫瑰(裹在薄纸里的一大束花)。每当时机到来的时候,话却突然说不出口了,因为过分害羞而说不出口,他想,一面把刚找回来的六便士或两便士零钱放进口袋,然后紧紧地抱着那一大束花出发去威斯敏斯特,准备献上鲜花并直截了当地用许多话说:"我爱你。"(不管她会怎样理解他。)为什么不说呢?这确实是个奇迹;如果想想大战,想想千千万万可怜的年轻人,他们还有许多岁月没有度过便被铲到了一起,快要被人遗忘了,与此相比,他目前的情况是个奇迹。他在这里穿过伦敦,为了用那么多的话对克拉丽莎说他爱她。你从来没有说过这句话,他想,一是因为懒惰,二是因为羞怯。克拉丽莎——很难想起她;除非在某些突然的瞬间,例如在午餐会上,他很清晰地看见了她,看见了他们的全部生活。他在路口停了下来——他生性单纯,有高尚的道德,因为他曾徒步旅行过也射击过;他固执己见,坚忍不拔,一直在下议院里维护受压迫人民的利益,并按自己的本能办事;他一直保持着单纯,但又变得少言寡语,态度僵硬——他重复道:这是个奇迹;他娶了克拉丽莎,这是个奇迹;他的一生都是奇迹,他想,欲过马路又停下。但是当他看见几个五六岁的小孩自己穿过皮卡德利街时,热血确实沸腾起来。警察应该立刻让车辆停下来。他对伦敦的警察不抱幻想。实际上,他正在搜集他们渎职行为的证据;还有那些卖蔬菜水果的小贩,警察不允许他们把手推车停在街上;还有妓女们,上帝啊,过错不在她们,也不在年轻的男人们,而在我们讨厌的社会制度及其他方面;所有这些他都想到了,可以看出他在思考,他头发灰白,他顽强、整齐、干净,就在他穿过圣詹姆斯公园去告诉妻子他爱她的时候。

他进屋时将用很多的话去表达这个意思。因为从来不表达自己的感情是一千个遗憾,他穿过格林公园时想,同时高兴地观察着许多贫穷的游客全家人一起随便地坐卧在树阴下的情景;孩子们在向上踢腿,在吸吮乳汁;纸袋扔得到处都是,那些穿制服的胖胖的男人中的任何一个人本来是可以轻而易举地把它们收拾起来的(如果人们提出抗议的话);因为他主张每个公园和每个广场在夏季时应对儿童开放(公园里的草时而闪亮时而幽暗,映照着威斯敏斯特的穷苦母亲们和满地爬的婴儿们,仿佛有一盏黄灯在他们下面移动)。但是他不知道能为女流浪者们做些什么,比如那个用胳膊肘撑地趴着的可怜的人(她似乎已扑到大地上,割断了一切联系,以便好奇地观察,大胆地推测,思考事物的原因;她粗鲁无礼,嘴唇张开,并且幽默)。理查德·达洛维捧着鲜花,像举着一件武器,他走近那个女人,全神贯注地从她身边经过;但仍有一刹那他们两人之间燃起火花——她见到他时笑了笑,他也和善地微笑并思考着有关女流浪者的问题;但这并不意味着他们会互相说话。可是他要告诉克拉丽莎他爱她,用很多很多的话。他过去曾嫉妒过彼得·沃尔什,嫉妒他和克拉丽莎。但是她常对他说她没有和彼得·沃尔什结婚是对的;这话显然是真心的,他了解克拉丽莎,她需要有人支持。并不是说她很懦弱,但她需要支持。

至于白金汉宫(像一个年老的歌剧女主角穿着一身白衣面对观众),你不能不允许它享有某种尊严,他想,你也不能蔑视它,因为它在千百万人的心目中毕竟是个象征(一小群人正在王宫门前等候国王坐车出来),尽管这很荒唐;一个小孩子用一盒积木搭的房子可能比它还好,他想,一面注视着维多女王纪念雕像(他还记得维多利亚女王戴着牛角边眼镜乘车驶过肯辛顿街),注视着雕像的白色基座,以及那衣裙飘拂的母亲形象;可是他喜欢接受霍萨的后代①的统治;他喜欢连续性,喜欢把过去的传统传下去的感觉。那是他曾生活过的伟大时代。的确,他的生活是个奇迹;他千万要清楚这一点;他正处于生命的最佳时期,正在走向去威斯敏斯特的路上,要回家去告诉克拉丽莎他爱

---

① 霍萨与其兄亨吉斯特曾率领朱特人侵入英国,建立了肯特王国。霍萨于公元 455 年阵亡。英国维多利亚女王的家族系肯特国王的后裔。

他。这就是幸福,他想。

这就是幸福,他说着,同时走进迪安斯亚德路。大本钟开始敲响了,先是前奏,旋律优美;然后报时,铿锵有力。午餐会总要浪费一整个下午,他想,这时他已离家门不远了。

大本钟的声音涌进克拉丽莎的客厅,她坐在写字台前,心烦意乱,忧虑,恼火。她确实没有邀请埃莉·亨德森参加晚会,但她是故意这样做的。现在马香太太在信中说,她已告诉埃莉·亨德森她会问克拉丽莎的——埃莉是多么想参加啊。

但是她为什么就应该邀请全伦敦城的无聊的女人都来参加她的晚会呢?马香太太为什么要多此一举呢?还有伊丽莎白整天跟多丽丝·基尔曼关在屋里。她简直想象不出比这更令人作呕的事了,在这个钟点和那样的女人一起祈祷。大本钟以它忧伤的声浪淹没了这个房间;声浪退去,然后又积聚力量涌了进来,这时她突然听见一种声音,分散了她的注意力,那是一种摸索抓门的声音。在这个钟点会是谁呢?三点钟,老天爷啊!已经三点钟啦!大钟以它那铺天盖地的直率与尊严敲了三响;她没有听见别的声音;可是门把手转动了,理查德进来了!多么令人吃惊啊!理查德进来了,双手前伸,举着鲜花,有一次她没能使他满足,那是在君士坦丁堡;而布鲁顿夫人(据说她的午餐会总是极富情趣)没有请她去出席。他举着鲜花——是玫瑰花,红玫瑰和白玫瑰。(但是他无法让自己说出爱她的话;无法用很多话表达自己的感情。)

这些花多么可爱呀,她说着接过了他手中的鲜花。她理解;他不说话她也能理解;他的克拉丽莎。她把鲜花放进壁炉架上的花瓶里。花儿看上去多可爱呀!她说。午餐会有意思吗?她问。布鲁顿夫人问起她了吗?彼得·沃尔什回来了。马香太太来了信。她必须请埃尔莉·亨德森吗？基尔曼那女人正在楼上。

"让我们坐下来待五分钟吧。"理查德说。

屋里显得空空荡荡。所有的椅子都靠墙放着。他们刚才在干什么呢？啊，那是为晚会做准备；没有，他没有忘记晚会。彼得·沃尔什回来了。啊，是啊，她刚接待了他。他正准备离婚；他爱上了印度那边的一个女人。他一点儿都没有变。她正在那里缝着裙子……

"想起了伯尔顿儿，"她说。

"休刚才也去吃午饭了。"理查德说。她也碰见了他！是啊，他变得叫人无法容忍。总是给伊夫琳买项链；比以前更胖了；一个叫人无法容忍的傻瓜。

"当时我突然想到，'我本来是有可能嫁给你的，'"她说，想着彼得戴着蝴蝶领结坐在那边的情景，他手里拿着折刀，一会儿打开，一会儿合上，"他就跟从前一样，你知道吗。"

他们在午餐会上也谈到了他，理查德说。（但是他却无法告诉她他爱她。他握着她的手。这就是幸福，他想。）他们刚才在替米莉森特·布鲁顿给《泰晤士报》写信。休只适合干这类事。

"我们亲爱的基尔曼女士呢？"他问。克拉丽莎认为那些玫瑰花非常可爱；起初是聚拢的，现在自动散开了。

"我们刚吃完午饭基尔曼就来了，"她说，"伊丽莎白脸红了。她们两人关在屋子里，我猜她们是在祈祷。"

上帝啊！他不喜欢这个；但是这种事你如果不计较也就过去了。

"她穿着防水布上衣，带着雨伞。"克拉丽莎说。

他还没说"我爱你"呢；但是他握着她的手，这就是幸福，这就是幸福,他想。

"可是我为什么就该请全伦敦的无聊女人都来参加晚会呢?"克拉丽莎说。如果马香太太举行晚会,她是不是**自己**决定邀请哪些客人呢?

"可怜的埃莉·亨德森。"理查德说——真是怪事,克拉丽莎竟会对她的这些晚会如此上心,他想。

但是理查德连一间屋子应该布置成什么样都不知道。然而——他打算说什么?

她若是为这些晚会过分操心的话,他以后就不让她举办晚会了。她是否希望她当初嫁给了彼得呢?但是他该走了。

他该走了,他站起来说。但他又停了一会儿,好像要说什么似。她也在寻思他究竟要说什么?为什么?这里有玫瑰花。

"去委员会吗?"他开门时她问。

"亚美尼亚人的事。"他说;或许是"阿尔巴尼亚人"吧。

人都有一种尊严、一种独处的愿望,就是在夫妻之间也存在一道鸿沟;你必须尊重它,克拉丽莎想,眼看着他开了门;因为如果你放弃了它,或违背丈夫的意愿把它从他手里拿过来,那么你就失去了自己的独立和尊严——那毕竟是十分珍贵的东西啊。

他返回来了,抱着枕头和被子。

"午饭后你要彻底休息一小时。"他说。然后他走了。

多么像他平时的样子!他会不断地说"午饭后你要彻底休息一小时",直到时间终止,因为有一位医生曾这样吩咐过。他平时对医生的话总是句句照办,这是他那可爱的、美好的单纯特质的一个组成部分,没有别人会单纯到如此程度;这种单纯使他去办实事,而她和彼得却为无谓的小事争吵。他已经走在去下议院的半路上了,去找他的亚美尼亚人,他的阿尔巴尼亚人,就在他把她安置在沙发上观看他送的玫瑰之后。人们会说:"克拉丽莎·达洛维被惯坏了。"她关心她的玫瑰胜于关心那些亚美尼亚人。他们是暴行和非正义行为的受害者,受到驱逐,无法生活,惨遭残害,受冻挨饿(她曾听理查德说过不止一次)——不管他们,她对那些阿尔巴尼亚人没有感情,或许是亚美尼亚人吧?但是她爱她的玫瑰花(这难道不能帮助那些亚美尼亚人吗?)——玫瑰是她能忍心见到被剪下的唯一花卉。但是理查德已经到了下议院,正在他的委员会开会,在他解决了她所有的难题之后。可是不对;哎呀,事实并非如此。他并不明白她反对请埃莉·亨德森的理由。她当然会按他的意思邀请她的。既然他拿来了枕头,她就躺下吧……但是——但是——她为什么突然无缘无故地感觉非常烦恼呢?就像一个人不慎将一粒珍珠或宝石掉在草丛里,于是异常小心地分开长长的草叶,一会儿这边,一会儿那边,左找没有,右找没有,最后突然在草根周围看见了,她就是这样细细地审视着一件又一件事;不对,不是因为萨莉·西顿说理查德的脑子是二流的因此永远进不了内阁(她想起了这件事);跟伊丽莎白和多丽丝·基尔曼也没有关系;那些都是事实。也许是因为今天早些时候的一种感觉,某种不愉快的感觉;是彼得说的什么话,再加上她自己的抑郁感,在卧室里摘下帽子的时候;理查德的话又加深了这种感觉,可他说了什么呢?这里有他的玫瑰。是她的晚会!她想起来了!她的晚会!他们两人都很不公正地批评了她,很不公正地嘲笑了她,就因为她的那些晚会。就是这个原因!就是这个原因!

那么,她准备怎样为自己辩护呢?现在她知道了原因,她感到十分快乐。他们认为,或至少彼得认为,她喜欢引人注目,喜欢和名人在一起,喜欢大人物,一句话,她简直就是个势利小人。

唔,彼得可能这样想。理查德只是认为她很愚蠢,明知道激动对她的心脏不好,可还是喜欢激动的场面。太孩子气了,他想。他们两个人都错了。她所喜欢的不过是生活本身。

"那就是我举办晚会的原因。"她大声地对生活说。

由于此时她躺在沙发上,像隐居在修道院里,无须承担任何责任,她明显地感受到的"生活"这种东西变成了可触摸的具体的存在,伴随着从充满阳光的街上传来的笼罩一切的声音,伴随着一面低语一面把窗帘吹起来的热风。但是假如彼得对她说,"是啊,是啊,可是你的那些晚会——你的那些晚会究竟有什么意义呢?"她只能说(她不期望任何人明白):它们是一种奉献;这话听起来极其含混。可是彼得有什么资格总是假设生活会一帆风顺呢?——彼得怎么总是恋爱,总是跟不合适的女人恋爱呢?你的爱情到底是什么?她可能这样问他。她知道他会怎样回答:爱情是世界上最重要的东西,没有一个女人能理解它。好极了。可是又有哪一个男人能理解她的意思呢?关于生活的意义。她不能想象彼得或理查德会无缘无故地费事举办晚会。

但是往深处想,在她的心目中,在人们所说的这些话的下面(这些判断是多么肤浅,多么支离破碎啊!),她称之为生活的东西对她意味着什么呢?啊,很奇怪。某某人在南肯辛顿区;另一个人在贝斯沃特区;另一个人比如说在梅费尔区。她不断地感觉到他们的存在;她觉得那是多大的浪费啊,是多大的遗憾啊,她觉得若能把他们都聚集到一起该有多么好啊;所以她就这样做了。这是一种奉献;去联合,去创造;但这是对谁的奉献呢?

也许是为了奉献而奉献吧。不管怎么说,这是她的天赋。除此以外,她再没有丝毫有用的才能了;她不会思考,不会写作,甚至不会弹钢琴。她分不清亚美尼亚人和土耳其人;她喜欢成功;她憎恨困苦;她必须被人喜欢;她海阔天空地讲废话;时至今日问她赤道是什么,她都不知道。

然而,日子一天一天在流逝:星期三,星期四,星期五,星期六;她仍在早晨醒来,仰望天空,去公园散步,碰见休·惠特布雷德,然后彼得突然来了,然后是这些玫瑰花;这就足够了。在这之后,死亡是多么令人难以相信呀!——难以相信生命必须完结,难以相信全世界将没有一个人知道她曾多么热爱这一切,多么热爱这每分每秒……

门开了。伊丽莎白知道她母亲在休息。她轻轻地走进来。她静静地站着。是不是曾有蒙古人因翻了船而来到诺福克郡沿岸(正如希尔伯里太太所说),后来与达洛维家的女人通了婚,也许是在一百年前吧?因为达洛维家的人一般是黄头发蓝眼睛,而伊丽莎白则相反,她头发偏黑,白净的脸上有一双中国人的眼睛,带有东方人的神秘色彩;她温柔、沉静、体贴人。她小的时候很有幽默感,可是现在十七岁了,她为什么变得非常严肃,克拉丽莎一点儿都不明白;她像一棵包在光亮的绿叶之中的风信子,花苞刚刚露出一点儿颜色,像一棵未经阳光照射的风信子。

她一动不动地站着,看着她的母亲;但门是敞着的,克拉丽莎知道,基尔曼女士就在门外,基尔曼女士穿着防水布上衣,正在听她们说话。

是的,基尔曼女士确实站在半楼梯的驻脚台上,确实穿着防水布上衣;可是她有她的道理。首先,防水布便宜;其次,她已四十出头,她穿衣服毕竟不是为了讨人喜欢。再说她又很穷,穷得潦倒。否则,她不会给达洛维夫妇这样的人干活,不会给有钱人干活,这些人喜欢对人发善心。公正地讲,达洛维先生一直很友善。可是达洛维太太不同。她只是持恩赐态度。她来自所有阶级中最没出息的阶级——富人,而且缺乏文化修养。她家到处都是昂贵的东西:画像、地毯,还有成群的仆人。基尔曼认为她完全有权利接受达洛维一家对她所做的一切。

她曾受过骗。是的,这话并不夸张,因为一个姑娘肯定有权利得到某种幸福吧?可她从来没有幸福过,因为她长得那么笨拙而且又那么贫穷。后来,正当她有可能在多尔比女士的学校里得到发展机会的时候,大战爆发了;再说她又从来不会说谎。多尔比女士认为,基尔曼跟那些对德国人的看法与她相同的人在一起会更快活。她不得不离开学校。她家的祖先是德国人,这是事实;她的姓氏 Kilman(基尔曼)在十八世纪时拼写成 Kiehlman;但是她的哥哥还是被杀害了。他们开除了她,因为她不愿意假装承认德国人都是坏人——她有一些德国朋友,她一生中最幸福的时光是在德国度过的!然而她毕竟能阅读历史。她只好找到什么工作就干什么工作。达洛维先生在她为基督教的教友会工作时遇见了她。他让她教自己的女儿历史(他确实很慷慨)。她还在大学的补习部教一点儿课,等等。后来我们的上帝来到她心里(讲到此处她总要低下头去)。她在两年零三个月前就见到了上帝的灵光。现在她不嫉妒像克拉丽莎·达洛维这样的女人了,她可怜她们。

她从内心深处可怜她们,鄙视她们,此时她站在柔软的地毯上望着那古老的雕版画,上面是个抱着手笼的小女孩。在这一切豪华奢侈仍在不断继续的情况下,还有什么希望能让事态变得好些呢?她不应该躺在沙发上——"我的妈妈在休息。"伊丽莎白刚才说。——她应该在工厂,在工作台后面,达洛维太太以及所有那些贵妇人们!

由于痛苦和极度的愤怒,基尔曼女士在两年零三个月前走进一座教堂。她聆听爱德华·惠特克牧师布道,倾听男孩子们唱赞美诗,看见庄严的光华降临;不知是因为那音乐,还是因为那歌声和布道声(她本人在晚间独自一人时常拉小提琴解闷,可是那声音非常难听;她缺乏辨音能力),当她坐在那里时,在她胸中翻滚涌动的那些激愤难耐的情感逐渐平静下来;她号啕大哭,然后去肯辛顿街惠特克先生家拜访。他说,那是上帝的手。上帝已经给她指出了道路。所以现在每当那些激愤痛苦的情感,如这种对于达洛维太太的仇恨、这种对于世界的怨恨,在她心中翻滚时,她就想想上帝。她就想想惠特克先生。于是愤怒就被平静取代了。一种美妙的感觉充满她的血管,她的嘴唇张开了;她穿着防水布上衣站在驻脚台上,令人望而生畏,她以持续的、带有几分邪恶的平静注视着跟女儿一起走出来的达洛维太太。

伊丽莎白说她忘拿手套了。那是因为基尔曼女士和她的母亲宿怨很深。她看见她们在一起就受不了。她跑上楼去找手套。

但是基尔曼女士不恨达洛维太太了。基尔曼女士把醋栗绿色的大眼睛转向克拉丽莎,观察着她那粉红的小脸、柔弱的身体、精力充沛和打扮入时的样子,心里想:傻瓜!笨蛋!你这个既不懂悲伤又不懂快乐的人,你这个随随便便浪费自己生命的人!她心里油然生出一种征服的欲望,要战胜她,要撕破她的假面。如果她早能把她打倒在地,她早就安心了。但她想降服的,想置于自己统治之下的不是她的身体,而是她的灵魂及其假象。如果她能让她哭,让她破产,羞辱她,让她跪下喊:你是正确的,那该多好!可这是上帝的旨意,而不是基尔曼女士的意志。这应该是宗教的胜利。她就是这样瞪大眼睛怒目注视着。

克拉丽莎确实震惊了。这个女人是个基督教徒！这个女人抢走了她的女儿！她跟一些不可见的神灵有联系！她虽然笨拙、丑陋、平庸，既不和善又不优雅，但她却懂得生活的意义！

"你要带伊丽莎白去百货商店吗？"达洛维太太问。

基尔曼女士说是要去。她们两人站在那里。基尔曼女士并不打算表现得很随和。她一向自食其力。她对现代史的了解极其深刻。她确实从微薄的收入中拿出那么多钱去支持她所信仰的事业，而这个女人什么都不干，什么都不信仰，养育了女儿——啊，伊丽莎白来了，气喘吁吁的，这个美丽的姑娘。

那么说她们要去陆海军百货商店。真奇怪，就在基尔曼女士站在那里的时候（她确实站着，显示出远古战争中身披甲胄的史前怪物所特有的力量和无言的沉默），心中的基尔曼的形象一秒钟一秒钟在消失，仇恨（是恨思想而不是恨人）崩溃了，她失去了恶意和巨大的身形，一秒钟一秒钟地变成了基尔曼女士本人，穿着防水布上衣；对于她本人，老天爷知道克拉丽莎本来是愿意帮助的。

克拉丽莎对着这个正在逐渐缩小的怪物大笑。她笑着说再见。

基尔曼女士和伊丽莎白一起下楼去了。

克拉丽莎突然冲动起来，感到一种强烈的痛苦，因为这个女人正在夺走她的女儿，于是她伏在楼梯栏杆上喊道："别忘了晚会！别忘了我们今天的晚会！"

可是伊丽莎白已经开了前门；一辆小货车正驶过门口；她没有回答。

爱情和宗教！克拉丽莎想着走回客厅，全身感到轻微的刺痛。它们是多么可恶,多么可恶呀!由于基尔曼女士的身躯已不在她眼前,她心中的基尔曼的形象便制服了她。爱情和宗教是世界上最残酷的东西,她想,看见它们笨拙、激动、专横、虚伪、偷听、嫉妒、无限残酷、极不道德、随便地穿着防水布上衣、站在驻脚台上;爱情和宗教。她自己劝皈过任何人吗?她不是希望每个人都保持自己的个性吗?她从窗口望出去看见对过楼里的那位老妇人在上楼梯。她想上楼就让她上吧;让她停一下;然后,正如克拉丽莎经常见到的那样,让她去她的卧室,拉开窗帘,再消失在背景中。不知为什么,她总是敬仰那种景象——那个老妇人望着窗外,丝毫没有意识到别人在看她。那景象里有一种庄严肃穆的东西——可是爱情和宗教会不管不顾地毁掉它,毁掉灵魂的私密性。可恶的基尔曼会毁灭它。然而这却是一种使她想哭的景象。

  爱情也有毁灭性。一切美好的东西,一切真实的东西都会消亡。不妨以彼得·沃尔什为例。这里有一个男人,有魅力,有才智,对什么事情都有自己的见解。如果你想了解蒲柏或艾迪生①,或者只是闲聊天,谈人们的长相啦,某些事物的意义啦,彼得比别人知道得都多。正是彼得曾经帮助过她;是彼得曾经借给她许多的书。可是看看他爱的那些女人吧——粗俗、委琐、平庸。想想恋爱中的彼得吧——他过了这么多年来看她,可谈的是什么呢?是他自己。可怕的激情!她想。使人堕落的激情!她想,同时想到基尔曼和她的伊丽莎白正在走向陆海军商店。

  大本钟敲响了半点钟。

  看着那个老妇人(她们已是那么多年的邻居了)离开窗口

---

① 艾迪生(1672—1719),英国散文家、诗人、剧作家和政治家。

是多么不寻常啊,多么新奇,是啊,多么动人,仿佛她与那钟声、与那细线有着千丝万缕的联系。尽管钟身宏大,可与她有联系。那手指下垂,下垂,最后落入平凡的事物中间,使这一瞬间变得庄严肃穆。克拉丽莎想象,那钟声迫使老妇人挪动,迫使她行走——但是走向哪儿呢?当她转过身去并消失之时,克拉丽莎仍用目光尽量跟踪着她,仍能看见她的白帽子在卧室的后边移动。她仍在房间的另一头踱来踱去。克拉丽莎想,为什么还要信条、祈祷词和防水布衣服呢?既然那就是奇迹,那就是奥秘;她指的是那老妇人,她仍能看见她从五屉柜走向梳妆台。她仍能看见她。基尔曼会说她已解开了这个至高无上的奥秘,或者彼得会说他已解开了,但克拉丽莎相信他们两人一点儿都不知道怎样解开它;其实那奥秘很简单,不过是:这边是一间屋子;那边是一间屋子。宗教解开它了吗?爱情解开它了吗?

爱情——但是这里的另一个时钟,那个总比大本钟晚两分报时的时钟,用衣服下摆兜着零七八碎的东西蹒跚走来,然后把它们全都倒在地上;仿佛大本钟因为有国王陛下制定法律而运转完全正常,是那么庄严,那么公正,但她却还得记住各种零星小事——马香太太、埃莉·亨德森、盛冰块的玻璃杯——各类零星小事跟随着那庄严的一响竞相蹦跳着涌了进来,那一响钟声就像一道金色平铺在海面上。马香太太、埃莉·亨德森、盛冰块的玻璃杯。她现在必须立即打电话。

那个报时晚的时钟唠唠叨叨烦躁不安地跟在大本钟后面响着,用衣服兜着各种零星杂物。袭来的马车、野蛮的小货车、无数急忙前行的鲁莽的男人和爱炫耀的女人、办公楼和医院的圆顶和尖顶等不断冲撞着衣兜里的零星杂物,把它们打得粉碎,它们的最后的遗物犹如无力的浪花拍打在基尔曼女士身上,而那时她刚好在街上静静地停了一会儿,喃喃自语地说:"这是肉体的问题。"

正是这肉体她必须加以控制。克拉丽莎·达洛维侮辱了她。对此她早有思想准备。但是她还没有赢得胜利;她还没有控制住自己的肉体。克拉丽莎曾嘲笑她丑陋、笨拙,曾重新引起她的肉体的欲望,因为她站在克拉丽莎身旁时总是很在乎自己的长相。她也不能像她那样讲话。但是为什么要像她呢?为什么?她从心底里看不起达洛维太太。她不严肃,也不和善。她的生活好似虚荣和欺骗的交织物。然而,多丽丝·基尔曼曾失去过自制。事实上,当克拉丽莎·达洛维嘲笑她的时候,她差一点儿掉下眼泪。"这是肉体的问题。这是肉体的问题。"她沿维多利亚街走去时喃喃地说(她习惯于说出声来),竭力压制这种激烈痛苦的情感。她向上帝祈祷。她对自己的丑陋无可奈何;她买不起漂亮的衣裳。克拉丽莎·达洛维嘲笑过她——可是她在到达邮筒之前要把心思集中到别的事情上。无论如何她现在有了伊丽莎白。但到达邮筒之前,她要想些别的事,她要想想俄罗斯。

她说,如果能住在乡下,正如惠特克先生劝告的那样,在那里与自己对这个世界的强烈怨恨进行斗争该有多么好;这个世界鄙视她,讥讽她,抛弃了她,首先给了她这种耻辱——把这个人们目不忍睹的可憎的身体强加于她。无论她怎样梳理头发,她的前额总像个鸡蛋,光秃秃的,白白的。无论什么样的衣服都不适合她穿。她买哪件都一样。对于一个女人来说,那当然意味着从来不与异性约会。她与任何人竞争都不会得第一。近来她有时觉得,似乎除了伊丽莎白之外吃饭就是她全部的生活目标,她的舒适的生活条件、她的正餐、她的午茶、她夜里用的暖水袋。但是一个人必须斗争,必须征服,必须信仰上帝。惠特克先生曾说她来到世界上是为了某个目的。可是谁都不了解这种痛苦!他指着圣像十字架说:上帝了解。可是她为什么就得受苦,而别的女人,例如克拉丽莎·达洛维,就能逃脱呢?知识来自苦难,惠特克先生说。

她已走过了那个邮筒,伊丽莎白也已转身进了陆海军百货商店内棕色凉爽的烟草部,这都发生在她仍念叨着惠特克先生关于知识来自苦难的话以及她关于肉体的思考的时候。"肉体。"她喃喃地说。

她想去哪个柜台?伊丽莎白打断了她。

"衬裙部。"她突兀地说,大踏步直奔电梯走去。

她们来到楼上。伊丽莎白领着她往这儿往那儿,在她心不在焉的情况下领着她走,仿佛她是个大孩子,是一艘笨重的战舰。这些是衬裙,棕色的、典雅的、条纹的、轻浮的、结实的、薄透的;她心不在焉地很傲慢地挑选着,女售货员心想她一定是疯了。

在她们包装衬裙时,伊丽莎白不明白基尔曼女士到底在想什么。她们得吃茶点了,基尔曼女士说,她此时如梦初醒,打起了精神。她们去吃茶点。

伊丽莎白心想基尔曼女士真饿了吗? 她吃东西的姿态就是这样,使劲地吃,然后盯着邻桌盘子里的甜蛋糕,看了又看;后来一个妇人和一个孩子坐下了,那孩子拿起蛋糕时,基尔曼女士会在意吗? 是的,她确实在意。她原想要那块蛋糕的——那块粉红色蛋糕。吃东西的乐趣大概是她仅存的一点儿纯粹的乐趣,然而就连这点乐趣她都很难得到!

她曾对伊丽莎白说过,人们在过得好的时候都有所储备,以便日后使用,而她则像个没有车胎的车轮(她喜欢使用这种比喻),一个小石头子就能使它颠簸震颤——她常这样说,她课后没有马上走,就站在壁炉旁,拿着一提袋书,就是她所谓的"书包",在星期二上午,下课以后。她也谈到了世界大战。毕竟有人认为英国人绝非一贯正确。有许多的书。有许多的会议。有许多其他的观点。伊丽莎白愿意跟她一起去听某某(一个仪表堂堂的老人)讲话吗?然后基尔曼女士带她去肯辛顿的一个教堂,和一位牧师一起吃茶点。她曾借给她很多书看。法律、医学、政治,所有的职业都对你们这一代妇女敞开了大门,基尔曼女士说。可是就她自己来说,她的事业完全被毁掉了,这是她的过错吗?天啊,不是,伊丽莎白说。

她母亲会进来告诉她从伯尔顿送来一大篮子东西,并问:基尔曼女士想要鲜花吗?虽然她对基尔曼女士总是非常非常和善,可是基尔曼女士却把那成把的鲜花捏得粉碎,也不与她寒暄;所有基尔曼女士感兴趣的事她母亲都厌烦,她们两人在一起总是别别扭扭的;基尔曼女士秉性傲慢,相貌平庸,但聪明得惊人。伊丽莎白过去从来没有想到过穷人。她家要什么有什么——她母亲每天在床上吃早餐,由露西给送上楼;她喜欢老妇人,因为她们都是公爵夫人,是某个勋爵的后裔。但基尔曼女士说(在某个星期二上午下课之后),"我祖父过去在肯辛顿有一个油画颜料商店。"基尔曼女士和她所认识的人都不一样,她让你感到自己是那么渺小。

基尔曼又喝了一杯茶。伊丽莎白笔直地坐着,举止像东方人,带有不可思议的神秘色彩;不要,她什么也不要了。她在找她的手套——那副白手套。它们在桌子底下。啊,但是她不能走!基尔曼女士不能让她走!这个年轻人,是那么漂亮;这个姑娘,她真心喜欢她!她的一只大手在桌子上一张一合。

可是伊丽莎白不知怎的似乎觉得有点儿乏味。她真的想走。

但是基尔曼女士说:"我还没喝完呢。"

当然,伊丽莎白会等她的。但是屋里实在闷得慌。

"你今晚去参加晚会吗?"基尔曼女士问。伊丽莎白说她想去;她母亲希望她去。她不应该让晚会耗费她的精力,基尔曼女士说,手里捏着一块手指形巧克力小酥饼剩余的两英寸饼根。

她不大喜欢聚会,伊丽莎白说。基尔曼女士张开嘴,微微向前探探下巴,把那点剩余的巧克力酥饼吞了下去,然后擦了擦手指头,把杯子里的茶晃了晃。

她觉得她快要粉身碎骨了。太痛苦了。如果她能抓住她,如果她能紧紧抱住她,如果她能绝对地、永远地拥有她,然后再死,那该多好;那是她最大的愿望。但是坐在这里,想不出什么好说的,眼看着伊丽莎白转而反对自己,就连她都讨厌自己了——这太过分了,她受不了。她那粗壮的手指握在一起。

"我从来不参加晚会,"基尔曼女士说,目的只是不让伊丽莎白走,"人们从来不邀请我参加晚会。"——说这话的时候她知道这种自负正是使她失败的原因;惠特克先生曾警告过她;但是她无法控制自己。她遭了那么多的罪。"他们为什么要请我呢?"她说,"我长相一般,我又不快乐。"她知道这是傻话。然而是所有那些过路的行人——那些拿着大包小包的瞧不起她的人们——使她不得不这样说。不过,她毕竟是多丽丝·基尔曼。她有学位证书。她是在这个世界上已经有所作为的女人。她那丰富的近代史知识非常令人敬佩。

"我并不可怜自己,"她说,"我可怜——"她想说"你的母亲",但是不行,她不能说,不能对伊丽莎白说这话。"我可怜别人胜过可怜自己。"

伊丽莎白·达洛维静静地坐着,像一头不会说话的牲口,不知为什么被带到大门口,站在那里急切地要冲出去。基尔曼女士还打算接着说下去吗?

"别把我给忘了。"多丽丝·基尔曼说;她的声音在颤抖。那头不会说话的牲口,惊恐万状地跑向田野尽头。

那只大手张开又合上。

伊丽莎白转过头去。女侍者过来了。伊丽莎白说,她得到收银台去付账,于是走开了,基尔曼女士觉得她这一走似乎把自己的内脏给拉了出来,她在穿过房间的时候把它们拉得很长,最后她转过身来,然后很有礼貌地点了点头就离开了。

她走了。基尔曼女士坐在摆满巧克力酥饼的大理石桌子旁,忍受着痛苦的撞击,一下,两下,三下。她走了。达洛维太太胜利了。伊丽莎白走了。美人走了;青春走了。

她就这样坐了一会儿。她站起身来,在小桌子中间笨拙地走着,身体轻微地左右摇摆,有个人拿着她买的衬裙追了过来;她迷了路,走进了一堆准备发往印度的衣箱中间,后来又走进产妇用品和婴儿床单中间;她摇摇摆摆地走过世界各国生产的商品,有易腐烂的,有能永久保存的,火腿、药品、鲜花、文具,散发着各种不同的气味,一会儿是香味,一会儿是酸味。她从一面大镜子里看见自己歪戴着帽子摇晃走路的形象,脸色通红,从头到脚都映在镜子里;她终于走出商店来到大街上。

威斯敏斯特天主教堂的钟楼耸立在她面前,那是上帝的住所。在这繁忙的车流之中,竟有上帝的住所。她拿着包裹顽强地走向另一个庇护所，即威斯敏斯特教堂，进去后她用双手在脸上搭起凉棚，挨着那些像她一样不得不进来寻求庇护的人们坐下；那些形形色色的朝圣者们现在已失去了社会地位的差别，几乎分不清是男是女，因为他们用双手在脸上搭起了凉棚；可是他们一旦把手放下，立即就成了虔诚的英国中产阶级的男士女士，他们中有些人很想参观那些蜡像。

但基尔曼女士的手还搭在脸上。一会儿人们离她而去；一会儿又有人来与她做伴。新的朝圣者从街上进来取代了那些闲逛者；当人们向四周凝望并拖着脚步走过无名武士墓时，她仍然用手指挡住双眼，努力在这双重的黑暗中（因为教堂里只有虚幻的灵光）寻求那超越虚荣、欲望和商品的理想，消除自身的恨与爱。她的手不由自主地抽动着。她似乎在挣扎。然而，对别人来说上帝是能够接近的，而且通向他的道路是平坦的。曾在财政部工作现已退休的弗莱彻先生、著名的王室法律顾问的遗孀戈勒姆太太都轻而易举地接近了上帝，他们祈祷过后便靠在椅背上欣赏音乐（管风琴高奏出甜美的乐曲）；他们看见坐在同一排边上的基尔曼女士在祷告呀祷告，他们因为自己仍徘徊在阴间的门口，所以很同情她，认为她也是经常出没于同一地域的灵魂，是个用非物质材料剪裁而成的灵魂，不是个女人，而是个灵魂。

但是弗莱彻先生得走了。他不得不从她身边经过，由于自己衣着整洁、容光焕发，他不禁感到有些沮丧，因为这个可怜的女人衣冠不整，披头散发，包裹就放在地上。她没有立即给他让路。但当他站在那里环顾四周，凝视着那白色的大理石、灰色的玻璃窗和那多年积聚起来的宝贵文物的时候（要知道他为这教堂格外感到自豪），他看到她坐在那里不时地挪动膝盖（她接近上帝的道路是如此坎坷——她的世俗欲望是如此顽强），她那粗大健壮的身材和内在的力量给他留下深刻的印象，正如她曾给达洛维太太（她那天下午无法使自己忘掉她）、爱德华·惠特克牧师和伊丽莎白也留下深刻的印象一样。

伊丽莎白在维多利亚街等候公共汽车。来到户外多么好啊。她想也许不必现在就回家。来到露天地里多么好啊。因此她要乘公共汽车。就在她穿着剪裁得体的衣服站在那里的时候，那一套正在开始……人们开始把她比做白杨树，比做黎明，比做风信子花，比做幼鹿，比做流水，比做庭院里的百合花；这使她的生活成了她的负担，因为她是那么喜欢待在乡下，不受干扰，想干什么就干什么，可他们总是把她比做百合花，她不得不去参加各种聚会；比起她和父亲及小狗在乡下的宁静生活，伦敦又是那样沉闷乏味。

公共汽车一辆辆飞快驶来，停下，又开走——色彩异常鲜艳的车队，闪耀着红色和黄色的光泽。可是她应该上哪一辆呢？上哪一辆都无所谓。当然啦，她是不会往车上挤的。她趋向于被动。虽然她所需要的是表情，但她的眼睛很好看，是中国式的东方人眼睛，而且，正如她母亲所说，她有那么健美的双肩，而且身板挺得那么直，看上去总是那么有魅力；近来，特别是在晚上，当她有兴致的时候（因为她似乎从来没有激动过），她看上去几乎是美丽的，非常庄重，非常安详。她可能在想些什么呢？每一个男人都爱上了她，而她确实感到非常厌烦。因为那一套正在开始。她母亲看得出来——那些赞美之词开始了。她对这类事没有太大的兴趣，例如她不讲究穿着，这虽然有时使克拉丽莎担忧，但这种担忧也许就跟担忧那些小狗和荷兰猪都要患瘟病没有什么两样，而且还使她具有魅力。还有她和基尔曼女士的奇怪的友谊。是啊,这证明她还是有感情的,克拉丽莎在凌晨三点因睡不着觉而读马博特男爵的书时这样想。

突然间,伊丽莎白向前迈步,很利索地登上了公共汽车,赶在所有人的前面。她在上层找了个座位坐下。那鲁莽的家伙——那海盗船——启动前行,不停地跳跃;她不得不拉住扶手以保持平衡,因为它是一只海盗船,鲁莽、肆无忌惮,毫不留情地逼近,冒着危险躲闪,无礼地抓起一个乘客,或根本不理会一个乘客,高傲得像鳗鱼一样在空隙中挤来挤去,然后鼓起所有的风帆目空一切地沿白厅街冲去。伊丽莎白这会儿是否想到可怜的基尔曼女士了呢(基尔曼女士毫无嫉妒之心地爱着她,把她看做旷野里的小鹿,林间空地上空的月亮)?她很高兴今天这样自由自在。清新的空气是那么宜人。刚才在陆海军商店里闷得难受。现在就像骑着马沿白厅街跑去。这个穿着小鹿皮色外套的美丽身躯随着汽车的每一下颠簸自然地晃动,好似骑手,好似船头上的木雕破浪女神,因为微风稍稍吹乱了她的头发;热气使她的面颊变得苍白,好似涂了白漆的木头的颜色;她那双美丽的眼睛因为没有别人的眼睛可对视而凝望着前方,茫然而明亮,具有雕像特有的那种凝神注视和令人难以置信的天真。

基尔曼女士总是谈论自己所受的痛苦,这使她如此难以相处。那么她说得对吗?如果说参加委员会的工作,每天牺牲几个小时(她很少在伦敦见到他)就算帮助穷人的话,她的父亲就是这样做的,天知道——那是不是基尔曼女士所说的"当基督徒"的意义;但是那很难说。啊,她还想再走远一点儿。去河滨街站要加一便士吗?那给你一便士。她要去河滨街。

她喜欢生病的人。各种专业性的职业都对你们这一代妇女开放了,基尔曼女士说。所以她有可能成为医生。她有可能成为农场主。动物常常生病。她有可能拥有一千英亩土地,手下有很多人。她将到他们住的小房子里去看他们。这里是萨默塞特宫。她有可能成为非常好的农场主——说来奇怪,这个想法虽然跟基尔曼女士的话有点儿关系,但几乎完全得益于萨默塞特大厦。它看上去是那么辉煌,那么庄严,那座灰色的宫殿。她喜欢人们工作时的感觉,她喜欢那些教堂,像各种形状的灰色纸片,抵挡着河滨街上的车流。这里和威斯敏斯特不一样,她想,一面在法院街下了车。这条街是那么严肃,那么繁忙。一句话,她想从事专业性的工作。她会成为医生,成为农场主,如果她认为必要的话,有可能进议会,她产生这些想法都是因为来到了河滨街。

那些人四处奔走,忙于各种活动,他们的手在垒着一块块石头,心里想的不是无谓的闲谈(把女人比做白杨——这当然激动人心,但非常愚蠢),而永远是轮船、商务、法律、行政管理;这里的一切是那么庄严(她在圣殿里)①,那么欢快(有泰晤士河),那么虔诚(有圣殿教堂),使她下定决心要当农场主或医生,不管母亲会怎么说。可是当然啦,她很懒惰。

这事最好对谁也别提。它似乎很愚蠢。这种情况有时的确会发生,在你一个人的时候——那些没有建筑师署名的大楼,那些从城里回来的人群,比肯辛顿区的单个牧师更有力量,比基尔曼女士借给她的任何一本书更有力量,能激发躺在流沙般的心底里沉睡的笨拙而羞怯的东西,能破开表层,犹如一个小孩突然伸直胳膊;正是那种东西,也许是一声叹息、双臂的伸出、一种冲

---

① 圣殿系伦敦"金融城"内的一组古建筑,伦敦的四大律师学院就坐落在那里。

动、一种启示,产生出永恒的效果,然后又回落到流沙般的心底里。她必须回家。她必须换装参加晚宴,可是现在几点啦?——哪里有钟表?

她望着舰队街。她朝着圣保罗大教堂走了一小段路,她感到羞怯,像一个人在夜间手持蜡烛踮起脚尖深入探索一幢陌生的房子,心情非常紧张,害怕房东会突然推开卧室的门问她是干什么的;她也不敢贸然走进古怪的小巷和诱人的小街,如同一个人在一所陌生的房子里不敢贸然开启屋门,那可能是卧室门、客厅门,也可能直通食物储藏室。因为达洛维家没有一个人每天都来河滨街;她是个开拓者、流浪者,敢于冒险,易于轻信别人。

她母亲觉得,她在很多方面极不成熟,仍像个孩子,离不开玩具娃娃,喜欢穿旧拖鞋,是个十足的婴儿;这倒很有魅力。可是当然啦,达洛维家族一向有为公众服务的传统。这个家族的女成员中,出过很多女修道院院长、学院院长、女校的校长、高级官员等——她们当中没有一个人非常聪明,但都很有魅力。她朝着圣保罗大教堂的方向又走了一小段路。她喜欢这喧哗声里传出的善意、姐妹之情、母爱之情和兄弟之情。她觉得这声音似乎很不错。嘈杂的声响非常之大;突然间,在喧哗声中又传来小号的高声齐鸣,急促刺耳(是失业者们);那是军乐,仿佛人们在齐步前进;然而假如他们濒临死亡——假如某个女人刚刚咽了气,刚刚完成了那一极其尊严的举动,而守护着她的人,不管是谁,只要打开那个房间的窗户俯视舰队街,那喧嚣声、那军乐声就会洋洋得意地向着他扑面而来,既表示安慰,又表示冷漠。

那声响并无意识。它并不表示对一个人的运气或命运的认可;正因为如此,就是对于那些想从死者脸上寻觅最后一丝意识而又感到茫然的人们,它仍然带来了慰藉。

人们的健忘可能有伤害作用,人们的忘恩负义可能有腐蚀作用,但是这年复一年无休止涌进来的声音会把任何东西都带走的,无论是这个誓言、这辆小货车、这条生命,还是这个游行队伍,会把它们统统包裹起来带走,犹如在冰川的汹涌水流中冰块裹挟着一块白骨、一个蓝色花瓣、几棵橡树顺流滚滚而下。

但是现在的时间比她想的要晚。她母亲不喜欢她这样独自在外面闲逛。她转身沿河滨街向回走。

一阵风(尽管天很热,风还是不小)将一块薄薄的黑纱吹盖到太阳上,吹临河滨街上空。因为虽然那些云彩像白色的山峦,使人想象能用斧头砍下坚硬的碎片,而且两边有辽阔的金色山坡,是天堂乐园的草坪,酷似因众神集会议事而聚集到一起的居所群落,但是云彩之间仍然存在着一种永不停息的运动。仿佛为了完成某个既定的计划,一会儿一个云峰变小了,一会儿一整块静止的金字塔大小的云彩原封不动地移到中天,或庄重地带队来到新的停泊地,这时各种征兆相互转换了。虽然那些云彩似乎空前一致地坚守岗位,一动不动,但是那雪白的或金光闪烁的表层则比什么都显得清新、自由、灵敏;有可能立刻变化,移动,并使那庄严的居所群落解体;尽管那些云彩庄重地固守岗位,尽管它们积聚得坚实无缝,但仍给大地一会儿带来光明,一会儿带来黑暗。

伊丽莎白·达洛维平静地、利索地登上了开往威斯敏斯特的公共汽车。

那光和影忽而把墙壁变成灰色,忽而把香蕉变成鲜黄色,忽而把河滨街变成灰色,忽而又把公共汽车变成鲜黄色;现在那光和影似乎来来去去,在招手示意,这是塞普蒂莫斯·沃伦·史密斯的感觉,他正躺在客厅里的沙发上,观察着那似水的金光在壁纸上不断地闪亮而后暗淡，犹如停留在玫瑰花丛中的某个生灵那样敏感得惊人。在室外，树木拖着无数的叶子通过空间的深处，像拖着许多张网；房间里可以听到水声，透过波浪传来阵阵鸟儿的歌声。每一种力量都将自己的宝藏倾倒在他的头上，他的一只手放在沙发背上，酷似他在海里游泳时见到自己的手的样子，漂浮在波浪之上，与此同时他听见遥远的岸上有几只狗在叫，叫声越来越远。无须再怕，身体里的心儿在说；无需再怕。

他并不害怕。每一个瞬间，"大自然"都用某种带有笑意的征兆，如那个在墙上旋转的金色光点来暗示——注意，注意，注意——她表达自己旨意的决心，通过挥动她的羽毛，摇动她的长发，向两边舞动她的披风，很美妙，总是很美妙，并站得很近，用拱起的双手低声说出莎士比亚的诗句，表达她的意思。

利西娅坐在桌旁一面折着手中的帽子一面观察着他，看见他在微笑。这么说，他很快活。但是她看见他微笑就受不了。这不是正常的夫妻关系；为人夫者不应该是那副怪样子，他总是惊跳起来，哈哈大笑，或一连几小时坐着沉默不语，或拽住她让她代笔写东西。这桌子的抽屉里装满了那些作品，关于战争，关于莎士比亚，关于许多伟大的发现，以及如何没有死亡。最近他常无缘无故地突然激动起来（霍姆斯医生和威廉·布拉德肖爵士都说激动对他来讲是最糟糕的事），而且挥着两手大喊他明白了真理！他什么都明白！他说，那个男人，他那已阵亡的朋友埃文斯来了。埃文斯就在屏风后面唱歌。她记录下他的原话。有些东西写得很美，其他的不过是一派胡言。他总是半截停下，改变思路，想加上点什么，听见了新的信息，举起一只手倾听。可是她什么都听不见。

有一次他们发现打扫客厅的年轻女仆在读这些作品，发出阵阵笑声。这是个可怕的遗憾。因为那使塞普蒂莫斯大声慨叹人类的残酷——他们无情地相互攻击。他说,他们把战败者彻底毁灭。"霍姆斯在向我进攻。"他常说,他还时常编造有关霍姆斯的故事:霍姆斯喝麦片粥,霍姆斯读莎士比亚——逗得自己哈哈大笑或使自己勃然大怒,因为在他看来霍姆斯似乎代表着一种可怕的东西。他把霍姆斯叫做"人性"。此外还有许多幻象。他常说他溺水了,躺在悬崖上,鸥群在上方尖叫。他时常从沙发边上往下看,是在看海。有时他听见了音乐声。实际上只不过是转筒风琴声或街上某个男人的喊声。可是他总说:"多美啊!"然后眼泪就顺着面颊流了下来;这在她看来是最最可怕的事,看着一个像塞普蒂莫斯这样参过战、表现勇敢的男人痛哭流涕。他常躺着倾听,然后会突然惊叫说他在跌落,跌进火焰里去!她真的会环顾四周寻找火焰,因为他说得那么煞有介事。可是什么都找不到。屋子里只有他们两人。她会告诉他那是个梦,终于使他安静下来,但有时她自己也被吓坏了。她缝着帽子,叹了口气。

她的叹气声轻柔而愉悦,好似晚间外面树林里的风。她一会儿放下剪刀,一会儿转身从桌上拿起什么。就在她坐着缝纫之时,随着轻微的移动、轻微的窸窣声、轻微的拍打声,桌子上就出现了做出的东西。他透过眼睫毛可以看见她那模糊的轮廓,那娇小黝黑的身体、她的脸和手,还可以看见她在桌旁转身的动作,那是她在拿起一轴线或是在寻找丝绸(她总是丢三落四的)。她在为菲尔默太太已出嫁的女儿做一顶帽子,那女儿的名字是——他已经忘记了。

"菲尔默太太那结了婚的女儿叫什么名字?"他问道。

"叫彼得斯太太。"利西娅说。她恐怕帽子做得太小了,她举着帽子说。彼得斯太太个子高大,但她不喜欢她。只是因为菲尔默太太一直对他们那么好——"今天早上她给了我很多葡萄。"她说——所以利西娅才想做点儿什么来表示他们的感激之情。前天晚上她走进屋来发现彼得斯太太(她以为他们出去了)在使用留声机。

"是真的吗?"他问。她在用留声机?是啊,她当时曾告诉过他;她曾发现彼得斯太太在用留声机。

他开始小心翼翼地睁开眼睛,想看看那里是否真有一台留声机。但是真实的东西——真实的东西让人过分激动。他必须十分小心。他不想发疯。他先看看架子底层的时装图样,然后逐渐地把目光移到带有绿色喇叭的留声机上。没有什么能比这再真切的了。于是他鼓起勇气看看餐具橱,看看那碟香蕉,看看维多利亚女王及其丈夫的雕版像,就在壁炉架上,和那瓶玫瑰在一起。这些东西都没有动。它们都是静止的;它们都是真实的。

"她是个爱用恶语伤人的女人。"利西娅说。

"彼得斯先生干什么工作?"塞普蒂莫斯问。

"唔。"利西娅说,她在努力回忆。她记得菲尔默太太说过他为某个公司外出办事。"目前他在霍尔市。"她说。

"目前!"她说这个词时带有意大利口音。那是她亲口说的。他用手遮住眼睛,这样每次只能看见她脸上的一部分,先是下巴,再是鼻子,然后是前额,以防她的脸万一长得畸形或有可怕的疤痕。可是没有,她就在那里,十分自然,缝着帽子,像别的女人一样噘着嘴唇,一副缝纫的姿态,表情忧伤。可是她的脸上并没有什么可怕的东西,他一次又一次看她的脸和手并肯定地对自己说,因为她在大白天坐着缝纫的时候能有什么让人害怕或讨厌的呢?彼得斯太太爱恶语伤人。彼得斯先生在霍尔市。

那自己为什么要生气,为什么要预言呢?为什么要逃跑,受苦,又被世人遗弃呢?为什么让云彩吓得浑身发抖并哭泣呢?在利西娅坐着往衣裙前襟插大头针的时候,在彼得斯先生在霍尔的时候,自己为什么要追求真理并传达信息呢?奇迹、痛苦、孤独感都掉进了大海,掉呀,掉呀,掉进了火焰里,一切都被烧毁了,因为当他看着利西娅修整那顶给彼得斯太太做的草帽时感觉像一块点缀着花朵的床罩。

"这帽子给彼得斯太太戴太小了。"塞普蒂莫斯说。

多少日子以来他这是第一次像往常那样说话!确实太小——小得可笑,她说。可那是彼得斯太太自己定的尺寸。

他从她手中拿过帽子。他说这帽子只能给转筒风琴演奏者的小猴子戴。

这让她多么高兴啊!已经有好几个星期了,他们没有这样一起放声大笑过,没有像结了婚的人那样私下开玩笑。她是说,如果菲尔默太太这时走进来,或彼得斯太太或别的什么人这时走进来,她们不会明白她和塞普蒂莫斯在笑什么。

"看呀。"她说,把一朵玫瑰花插在帽子的一边。她从来没有这么幸福过!一生当中从来没有过!

可是那样更可笑,塞普蒂莫斯说。现在那可怜的女人会像展览会上的一头猪。(还从来没有一个人像塞普蒂莫斯这样逗她发笑。)

她的针线盒里都有什么呢?她有许多丝带和珠子、流苏和假花。她把这些东西一股脑儿地倒在桌子上。他开始把颜色不协调的装饰物放在一起——要知道他虽然手笨,连包裹都包不上,但他有很好的眼光,而且常常看得很准,当然有时也荒谬,但有时确实看得非常准。

"她将会有一顶漂亮的帽子!"他低声说,拿起这个,又拿起那个,利西娅跪在他的身边,从他肩上望过去。现在完成了——就是说设计完成了;她必须缝到一起。但是她必须非常非常小心,他说,要保持他原来设计的样子。

她就按他的要求缝了起来。他想,她缝帽子的时候,有一种像水壶在炉架上发出的声音;像冒泡声,像低语声,她又小又尖的手指头很有劲,总是忙着捏呀捅呀,她的针不停地闪闪发光。尽管阳光忽隐忽现,照在流苏上,照在壁纸上,但是他愿意等待,他想,一面伸出双脚,看着沙发另一头自己脚上的带环纹的短袜;他愿意等待,在这个温暖的地方,在这个静止的气潭中;晚上你有时会在树林边缘遇到这种现象,因为地面的突降或树木的分布格局(人必须首先讲究科学,要讲科学)使暖气滞留不散,而且空气像鸟的翅膀扑面而来。

"做好了,"利西娅说,一面用手指尖挑着彼得斯太太的帽子不停地旋转,"暂时就这样吧。过一会儿……"她的话淙淙流淌,滴滴答答,像一个开着的水龙头,心满意足地淌着水。

太好了。他还从来没有做过使他感到那么自豪的事。彼得斯太太的帽子是那么真实,那么实在。

"看看这帽子吧。"他说。

是啊,看见那帽子她总会感到高兴的。他又恢复了先前的样子,他刚才笑了。他们刚才一直单独在一起。她会永远喜欢这顶帽子。

他让她试试帽子。

"我一定显得很怪!"她喊道,同时跑到镜子前面,先看看这边,再看看那边。然后她很快地把帽子摘下来,因为有人敲门。会是威廉·布拉德肖爵士吗?难道他已经派人来了吗?

不是他! 是那个小女孩,来送晚报。

他们生活中一向发生的事,即每天晚上都发生的事,又发生了。那个小女孩站在门口,吸着大拇指;利西娅跪下来,哄着她,亲着她;利西娅从桌子的抽屉里拿出一包糖果。因为一向都是这样的。先做一件事,再做另一件。她就是这样一步一步地构筑生活,先做一件事,再做另一件。她和小女孩在屋子里转着圈跑,又蹦又跳。他拿过报纸。他读道:萨里队大败。热浪滚滚来。利西娅重复着:萨里队大败。热浪滚滚来。她把这话编进游戏里,跟菲尔默太太的外孙女一起玩,两个人边说边笑。他很累了。他很快活。他要睡觉了。他闭上眼睛。于是他立刻什么都看不见了,游戏的声音越来越轻,越来越怪,好似人们的喊叫声,他们在寻找什么但没有找到,越走越远,越走越远。他们把他给丢了!

他惊恐地跳了起来。他看见什么了? 看见了餐具橱上的那盘香蕉。屋里没有别人(利西娅送小女孩到她妈妈那里去了;已到睡觉时间)。就是如此:永远孤独。这就是他悲惨的命运,他在米兰走进那间屋子看见她们把硬麻布剪裁成各种形状时,他的命运就注定是永远孤独。

他独自一人,身边是餐具橱和香蕉。他独自一人,袒露在这荒凉的高地上,全身挺直——但不是在小山顶上,也不是在峭壁上,而是在菲尔默太太的客厅里的沙发上。那些幻象、那些面孔、那些死者的声音都到哪里去了呢? 他的面前有一扇屏风,上面画着黑色的香蒲和蓝色的燕子。在他看见过高山的地方,在他看见过面孔的地方,在他看见过美景的地方,现在只有一扇屏风。

"埃文斯!"他喊道。没有回答。一只老鼠刚吱吱叫过,或许是一扇窗帘沙沙响过。那些都是死者的声音。那屏风、那煤箱、那餐具橱是给他留下来的。那就让他面对屏风、煤箱、餐具橱吧……但是利西娅跑进屋来，口中念念有词。

来了一封信。大家的计划都得变。菲尔默太太竟然不能去布赖顿市了。来不及通知威廉斯太太了，利西娅确实认为这事非常非常使人恼火；突然间她看见了那顶帽子，她想……也许……她……可以做一点……她那心满意足的动听的声音逐渐消逝了。

"哎呀，见鬼！"她喊（她说粗话是他们两人之间的一种玩笑）；缝衣针断了。帽子、孩子、布赖顿、缝衣针。她一步一步地构筑生活；先做一件事，再做另一件，她缝着帽子，一步一步地构筑生活。

她想让他评论她挪动了玫瑰花的位置以后帽子是不是更漂亮了，她在沙发边上坐下。

他们现在十分幸福，她突然放下手中的帽子说。因为现在她能对他无话不谈了。她想什么就能说什么。这大概是那天晚上在小饭店里她对他的第一个感觉，当他和他的英国朋友进来的时候。他走进来，表情羞涩，向四处张望，挂帽子的时候帽子还掉了。这事她还记得。她知道他是英国人，尽管不是她姐姐爱慕的那种身材高大的英国人，要知道他总是很瘦；但是他的肤色漂亮清润，他的大鼻子、他那双明亮的眼睛，还有他那微微驼背的坐态使她联想起年轻的鹰（她常对他说起此事），就在她见到他的头一个晚上，当时他们在玩多米诺骨牌，他走了进来——使她想起年轻的鹰；但是他和她在一起的时候总是非常温柔。她从来没见过他胡闹或酩酊大醉，只见过他有时因那场可怕的战争而感到痛苦，但即便如此，在她进来时，他总会把那一切抛开。她对他无话不谈:世界上的一切事情、她工作中的一切小问题以及她突然想起要说的一切,她都要告诉他,而他立刻就能理解。连她自己的家人也做不到这一点。由于他比她年长而且是那么聪明——他是多么认真啊,想让她读莎士比亚的著作,可她连英文的儿童故事还读不懂呢!——由于他是那么见多识广,他能帮助她。当然她也能帮助他。

可是现在这顶帽子。还有(天色已晚)那个威廉·布拉德肖爵士。

她把双手放在头上,等着他说是否喜欢这顶帽子;就在她坐着等待并向下看的时候,他能感触到她的思绪,像小鸟似的从一根树枝落到另一根树枝,总是飞落得十分准确;他能跟踪她的思绪,当她坐在那里很自然地做出一种无拘无束、漫不经心的姿态时;而且只要他一说话,她就立刻报以微笑,犹如一只小鸟飞落下来,用所有的爪子牢牢地抓住树枝。

可是他想起来了。布拉德肖曾说:"我们生病的时候,我们最喜爱的人就不适合照顾我们了。"布拉德肖说,他必须教他如何休息。布拉德肖说,他们夫妻必须分开。

"必须","必须",为什么"必须"呢?布拉德肖有什么权利管他?"布拉德肖有什么权利对我说'必须'?"他诘问道。

"那是因为你说过要自杀。"利西娅说。(老天发慈悲,她现在对塞普蒂莫斯什么都能讲了。)

这么说他已经在他们的控制之下了!霍姆斯和布拉德肖在向他进攻!那头野兽把血红的鼻孔伸进每一个秘密的地方!它竟说"必须"!咦,他的文件到哪儿去了?他写的那些东西呢?

她取来了他的文件,他写的东西、她替他写的东西。她把它们一股脑儿地倒在沙发上。他们两人一起察看这些东西。图表、图案,一些小个子男人和女人挥动着棍棒当武器,背上还长着翅膀——是翅膀吧?绕着一先令硬币和六便士硬币画出来的许多圆圈——是太阳和星星;犬牙交错的悬崖,活像刀叉,有登山队员用绳子系在一起向上攀登;一片片的海,有许多小脸在笑,可能是从海浪里冒出来的,那是世界地图。他喊:把它们烧掉!现在看看他写的作品吧:死者如何在石楠花丛后面唱歌,时间赞歌,与莎士比亚的谈话;还有埃文斯,埃文斯,埃文斯——他从死者那里捎来的信息:不要砍树,要告诉首相。博爱:世界之意义。他喊:把它们烧掉!

可是利西娅用手按住了它们。有的写得很美,她想。她要用一块绸子把它们捆上(因为她没有信封)。

即便他们把他带走,她也会跟着去的。他们不能违背他们两人的意愿把他们分开,她说。

她把那些文件叠好并沿边理齐,然后,连看也不看一眼就捆上了;她就坐在他的身边,挨得很近,他想,似乎她全身上下花瓣绽开。她是一棵开花的树;从她的树枝中间露出一张立法者的脸,她已经到了一个庇护所,在那里她谁都不用怕了,不怕霍姆斯,不怕布拉德肖;这是一个奇迹,一个胜利,是最后的也是最伟大的胜利。他看见她跟跟跄跄地登上那可怕的楼梯,背负着霍姆斯和布拉德肖;那两个男人的体重从来不少于十一斯通零六磅,他们把他们的妻子送上法庭,他们每年赚一万英镑却侈谈均衡,他们虽然做出不同的判决(因为霍姆斯一个说法,布拉德肖又一个说法),但他们都是法官,他们把幻象与餐具柜混为一谈,而且什么都不明白,却在统治人迫害人。她战胜了他们。

"好了!"她说。文件捆好了。谁也别想把它们拿走。她要收藏起来。

还有,她说,什么都不能把他们两人分开。她在他身边坐下,叫他鹰或乌鸦;由于那种鸟极具恶意又大肆毁坏庄稼,跟他倒是颇为相像。谁都不能把他们分开,她说。

然后她站起来要到卧室去收拾东西,但是听见楼下有说话声,于是想到霍姆斯医生大概来了,她跑下去想阻止他上楼。

塞普蒂莫斯能听见她在楼梯上跟霍姆斯说话。

"我亲爱的夫人,我是作为朋友来的。"霍姆斯说。

"不行。我不允许你见我的丈夫。"她说。

他能看见她,像只小母鸡,张着翅膀挡着他的路。可是霍姆斯非要上楼。

"我亲爱的夫人,请允许我……"霍姆斯说着把她推到一边(霍姆斯是个身体强健的人)。

霍姆斯正在上楼。霍姆斯会突然打开房门。霍姆斯会说:"你害怕得要命,是不是?"霍姆斯会抓住他的。可是不行,不要霍姆斯,不要布拉德肖。他摇摇晃晃地站起身来,实际上是单腿轮换着往前跳,他考虑用菲尔默太太那把干净漂亮的切面包的刀子,刀把上刻着"面包"字样。唉,谁也不应该玷污它。用煤气点火?可是现在太晚了。霍姆斯正在走来。他本来是可以用剃须刀的,但利西娅把它们都收拾起来了,她总是干这类事情。只剩下了窗户,那布鲁姆斯伯里区公寓的大窗户;只有打开窗户纵身一跳,那是件令人生厌、使人忧愁又颇有通俗喜剧意味的事。他们却认为是悲剧,但他和利西娅不这样看(因为她同意他的意见)。霍姆斯和布拉德肖喜欢这种事(他坐到了窗台上)。但是他要等到最后一分钟。他不想死。生活是美好的。阳光是火热的。只有人类吗?对面楼里有一位老先生正在下楼,停住脚看了他一眼。霍姆斯已经来到门口。"给你吧!"他喊,然后猛地纵身一跳,落在菲尔默太太院落的围栏上。

"胆小鬼!"霍姆斯医生喊道,猛然推开房门。利西娅跑到窗前,她看见了,她明白了。霍姆斯医生和菲尔默太太撞了个满怀。菲尔默太太拉下围裙,让利西娅蒙上眼睛待在卧室里。楼梯上有很多人跑上跑下。霍姆斯医生进来了——脸像纸一样苍白,全身颤抖,手里拿着一个玻璃杯。她必须勇敢,必须喝点什么,他说(喝什么?喝点甜的东西),要知道她丈夫伤势很重,惨不忍睹,恢复不了知觉,不能让她看,尽可能不让她掺和,不过她得接受询问,可怜的少妇。谁想到会出这种事呢?一时的冲动,谁也不能责怪(他对菲尔默太太说)。他这死鬼为什么要跳下去呢,霍姆斯医生想不通。

她喝下那甜甜的东西时,感觉似乎在打开长长的落地窗,迈进一个花园。可这是什么地方呢?时钟正在敲响,一下、两下、三下;和那些砰砰的重击声和低低的耳语声相比,这声音是多么敏感,就像塞普蒂莫斯本人。她正在入睡。但是钟声继续响着,四下、五下、六下;菲尔默太太挥动着围裙的情景(他们不会把尸体抬到这里来吧,对吗?)好像是那花园的一个景致,或者是一面国旗。她在威尼斯市住在姨妈家时就曾见过一面国旗在桅杆上缓缓飘荡。人们就是以这种方式向在战斗中牺牲的人表示敬意,而塞普蒂莫斯是经历过大战的。她的回忆多数是幸福的。

她戴上帽子,在玉米地里奔跑——可能是在什么地方呢?——直跑上一个小山岗,离海不远,因为那里有轮船、海鸥、蝴蝶;他们坐在一个悬崖上。在伦敦也是如此,他们坐在那里,处于半梦幻状态,许多声音从卧室门口传到她的耳边:落雨声、耳语声、干玉米秆晃动的沙沙声,她还似乎听见大海爱抚地把他们卷进拱形浪花里,还对被冲上海岸的她低声耳语,她觉得自己被撒落在各处,犹如抛洒在某座坟墓上的花朵。

"他死了。"她说,一面向看护她的那位可怜的老妇人微笑,老妇人那双诚实的浅蓝色的眼睛一直盯着房门。"他们不会把他抬到这儿来吧,对吗?"可是菲尔默太太对此不以为然。嗨,不会的,不会的!他们正在把他抬走。难道不应该告诉她吗?结发夫妻本应该在一起的,菲尔默太太想。可是他们必须执行医嘱。

"让她睡吧。"霍姆斯医生摸着她的脉搏说。她看见他那宽大身体的轮廓在窗前显得黝黑。这么说那就是霍姆斯医生。

人类文明的一个胜利,彼得·沃尔什想。这是人类文明的一个胜利,当一辆救护车的铃声轻飘尖利地响起时他这样想。那辆救护车快捷地、利索地向着医院疾驰而去,它刚刚本着人道主义精神迅速救上某个可怜鬼,某个或是被击伤头部,或是被疾病摧垮,或是一两分钟前在一个这样的路口被撞倒的人,这种事有可能发生在自己身上。这就是文明。由于他刚从东方回来,因此对伦敦的办事效率、组织工作和公共服务精神印象极深。每一辆二轮马车或四轮马车都自动地驶到路边让那辆救护车通过。他们对救护车和里面的伤病员表现出的尊重也许有些病态,或者不如说是令人伤感——忙碌的男人们正在匆忙赶路回家,然而当救护车开过时他们立即想起某人的妻子,或许会很容易地假定车里装的就是自己,躺在担架上,身边有医生和护士……唉,可是你一开始想象医生和死尸,思想就变得病态、感伤了;从那视觉印象中得到的一丝快感,也就是一种情欲,警告他不要继续想那种事了——它会毁灭艺术,毁灭友谊的。的确如此。然而,彼得·沃尔什想,(此时那辆救护车在街角处拐了弯,但是它不断响着铃穿过了托特纳姆科特街之后,它那轻飘尖利的铃声仍在下一条街或更远的地方回响),然而那是孤独的好处;你在独处时可以随心所欲。如果没有人看见,你可以哭泣。这种易受外界事物影响的气质,一直是他失败的原因,特别是在久居印度的英国人的社群里;他不会在适当的时候哭,也不会在适当的时候笑。他站在邮筒旁边,心想:我心里有一种东西,现在就能溶解在泪水里。为什么呢?只有老天知道。也许是因为某种美,也许是因为这一整天的压力(这一天以拜访克拉丽莎开始,又热又紧张,已使他精疲力竭),还因为各种印象一个接一个滴答、滴答地流入那心灵的地下室,它们在那里常驻,深邃,幽暗,永远不会为人知晓。生活的隐秘性是完整不可侵犯的,在一定程度上由于那个原因,他已经发现生活像一个陌生的花园,曲折迂回,令人惊讶,的确如此;它确实使你激动得透不过气来,这些瞬间;他在不列颠博物馆对面的邮筒旁就经历了这样的瞬间,在这一瞬间里所有的事物都汇集到一起,这辆救护车,还有生与死。他仿佛被涌上心头的感情吸到一个很高的屋顶,而他身上的其他一切则像布满贝壳的沙滩,暴露无遗。这种易受外界事物影响的气质,一直是使他在久居印度的英国人的社群里失败的原因。

有一次,克拉丽莎跟他一起乘公共汽车去一个地方,坐在上层;克拉丽莎至少是在表面上那么易于激动,一会儿绝望,一会儿又兴高采烈,那时候她常激动得全身发抖,是个很不错的伴侣;她会从汽车上层往外看,观察沿途的奇怪小景、名称和行人,要知道他俩过去经常漫游伦敦并从卡里多尼亚商场带回整袋整袋的宝物——那时候克拉丽莎有一个理论——他们有成堆的理论,总是有很多的理论,像今天的年轻人这样。那是为了解释他们的不满足感;他们不了解别人,也不被别人了解。因为他们怎么可能相互了解呢?你们每天见面;然后过上半年或几年才能再见面。这不能令人满意,他们都有同感,对别人了解得太少了。但是坐在车上沿着沙夫特斯伯里街驶去的时候,她说她觉得自己无处不在;不是"在这里、在这里、在这里",她用手敲着座椅的靠背说,而是在所有的地方。汽车经过沙夫特斯伯里街的一路上她都在挥手。她就是这一切。所以要想了解她或是任何人,你必须找出那些成就了这个人的人,甚至成就了这个人的地方。她与那些她从未交谈过的人、街上的某个女人、柜台后的某个男人,有很多奇怪的相通之处——甚至与树木、谷仓也有相通之处。她因而得出一个超验的理论;由于她惧怕死亡,这个理论使她相信,或者说她自己相信(尽管她有怀疑心理):我们的外表,即显露在外的部分,与我们广为存在的部分,即不可见的部分相比,是那么稍纵即逝,因此那不可见的部分在我们死后可能依然存在,它会以某种方式附着在这个人或那个人身上,甚至出没于某些地方。也许——也许是吧。

回顾长达近三十年之久的友谊,她的理论竟然产生了如此的效果。虽然他们之间实际的会面是短暂的、断断续续的,甚至是痛苦的,那是由于他经常外出,还由于某些干扰(例如今天上午正当他要和克拉丽莎深谈的时候,伊丽莎白进来了,像个长腿小马驹,漂亮而寡言),但是这些次会面对他一生的影响则是不可估量的。这其中颇有神秘色彩。你得到了一颗尖利的、尖锐的、令人难受的谷粒——那实际的会面,它经常是极其痛苦的,然而在没有机会见面的时候,在一些最想象不到的地方,它会长出花苞,盛开怒放,散出幽香,让你抚摸,让你品尝,让你环顾自己,让你完整地感觉它并理解它,在它被遗失多年之后。她就曾这样回到他的心间,在轮船上,在喜马拉雅山间,由于受到某些最奇怪的东西的暗示(萨莉·西顿,那个慷慨热情的傻姑娘,就是因为看见蓝绣球花而想起*他*的)。克拉丽莎比他认识的任何别的人对他影响都大。她总是不等他想便这样来到他的面前,很冷静,非常有教养,持批判态度;或者是妩媚,浪漫,使人想起田野或英国人的收成。他看见她多半是在乡下,而不是在伦敦。是伯尔顿的一幕幕往事……

他来到了下榻的旅馆。他穿过前厅,厅里放着一大堆发红的椅子和沙发,还有看上去已经枯萎的针叶植物。他从钩子上取下钥匙。年轻的小姐递给他几封信。他上了楼——他看见她多半是在伯尔顿,在暮夏时节,他常在那里住上一个星期,甚至两个星期,那时人们通常是这样的。先是看见她站在一座小山顶上,用手按着头发,斗篷被风吹起,指着下面对他们大喊——她看见了塞万河。或者她在树林里,用水壶烧水——她的手指头很不听使唤;袅袅轻烟在行着屈膝礼,直扑到他们脸上;她那粉红色的小脸从烟雾中显露出来;他们向一座木屋里的老妇人讨水,老妇人走到门口目送他们离去。他们总是步行,其他的人则坐汽车。她坐汽车坐腻了,她讨厌所有的动物,除了那只狗以外。他们沿着大路步行旅游过许多英里。她常停下来凭借指南针辨别方向,引导着他穿过乡野往回走;整个过程中他们都在争论,讨论诗歌,讨论人,讨论政治(她那时是个激进派);他们沿途什么都顾不上看,除非她停下来,因看到一种景象或一棵树木而大叫起来,并让他也一起看;然后又继续往前走,穿过收割后留有残株的麦田,她走在前面,手里拿着给她的姑妈摘的一朵花,尽管她很娇小,但从来不厌倦走路;黄昏时分来到伯尔顿她就倒下了。饭后,老布赖特科普夫打开钢琴唱歌,嗓子很糟糕,而他们半躺在安乐椅上,尽量想法子不笑,但总是控制不住,终于笑出声来,大笑——无缘无故地大笑。他们以为布赖特科普夫看不见。然后到了早上她就在房前跳来跳去,活像一只鹡鸰……

啊,是她来的信!这蓝色的信封;那是她的字体。他得读这封信。这又是一次往常那种相会,注定是痛苦的!读她的信要费点儿力气。"她见到他是多么高兴啊。她必须把这告诉他。"仅此而已。

然而这使他沮丧。这使他恼火。她还不如没写这封信。在他思绪万千之时,这封信的到来就像有人用胳膊肘捅了他的肋骨一样。她为什么不能让他安静一会儿呢?她毕竟已经嫁给了达洛维,而且这么多年来一起生活得很幸福。

这种旅馆绝不是给人以安慰的地方。远远不是。很多人都曾把帽子挂在那些帽钩上。甚至连苍蝇也曾在别人的鼻子上停留过,如果你想到这点的话。至于那令他震惊的清洁,与其说是清洁,不如说是空荡、刻板;只能如此。一个无聊的女总管每日黎明时分到各处检查,这里闻闻,那里看看,吩咐那些清教徒式的年轻女仆刷刷洗洗,好像下一个来客是一大块肉,需要盛在十分清洁的大托盘里端上来似的。要睡觉,有一张床;要坐下,有一把安乐椅;要刷牙刮脸,有一个牙缸,一面镜子。书籍、信件和睡衣狼藉散落在冷漠的马鬃床上,像是粗鲁无礼的人干的事,与整洁的环境极不协调。是克拉丽莎的信使他看到了这一切。"见到你太高兴了。她必须这样说!"他叠起那张信纸;把它推到一边;他无论如何绝不再读了。

为了在六点钟以前把这封信送来,她一定在他刚离开时就坐下来写信,然后贴上邮票,派人把信投出去。正如人们所说,这是她的做派。他的来访使她沮丧。她有很多感触:她在吻他的手时曾一度感到后悔,甚至嫉妒他,或许记起了(因为他从她的表情看出来了)他曾说过的什么话——也许是如果她嫁给他的话,他们会怎样去改变世界;另一方面,正是这一点,正是中年人的年纪,正是平庸,当时迫使她以不可战胜的活力把那一切置之度外,因为她身上有一根生命之线,给了她坚忍、忍耐和克服一切障碍的力量,使她战胜困难取得胜利;这么强的生命力他还从未见别人有过。是啊,但是他一离开房间她就会做出反应。她会为他感到特别遗憾;她会想她究竟能做些什么来使他快乐(这正是他一向缺乏的)。他能想象她泪流满面地走向写字台,奋笔疾书那一行字,就是后来映入他眼帘的那行字……"见到你太高兴了!"她说的是真心话。

彼得·沃尔什已解开皮靴的带子。

可是如果他们当初结了婚的话,也不可能过得好。他的另一桩恋事毕竟来得更自然些。

这很奇怪,又很真实;许多人都有同感。彼得·沃尔什表现得很体面,平日的工作完成得很好,因此受人喜欢,但是有人认为他有点儿古怪,爱摆架子——特别是在他的头发已经灰白的时候,他竟然显得心满意足,一派心有余力的样子,这太奇怪了。正是这一点使得他对女人有吸引力,她们感觉他并非只有男子汉气概,她们正是喜欢这一点。在他身上或在他的内心深处有一种不寻常的东西。也许是因为他是个书呆子——他每次来看你都要拿起桌上的书(他现在正在看书,皮靴带子拖在地上);或者因为他是个绅士,他的绅士风度表现在磕烟斗灰的姿态,当然也表现在对待女人的彬彬有礼。因为某个什么都不懂得年轻姑娘竟能如此轻易地摆弄他,实在非常迷人又很可笑。但是这姑娘是在冒险。也就是说,虽然他总是很随和,而且因为他性格开朗、教养良好,确实让人喜欢接近,但那是有一定限度的。她说了个什么事——不行,不行;他已把那事儿看透了。他不能容忍那个——不能,不能。然后他能因一个笑话跟别的男人一起捧腹大笑,笑得前仰后合。在印度他是最好的烹调鉴赏家。他是个男人,但不是那种你不得不尊敬的男人——谢天谢地;例如,他不像西蒙斯上校,一点儿都不像,黛西这样认为,尽管她已有了两个小孩,她还总是拿他们两人作比较。

他脱下靴子。他把所有衣袋掏空。和折刀一起掏出来的是一张黛西在阳台上的照片;黛西全身穿着白衣,膝头有一只猎狐短毛犬;她非常迷人,肤色黝黑;这是他所见过的她的照片中最好的一张。要知道照片里她的样子是那么自然,比克拉丽莎要自然得多。没有大惊小怪。没有焦虑烦恼。不拘泥小节,也不烦躁不安。一切顺顺当当。阳台上的那个肤色黝黑令人爱慕的漂亮姑娘感叹地说(他能听见她的声音):当然啦,她当然愿意把一切都给他!她喊道(她没有谨慎的意识):他要什么就给他什么!她叫喊着,跑上去迎接他,不管有谁在看着他们。她只有二十四岁。她还有两个孩子。哎呀呀!

唉,说真的,他在这个年龄上已经把自己弄得一团糟了。夜里醒来时这个想法很强烈地困扰着他。假设他们真的结了婚呢?对他来说固然非常好,可是对她呢?伯吉斯太太是个好人而且不是个话匣子,他曾对她坦言过自己的心事;伯吉斯太太认为他这次离开印度回英国,说是去见律师,倒可以让黛西重新考虑这件事,想一想与他结婚意味着什么。这是她的处境问题,伯吉斯太太说,涉及社会障碍,还有放弃她的孩子。说不定哪一天她就会成为曾结过婚的寡妇,在郊区流浪,满身泥水,或者更有可能胡作非为(你知道吗,她说,这样的女人会变成什么样子,浓妆艳抹的)。但彼得·沃尔什对所有这些话付之一笑。他还没想过死呢。不管怎么说,她必须自己做出决定,自己做出判断,他想,一面穿着短袜在屋子里踱来踱去,并抚平他的礼服衬衫,因为他可能去参加克拉丽莎的晚会,也可能去一个音乐厅,或者待在屋里阅读一本很吸引人的书,那是他过去在牛津大学认识的一个熟人写的。如果他真的退了休,他想干的事就是写书。他会去牛津大学,到伯德利图书馆里东查西找。那个肤色黝黑、招人喜爱的漂亮姑娘跑到台地尽头都无济于事,她招手也没有用,她叫喊着说她一点儿都不在乎别人怎么说还是没有用。他——她日思夜想的男人,那完美的绅士,那迷人的、高贵的人(他的年龄在她看来无所谓)就在这里,在布鲁姆斯伯里区的一所旅馆的房间里踱步,刮脸,洗漱,当他拿起香水喷雾罐、放下剃须刀的时候,继续在伯德利图书馆神游,查找资料,并弄清楚他感兴趣的一两件事的真相。他会跟他可能遇到的任何人聊天,因此越来越忽略开午饭的准确钟点,会错过约会的时间;当黛西像往常那样要求他吻她,要求和他亲热的时候,他没能表现得像她所期望的那样好(尽管他真正忠诚于她)——简单一句话,正如伯吉斯太太所言,黛西忘掉他也许会更快活,或者只记得他在一九二二年八月时的样子,像一个人影于黄昏时分站在十字路口,当她坐的双轮小马车飞速离去时,他变得越来越远,而她尽管两臂前伸,却牢牢地坐在有挡板的后座上;当她看见那人影越变越小以致消失时,她还在喊,她愿意做世界上的任何事,任何事,任何事,任何事……

他从来都不知道人们是怎么想的。他越来越难以集中精力。他还是变得专心起来,只忙于思考自己的事;一会儿抑郁,一会儿高兴;他依赖于女人,心不在焉,情绪时好时坏,越来越不能理解(他一面刮脸一面想)克拉丽莎为什么不能痛痛快快地给他们找个住处并对黛西表示友好,把她介绍给大家。然后他就能——就能干什么呢?就能像鹰一样出没,盘旋(实际上此刻他正在清理各种钥匙和文件),猛扑,品尝,独来独往,一句话,自己想干什么就干什么;然而毋庸置疑,他比任何人都更依赖别人(他扣上西服背心的扣子);这一直是他失败的原因。他不能不进吸烟室,他喜欢上校牌雪茄烟,喜欢打高尔夫球,喜欢玩桥牌,他尤其喜欢与女人交往,喜欢她们那美好的友情,还有她们的忠诚、大胆、高尚的爱,这种爱尽管有不足之处,但在他看来(那肤色黝黑、令人爱慕的漂亮姑娘的脸庞就叠印在那摞信封上面)是那么全然令人仰慕,是开在人类生命顶峰的一朵那么光彩夺目的鲜花,然而他无法达到人们的期望,因为他总是能够看透事物(克拉丽莎已经彻底削弱了他身上的某种东西),他极容易厌倦那种无言的忠诚,并渴望爱情丰富多彩,尽管如果黛西爱上别人会把他气疯!因为他生性嫉妒,嫉妒得不能自已。他受尽了折磨!可是他的折刀、手表、图章、皮夹、那封他不愿再读但喜欢想起的克拉丽莎的来信以及黛西的照片都在什么地方呢?现在该去吃饭了。

他们正在吃饭。

他们坐在中间摆放着花瓶的一个个小桌旁,有的人穿得很正式,有的人穿得很随便,他们的披肩和手提包就放在身旁;他们的神态是故作镇静的,因为他们不习惯正餐吃这么多道菜;可他们又表现得充满自信,因为他们付得起钱;他们还显得非常疲惫,因为他们已经在伦敦购物游览了一整天;他们还显示出一种自然的好奇心,因为他们在这位面容友善、戴着牛角框眼镜的绅士走进来时纷纷扭头抬头看他;他们表现出性情善良,因为他们本来会高兴地给别人帮一点儿小忙,如借阅时刻表或告知有用的信息;他们显示出一种愿望,这愿望像脉搏在他们身上跳动,暗中不时地拉扯着他们,他们希望通过某种方式与别人建立联系,哪怕只因为出生地相同(例如利物浦市)或朋友的名字相同;他们偷偷地看看别人,有时沉默得让人费解,有时又突然和自己的家人开玩笑而不理别人,就在他们坐着吃饭的时候,沃尔什先生走了进来,在靠近窗帘的一张小桌旁坐下。

他赢得了他们的尊敬,不是因为他说了什么话,他是一个人来的,只能对侍者说话,而是因为他看菜谱的样子、用食指点着一种酒的样子、把身子移近桌边的样子、郑重而专注地吃饭但不贪吃的样子。在晚餐大部分时间里,这种尊敬之情得不到机会表达,现在它在莫里斯一家围坐的餐桌边突然表现出来,那是在他们听见沃尔什先生最后说"要巴特莱特梨"的时候。他说话为什么竟然能如此适度而坚决,神态像个行使建立在法制基础上的权力的训导者呢,无论是小查尔斯·莫里斯还是老查尔斯,无论是伊莱恩小姐还是莫里斯太太都不明白。可是当他独自坐在桌旁说"巴特莱特梨"时,他们觉得他在提出某种合法的要求,指望得到他们的支持,他是一项事业的捍卫者,而这项事业顷刻间成了他们自己的事业,因此他们用同情的眼光看着他的眼睛。当他们几个人同时走进吸烟室的时候便自然而然地攀谈起来。

他们谈得并不深入——大意无非是伦敦太拥挤,三十年来变化很大;莫里斯先生喜欢利物浦;莫里斯太太去参观了威斯敏斯特的花展,而且他们全家都见到了威尔士亲王,等等。是啊,彼得·沃尔什想,世界上没有一个家庭能与莫里斯一家相比,无论在哪一方面都不能；他们之间的关系是完美的，他们对上层阶级一点儿都看不上，他们有自己的喜好，伊莱恩正在接受培训准备继承家业，那个男孩获得了里兹大学的奖学金，那个老妇人（她的年龄与他自己相仿）家里还有三个孩子；他们有两辆汽车；但莫里斯先生每星期天仍然自己补靴子。太棒了，绝对棒，彼得·沃尔什想，他手里拿着酒杯在那些毛茸茸的红椅子和烟灰缸中间前后轻轻摇摆，为自己而高兴，因为莫里斯一家喜欢他。是啊，他们喜欢一个说"巴特莱特梨"的男人。他们喜欢他，他能感觉出来。

他要去参加克拉丽莎的晚会。（莫里斯一家走开了，但他们还会再见的。）他要去参加克拉丽莎的晚会，因为他想问问理查德那些人——那些保守党的傻瓜们究竟在印度干些什么。正在采取什么行动？还有音乐……啊，对了，还有纯粹的闲聊。

因为这是关于我们的灵魂的真理，即关于我们的自我的真理，他想，我们的自我像鱼儿栖息在深海，在无人知晓的水域中游来荡去，她穿行于一棵棵巨大的水草之间，游过片片闪烁着阳光的水面，然后继续游啊，游啊，游进冰冷、深邃、神秘莫测的幽暗之中；突然间她快速冲上海面，嬉戏于被风吹皱的波浪之上；也就是说，我们的自我确实需要刷洗、刮净、激发自己，通过闲聊。政府打算怎样处理印度的局势呢？理查德·达洛维会知道的。

由于夜晚非常炎热，而且报童挂着用红色大字宣告有热浪的广告牌频频路过，旅馆的台阶上摆了许多藤椅，冷漠的男士们坐在那里啜着饮料，抽着香烟。彼得·沃尔什也坐在那里。你可以想象，这一天，伦敦的一天才刚刚开始。就像一个刚脱掉印花衣裙和白围裙并准备穿蓝衣戴珍珠首饰的女人，白天发生变化，推迟了要做的事，拿起薄纱，变成傍晚；随着兴奋的叹息声

（就像女人把衬裙扔到地板上时发出的声音），白天也卸下了尘土、热量和色彩；街上的车辆稀少了；当嘟作响、嗖嗖驶过的小汽车取代了艰难行进的小货车；在几个广场的浓密绿荫之中，分散悬挂着一盏盏极亮的路灯。我辞职，傍晚仿佛在说，当她在旅馆、公寓楼和商业街区的雉堞墙和高耸的圆顶和尖顶上空逐渐黯淡失色的时候，她说，我隐退，我消失，但是伦敦无论如何不允许这种情况发生，于是迅速向空中伸出多把刺刀，将傍晚定住，强迫她成为狂欢中的伙伴。

因为在彼得·沃尔什上次回英国之后发生了威利特先生[①]的夏时制大革命。傍晚被延长了，这对他来说很是新鲜，或者说很令人振奋。因为当那些年轻人（他们为有此闲暇而兴奋，为踏上这著名的街道而默默自豪）带着公文箱从身边走过时，一种欢乐，可以说是廉价的、华而不实的，但仍是发自内心的狂喜，把他们的脸染得通红。他们穿得也很讲究，穿着粉红色的长袜和漂亮的鞋子。他们现在将要花两个小时去看电影。夜晚黄蓝色的光线使他们轮廓鲜明，更为文雅；这光线照耀着广场里的树叶，忽而艳丽，忽而青紫——它们看上去仿佛在海水中浸过——像海中城市的树叶。这一美景使他惊讶，也鼓舞了他，因为当一些回国的久居印度的英国人理所当然地坐在东方俱乐部里（他认识很多这类人）愤怒地总结世界所遭受的破坏时，他却在这里，像以往一样年轻；他羡慕年轻人享有的夏季时光及其一切，并从一个姑娘的话里、从一个女仆的笑声里——这些都是你触摸不着的东西——更有把握地猜测他年轻时看来不可动摇的整

---

① 威廉·威利特(1856—1915)，倡导在英国实行夏时制，每年夏季月份里要把钟表向前拨一小时。在他去世后的 1916 年，英国正式实行夏时制。

个金字塔形堆积物已经发生了变化。这个金字塔曾压在他们头上,把他们压扁,特别是对妇女们,就像克拉丽莎的海伦娜姑妈过去经常制作的花卉标本,她在晚饭后坐在灯下,把花夹在几层吸墨纸里,用利特雷编的大辞典压上。她已经去世了。他曾听说她有一只眼睛失明,是听克拉丽莎说的。老帕里女士竟用玻璃眼球,这似乎很恰当,是大自然的杰作之一。她会像一只寒霜里的小鸟,死去时仍用力抓住树枝。她属于另一个时代,但是由于她是那么完整、那么完美,她会永远站立在地平线上,像石头一般洁白,非常突出,像一座灯塔,标志着过去的某个阶段,在这漫长又漫长的冒险航程中,在这没有终极的——(他摸出一个铜板准备买一张报纸,好读读有关萨里郡队和约克郡队的消息;他伸出手臂递铜板已经有几百万次了——萨里队又大败了)——在这没有终极的人生里。但是板球不仅仅是个运动项目。板球非常之重要。他总是情不自禁地阅读有关板球的事。他先看最后消息中的板球赛比分,再看天气有多热,然后读有关一桩谋杀案的报道。做事做了几百万次之后会使这些事情充实,尽管可以说去掉了其表面的光泽。过去使人充实,经验也是如此;由于曾经关心照顾过一两个人因而获得了年轻人所缺乏的一种能力,即能够突然中断所做的事情,去做自己喜欢做的事,一点儿都不在意别人说什么,来来去去不抱过高的期望(他把报纸放在桌子上,然后走开),然而(他在找帽子和上衣)说不抱过高的期望并不完全真实,今天晚上就不是,因为他要从这里出发去参加晚会,在他这个年龄,他相信自己即将取得一种新的经验。可究竟是什么呢?

无论如何,是一种美。不是肉眼所见的粗糙的美。不是单纯的简单的美——贝德福德波拉斯街直通向拉塞尔广场。它当然是笔直的、空旷的,像对称的走廊,但它又是灯火通明的窗口,一架钢琴、一个留声机发出音响,一种故意隐藏起来但又不时涌现出来的愉悦感;你通过那没有窗帘遮挡也没有关闭的窗口看见人们三五成群坐在一个个餐桌旁,年轻人在缓慢旋转起舞,男人们和女人们在谈天,女仆们悠闲地向外张望(这是她们评价别人的一种奇特方式,在干完活之后),晾晒在窗户上方晾衣架上的袜子、一只鹦鹉、几盆花草,此时那种愉悦感会油然而生。这种生活是吸引人的、神秘的、无限丰富的。在硕大的拉塞尔广场,出租车奔驰并急转弯;一对对恋人在散步,在调情,在拥抱,隐入一棵大树的树荫里;那景象令人感动;那么宁静,那么全神贯注,因此你走过时要小心谨慎,仿佛在参加某个神圣的仪式,任何干扰行为都是不虔敬的。真有意思。他想着想着走进了闪烁的和炫目的光彩之中。

他的薄大衣被风吹开,他以一种难以描述的特有的姿势往前走着,上身略向前倾,双手背在身后,两只眼睛仍有点儿像鹰眼。他轻快地穿过伦敦,朝威斯敏斯特走去,一面观察着沿途的景物。

那么,是不是大家都要出去吃饭呢?在这里,男仆打开大门,让出来一位步态庄重的老妇人,穿着带扣鞋子,头上装饰着三根紫色鸵鸟毛。又一扇门打开了,出来几个贵妇人,身子紧裹在印着鲜艳花朵的披巾里,活像木乃伊,贵妇人出门竟然不戴帽子。在带灰泥装饰柱的高级住宅,女士们(她们刚刚跑到楼上看过孩子)穿过房前的小花园走出来,穿得很单薄,头上插着小梳子;男士们在等她们,他们的上衣被风吹开,汽车的引擎已经发动了。人人都在出门。由于这些大门都在打开,由于人们走下来开始出发,似乎全伦敦的人都在上船,登上那些停泊在岸边的在水中摇晃的小船,似乎整个伦敦城都在漂浮前行去欢度狂欢节。白厅街上好似有无数蜘蛛在滑冰,尽管它像一片银箔;而弧光路灯周围似乎聚集着许多蚊虫;天气是那么热,人们都懒散地站着聊天。在威斯敏斯特这里,有一个已退休的法官,他大概正端坐在自家门前,穿着一身白衣。大概是个曾经久居印度的英国人。

这里有女人吵架的喧哗声,是喝得醉醺醺的女人;这边只有一个警察,还有轮廓模糊的房屋,高耸的房屋、圆顶的房屋、教堂、议会,还有河上一艘汽船的汽笛声、像空旷的不清晰的叫喊声。但这是她的街道,克拉丽莎的街道;出租车在急速转过街角,像桥墩周围的流水,聚集到一起,在他看来如此,因为这些车运送着去她家参加晚会的人们,克拉丽莎的晚会。

现在这些视觉印象如同冰冷的流水离他而去,似乎眼睛是个满得溢水的杯子,听任多余的水沿着瓷杯壁往下流淌而不留痕迹。现在脑子必须清醒。身体必须紧张起来,走进那座房子,那座灯火通明的房子;那里大门洞开,许多汽车停在门前,光彩照人的女宾们走下车来;灵魂必须鼓起勇气去忍耐。他打开了折刀的大刀刃。

露西从楼上飞跑下来,她刚才急匆匆进客厅去抚平一个椅套,摆正一把椅子,还稍微停留片刻,心里想:不论是谁进来,一定会想这房子是多么干净,多么明亮,收拾得多么漂亮啊,当他们看见这些美丽的银器、黄铜壁炉架、新的椅套,还有那些黄色印花窗帘的时候;她鉴赏着每一件东西,听见一阵喧哗声;人们已经吃完正餐上楼来了;她必须快跑!

首相要来,阿格妮斯说,她是在餐厅里听他们说的,她端着一托盘酒杯进来时说。首相来与不来要紧吗?究竟要紧吗?已经是夜里这个时辰了,对沃克太太来说这无关紧要。沃克太太站在盘子、煮锅、滤锅、煎锅、鸡冻、冰激凌冷冻箱、切下的面包皮、柠檬、汤罐和布丁盘子中间;不管他们在厨房旁的盥洗室里如何费力洗刷,沃克太太眼前的布丁盘子总不见少,厨房的桌子椅子上都摆满了;与此同时炉火在熊熊燃烧,发出轰轰的响声,几盏电灯射出炫目的光芒,还有夜宵也需要摆上餐桌。阿格妮斯只是觉得,多一个首相还是少一个首相对沃克太太来说实在是无关紧要。

女士们已经在上楼了,露西说;女士们一个接一个地上楼,达洛维太太走在最后,而且几乎总是让人捎话给厨房:"向沃克太太致意。"有一天晚上就是这么说的。第二天早上他们会议论这些饭菜——那汤、那鲑鱼;沃克太太知道这些鲑鱼像往常一样做得过嫩,因为她总是紧张,怕布丁做不好,就把鲑鱼交给珍妮去做,因此出现了这种情况,鲑鱼总是做得过嫩。但是露西说,一个黄头发戴银首饰的女士谈到那道主菜时问:这菜真是自家做的吗?但最让沃克太太担心的是鲑鱼,她旋转着一个个盘子并把壁炉上的节气阀推进又拉出;这时从餐厅里传来一阵笑声、一个人的说话声,然后又是一阵笑声——女士们退席之后,男士们很开心。要托考伊葡萄酒,露西跑进来说。达洛维太太让拿托考伊酒,皇帝酒窖酿造的,皇家托考伊酒。

女主人要的酒经过厨房端了出去。露西回过头来说,伊丽莎白显得多么可爱呀,穿着粉红色衣裙,戴着达洛维先生送的项链,她的目光简直没法离开她。珍妮可别忘了那只狗,伊丽莎白小姐的猎狐长毛狗,由于它咬人不得不把它关起来,伊丽莎白认为它可能该吃点什么了。珍妮可别忘了喂狗。然而珍妮不打算当着这么多客人上楼。门口已经传来了汽车引擎声!门铃响了——可男士们还在餐厅里,喝着托考伊酒呢!

啊,他们上楼了;那是第一批,人们会越来越快地到达,因此帕金森太太(她专门受雇为晚会服务)会把前厅的大门半敞着,前厅里会有满屋子的男士在等候(他们站在那里等候,梳理着头发),与此同时女士们在过道旁的一间屋子里脱下斗篷,巴尼特太太在那里帮助她们,老埃伦·巴尼特,她在达洛维家干了四十年,每年夏天都要来帮助这些女士们,她还记得现在做了母亲的女宾们出嫁前的事情;她虽然不想引人注意但仍与客人们握手,很尊敬地说"我的贵夫人",然而她态度幽默,看着那些年轻女士,而且总是很娴熟地帮助洛夫乔伊夫人,因为她系紧身底衣有困难。洛夫乔伊夫人和艾丽丝小姐都自然而然地感觉她们在梳头方面得到了特别的关照,因为她们认识巴尼特太太已经有——"三十年了,我的贵夫人",巴尼特太太替她们说。年轻女士过去不搽口红,洛夫乔伊夫人说,过去她们在伯尔顿小住的时候。艾丽丝小姐用不着搽口红,巴尼特太太慈爱地看着她说。巴尼特太太会坐在衣帽间里,理顺那些大衣上的皮毛,抚平那些西班牙披巾,整理梳妆台,她很清楚哪些女士是好人哪些不是,尽管她们都穿皮衣和绣花衣裳。亲爱的老妇人,克拉丽莎的老保姆,洛夫乔伊夫人上楼时说。

而后洛夫乔伊夫人挺了挺身子。"洛夫乔伊夫人和洛夫乔伊小姐。"她告诉威尔金斯先生(他专门受雇为晚会服务)。他的举止令人敬慕,他弓身又直身,弓身又直身,一视同仁地宣布:"洛夫乔伊夫人和洛夫乔伊小姐……约翰爵士和尼达姆夫人……韦尔德小姐……沃尔什先生。"他的举止令人敬慕,他的家庭生活一定是无可指责的,但这样一个嘴唇发青、脸刮得很干净的人竟会自寻烦恼生养了几个孩子，真令人难以置信。

"见到你真是太高兴了！"克拉丽莎说。她对每一个人都说这句话。见到你真是太高兴了！她正处在她最差的状态——过分动感情，一点儿都不真诚。到这里来是个绝大的错误。彼得·沃尔什想，他真应该待在家里读书，他真应该去音乐厅；他真应该待在家里，因为这里的客人他一个都不认识。

哎呀，这晚会开不好，会彻底失败的，克拉丽莎从骨子里感到这一点，此时亲爱的莱克斯海姆老勋爵正站在那里为自己的妻子未能前来而表示歉意，因为她在白金汉宫的游园会上得了感冒。克拉丽莎用眼角的余光看见彼得·沃尔什在批评她，就在那边，在那个角落里。她究竟为什么要做这些事呢？她为什么要追求达到顶峰然后淹没在火海里呢？不管怎样，但愿这火把她烧尽！把她烧成灰！无论什么结局，就是挥舞你的火炬扔到地上，都比像埃莉·亨德森那样逐渐消瘦萎缩要好！仅仅由于彼得来了并站在角落里就使她产生了这些思绪，真是太不寻常了。他使她看清了自己，她在虚张声势。这是愚蠢的。但是他为什么要来呢，只是为了来批评她吗？为什么总是索取而从不奉献呢？为什么不能牺牲自己的一个小小的观点呢？他现在要转到别处去了，她必须和他谈谈。可是她没有机会。生活就是这样——屈辱、克制。莱克斯海姆勋爵说他的妻子在游园会上不肯穿皮大衣，因为"我亲爱的，你们女士们都一样"——莱克斯海姆夫人至少有七十五岁了！他们老两口那相亲相爱的样子真是甜蜜极了。她确实喜欢莱克斯海姆老勋爵。她确实认为她的晚会很重要；当她知道晚会要出问题，不能达到预想的效果时感到不好受。任何事情，任何爆炸，任何恐怖景象都比客人现在的状况强，他们无目的地转来转去，三五成群站在角落里，像埃莉·亨德森那样,甚至不注意挺直腰板。

　　印着天堂鸟图案的黄色窗帘被风吹了起来,房间里似乎有许多翅膀在飞翔,窗帘被吹起来后又被吸了回去。(因为窗户都开着。)有穿堂风吧?埃莉·亨德森想。她很容易着凉。但是她并不在乎自己明天会打喷嚏病倒,她是为那些袒露着肩膀的姑娘们着想,因为她从小就受到父亲的教育要关心别人,她的父亲体弱多病,是伯尔顿从前的牧师,现已过世;而她虽容易着凉却从来没有影响过胸肺,从来没有。她完全是替那些姑娘着想,那些袒露着肩膀的年轻姑娘,因为她自己一向纤弱瘦小,头发稀疏,并不引人注目;可是现在她已年过五十,身上开始发射出一种微光,那微光被多年的自我克制所净化后变得与众不同,但又由于她那令人沮丧的高贵出身和突如其来的恐惧感而变得永远黯淡;她的恐惧感来自她每年三百英镑的收入和无奈的处境(她连一个便士都挣不来),这使她变得怯懦,而且一年年地越来越没有条件会见衣着讲究的人,那些人在这个季节每天晚上都在做着类似参加晚会的事,只需告诉女仆一声"我要穿什么什么衣服"就行了,而埃莉·亨德森则紧张地跑出去,买来粉红色的花朵,一共六枝,然后匆匆忙忙把一条披巾披在她的黑色旧衣裙上。因为克拉丽莎晚会的请帖是最后一刻才到的。她对此不大高兴。她有一种感觉:克拉丽莎今年并非真心邀请她。

　　她为什么就应该请她呢?实在没有理由,不过是因为她们两人一向认识。她们确实是表姐妹。可是由于克拉丽莎被那么多人追求,她们两人自然宁愿疏远。参加晚会对她来说是件大事。光是看看那些可爱的服装就是个享受。那不是伊丽莎白吗?长大了,梳着时髦的发型,穿着粉红色的裙子?然而她顶多才十七岁。她非常非常健美。可是姑娘们第一次在社交场合露面时似乎不像以往那样穿白色衣裙了(她必须记住这一切,回去好告诉伊迪丝)。姑娘们穿的是直筒衣裙,完全是紧身的,裙长远远不及脚腕。很不得体,她想。

于是,视力不好的埃莉·亨德森伸长了脖子,她倒不在乎没有人说话(这里的人她几乎都不认识),因为她觉得他们都是那么有意思,光看看他们就够了,他们大概是政治家,理查德·达洛维的朋友;倒是理查德自己感到他不能让这个可怜的人独自在那里站一个晚上。

"嘿,埃莉,这个世界对**你**怎么样?"他像往常那样友善地说,而埃莉·亨德森却紧张起来,脸涨得通红,觉得他特别好,能过来和她说话,她说很多人真的感觉热而不感觉冷。

"是啊,他们感觉热,"理查德·达洛维说,"是啊。"

可是还说什么呢?

"你好啊,理查德。"一个人说着拉住他的胳膊肘,上帝啊,老朋友彼得来啦,老彼得·沃尔什。他很高兴见到他——他总是那么高兴见到他!他一点儿都没有变。他们两人立刻一起穿过房间,互相拍打着;他们仿佛有很长时间没有见面了,埃莉·亨德森看着他们走开时想,她肯定见过那个人的脸。个子高高的男人,是个中年人,眼睛漂亮,肤色较暗,戴着眼镜,有点儿像约翰·伯罗斯。伊迪丝一定会知道他是谁。

那个印有飞翔的天堂鸟图案的窗帘又被风吹起来了。克拉丽莎看见——她看见拉尔夫·莱昂把窗帘拍了回去又接着聊天。那么说晚会毕竟没有办砸!它会顺利进行下去的——她的晚会。它已经开始了。它已经开始了。但它的结局仍不可确知。她目前必须站在那里。客人仿佛蜂拥而至。

加罗德上校和夫人……休·惠特布雷德先生……鲍利先

生……希尔伯里太太……玛丽·马多克斯夫人……奎因先生……威尔金斯拉长声音报着名字。克拉丽莎对每个客人说了六七个字，然后他们就继续向前走，进了屋子；进入了有意义的地方，而不是虚空之中，因为拉尔夫·莱昂已经把窗帘拍了回去。

然而就她扮演女主人角色来说，实在太费精力了。她并没有感到快乐。这简直就像——就像她成了没有个性的"任何人"，站在那里；任何人都能这样做；然而她还真有点儿爱慕这个"任何人"，她不禁觉得无论如何是她本人促成了这次晚会，它标志着一个阶段，她感到自己变成了一根木桩，因为很奇怪，她已完全忘掉自己的模样，只感觉自己是根木桩，钉在楼梯之上。每次她举办晚会都感觉失去了自己的个性，还觉得每个人一方面不真实，另一方面又要真实得多。她想，一个原因是他们的服装，另一个原因是他们不得不改变平时的仪态，再一个原因是整个背景；你可以说在任何其他场合不能说的话，可以谈需要费点儿力气才能谈出的事；你有可能比平时谈得深入得多。但她不能这样，至少现在还不能。

"见到你多么高兴啊！"她说。亲爱的老哈里爵士！他会认识大家的。

令人感到那么奇怪的是当客人们一个接一个上楼时你所得到的感觉，芒特太太和西莉亚，赫伯特·安斯蒂，戴克斯太太——啊，还有布鲁顿夫人！

"您能光临真是太荣幸了！"她说，这是她的真心话——很奇怪，你站在那里感觉他们在走啊，走啊，有的人年纪较大，有的人……

叫什么名字？罗塞特夫人？这个罗塞特夫人究竟是谁呢？"克拉丽莎！"那个声音！是萨莉·西顿！萨莉·西顿！过了这

么多年之后！她在薄雾中显现出来。因为她过去不是**这副模样**,萨莉·西顿,在当年克拉丽莎抓起暖水袋的时候。想着她就在这个屋顶下面,就在这个屋顶下面！那时她绝不是这副模样！

千言万语一齐涌了出来,既窘困,又夹杂着笑声——我正路过伦敦,从克拉拉·海登那里听说的,正是个见你的好机会！所以我冒昧地来了——没有请帖……

你有可能很镇静地放下暖水袋。她已经失去了昔日的光彩。然而再见到她确实不寻常,她老多了,更快活了,不那么可爱了。她们互相亲吻,先吻这边脸,再吻那边脸,在客厅的门旁,然后克拉丽莎握着萨莉的手转过身去,看着房间里高朋满座,听着鼎沸的人声,看着那些烛台、那些被风吹起的窗帘和理查德送给她的玫瑰花。

"我有五个大儿子啦。"萨莉说。

她有着最纯朴的自负,总有想拔尖的最公开的愿望,克拉丽莎欣喜地看到她还是这样。"我简直不能相信！"她喊道,一想起过去,快乐的感觉就在她的全身燃烧。

可是哎呀,威尔金斯;威尔金斯请她过去;威尔金斯正在用一种最高权威的声音说话,似乎所有在场的人必须受到训诫,而女主人则必须停止放纵,改邪归正,他在报着一个人的名字:

"是首相。"彼得·沃尔什说。

首相？是真的吗？埃莉·亨德森很感惊奇。这可是大事,必须告诉伊迪丝！

你不能笑话他。他显得那么普通。你本来可能把他安置到柜台后面,从他那里买饼干的——可怜的家伙,全身上下都镶着金边。公正地说,当他先由克拉丽莎陪同再由理查德陪同到各屋寒暄的时候,他表现得十分得体。他努力使自己像个大人物。

观察这个场面很有意思。谁都不看他。他们只管继续谈话,然而心里十分清楚,他们都知道并从骨髓里感觉到这位大权在握的人从身边走过;这个人象征着他们所有的人所代表的英国社会。布鲁顿老夫人看上去身体也很健康,穿着带金边的衣服显得忠诚而坚定,她翩翩然走过来,于是他们进了一间小屋,小屋立刻受到监视和警戒,一种骚动声和沙沙声像水面的涟漪一样公开地传到每一个人耳边:是首相!

上帝啊,上帝,英国人真趋炎附势!彼得·沃尔什站在角落里想。他们多么喜欢穿镶金边的礼服,多么喜欢顶礼膜拜呀!看!那人一定是——哎呀那就是——休·惠特布雷德,他在伟人圈里东跑西颠,比以前胖多了,头发白多了,那个可爱慕的休!

他看上去总像在执行公务,彼得想,他是个有特权但很隐秘的人,收集了许多他会誓死保守的机密,尽管那不过是一个宫廷看门人无意中说的闲话而且第二天所有报纸都会刊登出来。他平时喋喋不休谈论的、想方设法显示的就是这些东西;他在把玩这些东西的过程中变得头发花白,接近老年,得到有幸结识这类英国私立学校毕业生的所有人的尊敬和爱戴。你会很自然地编造出这类关于休的故事;那就是他的风格,也是他写的那些令人敬慕的信件的风格;彼得曾在几千英里之遥的海外从《泰晤士报》上读到过这些信,并为自己逃离了那种邪恶的喧嚣而感谢上帝,即便他在海外只能听见狒狒尖叫和苦力们殴打妻子的吵闹声,他仍为之感到庆幸。从一所大学来的一个有橄榄色皮肤的男青年逢迎地站在他旁边。休一定会资助他,启发他,教他如何取得成功。因为他最喜欢做的莫过于小小的好事,例如让老夫人们因为还有人惦记自己而高兴得心跳加快,她们上了年纪,境遇不佳,觉得被人遗忘了,然而亲爱的休驾车去看她们,坐上个把小时谈谈过去,回忆许多鸡毛蒜皮的小事,称赞她们家里自制的蛋糕,尽管休一生中可能每天都陪一位公爵夫人吃蛋糕,而且,只要看看他那副样子就知道他可能确实花费了很多时间来从事这个愉快的职业。那评判一切人、宽恕一切人的上帝也许能原谅他。彼得·沃尔什则不能宽恕他。世上一定有坏人,而且,上帝知道,那些因为在火车里把一个姑娘的脑浆打飞而被处以绞刑的流氓们所造成的危害,总的来讲还不如休·惠特布雷德和他的善心造成的危害大!看看他现在的样子吧,首相和布鲁顿夫人出现的时候,他踮起脚尖,迈着舞步往前走,点着头哈着腰,暗示让全世界都看看他有特权和布鲁顿夫人说话,谈论某件私事,在她经过的时候。她停了下来,摇了摇苍老、优雅的头。她大概正在为他的某个卑躬的行为而表示感谢。她有一群谄媚奉迎的追随者,他们是政府各办公室的小官员,他们四处奔波,代表她去完成一些小任务,她则请他们吃午饭作为回报。但是她遵循的是十八世纪的传统规范。她是无可指责的。

现在克拉丽莎陪同她的首相走进这间屋子,她昂首阔步,精神焕发,她那灰白的头发给人以庄重的感觉。她戴着耳环,穿着银绿色美人鱼式衣裙。她仿佛在海浪上跳跃,编结着长发,她仍保持着那种天赋:活着,存在着,在她经过的一瞬间内总揽全局;她转过身去,她的围巾挂到了某个女宾的衣裙上,她取下围巾,哈哈大笑,这一切她做得轻松自如,神态怡然自得,活像一条在水中浮游的鱼儿。可是岁月没有放过她;即便是个美人鱼也会在一个非常晴朗的傍晚从镜子里看见海浪上空的夕阳。她身上有了一丝温柔;她的严厉、她的谨慎、她的拘束现在都被暖透了;当她与那个身穿宽金边制服的、竭力显示自己十分重要的人(祝他交好运吧)说再见的时候,表现出一种不可言状的尊严、一种极度的诚挚;好像她是在祝愿全世界健康,而且由于她处在一切事物的边缘,她现在倒是必须告辞了。她使他产生了这些想法。(但他并非在恋爱。)

克拉丽莎想,首相能赏光出席晚会实在太好了。而且,自己陪同首相走过整个房间,萨莉在场,彼得也在场,理查德非常高兴,所有的客人可能都会羡慕她,因此她感受到了那一瞬间的极度兴奋,感受到心脏里的神经在扩张,直到心脏似乎颤抖起来,它已被浸透并直立向上;——确实如此,但那毕竟是别人都有的感觉;因为虽然她喜欢这一刻极度的兴奋,感觉它在刺激自己,但是这些炫耀,这些成功(例如,亲爱的老彼得认为她是那么光彩照人),仍然包含着一种空虚;它们距她有一臂之遥,并不在她心里;可能是因为她年龄大了,它们不再像过去那样令她满足;突然间,就在她目送首相下楼的时候,她看见了乔舒亚爵士画的拿皮手笼的小女孩的画,那圆形镀金画框一下子把基尔曼带回她的心中;她的敌人基尔曼。那才能令人满足;那才是真实的。啊,她多么恨她啊——暴躁、虚伪、腐败,竟有那种诱人的力量,是她勾引了伊丽莎白,她是个悄悄溜进来偷盗和亵渎的女人(理查德会说:全是胡说八道!)。她恨她,她爱她。你需要的是敌人,而不是朋友——不是杜兰特太太和克拉拉,不是威廉爵士和布拉德肖夫人,不是特鲁洛克女士和埃莉诺·吉布森(她看见他们在上楼)。如果他们需要她,他们必须找到她。她是整个晚会的主持人!

她的老朋友哈里爵士来了。

"亲爱的哈里爵士!"她说着走到这位健康的老家伙面前;他创作了很多坏作品,比整个圣约翰伍德学院的其他会员中任何两个人的坏作品加起来还要多(他的作品里总是有牛,或站在夕阳映照的水潭里喝水,或跷起一条前腿摇着双角以示意"陌生人来了",因为他创造了一整套象征性的姿势——他的一切活动,在饭店吃饭也好,看赛马也好,都是以描绘牛群站在夕阳映照的水潭里喝水为基础的)。

"你们笑什么呢?"她问他。因为威利·蒂特科姆、亨利爵士和赫伯特·安斯蒂都在笑。可是不行。哈里爵士不能给克拉丽莎讲那些音乐厅舞台的事(虽然他很喜欢她,认为她是同类女人中最完美的一个,并扬言要画她)。他友好地拿这个晚会和她开玩笑。可惜这里没有他喜欢喝的那种白兰地酒。他说,这些圈子里的人都比他层次高。可是他喜欢她,尊敬她,尽管她那上层阶级的优雅姿态既可恶又难对付,使他无法叫她坐到他的大腿上。希尔伯里老太太走过来了,像飘忽不定的鬼火,像闪烁不定的磷光,她随着他的笑声(他们在谈论公爵和夫人)伸出双手;她在房间的另一头听见这笑声时,似乎感到宽心多了,因为她在早晨醒得很早又不想召唤女仆送茶来的时候常为一个想法而烦恼,那想法就是:我们必定要死,这是毫无疑问的。

"他们不肯告诉我们刚才讲的是什么。"克拉丽莎说。

"亲爱的克拉丽莎!"希尔伯里太太喊道。克拉丽莎今天晚上是那么像她的母亲,她说,就像她第一次看见她母亲戴着灰帽子在一个花园里散步的样子。

克拉丽莎真的热泪盈眶了。她的母亲,在花园里散步!可是哎呀,她必须走了。

因为布赖尔利教授在那边,他专门讲授弥尔顿的作品,现在正跟小吉姆·赫顿说话(吉姆·赫顿来参加这样的晚会既不系领带又不穿西服背心,也没把头发理顺);即便离得这么远,她仍能看出他们是在争吵。因为布赖尔利教授是个怪人。他的性格中有一些古怪的成分：渊博的学识和胆怯懦弱、缺乏友情温暖的冰冷魅力、掺杂着势利言行的单纯；与那些拙劣的作家相比，他拥有各种学位证书、荣誉证书和讲师职位，因此他能立刻觉察出对他的古怪性格不利的氛围；如果他从一个妇人蓬乱的头发、一个小伙子的皮靴意识到存在着一个由反叛者、狂热青年和自诩天才的人组成的邪恶社会（这本领值得称道，毫无疑问），他总是微微颤抖，轻轻甩一下头，吸一口气——哼！——以此向人们暗示保持克制有多么重要，以及为了欣赏弥尔顿①的作品先学习一点儿古希腊罗马典籍有多么重要。布赖尔利教授跟小吉姆·赫顿（后者穿着红袜子，因为他的黑袜子还在洗衣房呢）谈弥尔顿谈得很不投机（克拉丽莎看得出来）。她打断了他们的谈话。

她说她爱好巴赫②的音乐。赫顿也喜欢巴赫的音乐。那是联结他们的纽带，而且赫顿（一个很蹩脚的诗人）总是感觉达洛维太太是对艺术有兴趣的了不起的女士中最最优秀的。很奇怪她是那么严格注意礼节。谈起音乐她完全持客观态度。她倒是个一本正经的人。可是看上去多么迷人啊！她把家里的气氛搞得那么温馨，要是没有那些教授们在这儿就好了。克拉丽莎倒是有心拉他出来，让他在后屋的钢琴旁边坐下。因为他钢琴弹得很美。

"可是屋里太吵了！"她说，"太吵了！"

"这是晚会成功的标志。"布赖尔利教授有礼貌地点点头，步履轻缓地走到一边。

---

① 弥尔顿（1608—1674），英国伟大的诗人，地位仅次于莎士比亚。
② 巴赫（1685—1750），音乐史上最伟大的德国作曲家之一。

"全世界有关弥尔顿的事他都了解。"克拉丽莎说。

"是吗?"赫顿说,他会在全汉普斯特德区模仿这位教授,这位研究弥尔顿的教授、主张保持克制的教授、步履轻缓地走开的教授。

可是她必须和那一对夫妇说说话,克拉丽莎说,他们是盖顿勋爵和南希·布洛。

不要认为**他们两人**明显地增加了晚会的喧闹。他们并肩站在黄窗帘旁边,(显而易见)没有谈话。他们很快就要到别处去,一起行动;他们在任何情况下都没有多少话可说。他们只是观看而已。那就足够了。他们显得那么整洁,那么健康,她脸上搽着脂粉像杏花开放;而他非常干净利索,眼睛像鸟眼,因而没有一个球他打不着,也没有一次击球能使他惊奇。他击球,他跳起,准确,快捷。他一拉缰绳,小马的嘴就微微抖动。他有各种荣誉,有祖先的纪念碑,家乡的教堂里悬挂着他家族的旗帜。他有自己的公务、自己的佃户,还有母亲和姐妹;他已在洛德板球场玩了一整天,那正是达洛维太太走过来时他们谈论的话题——板球、堂兄弟姐妹、电影。盖顿勋爵特别喜欢达洛维太太。布洛小姐也有同感。她的姿态总是那么优雅。

"你们能光临真是太赏光了,太荣幸了!"她说。她喜欢洛德板球场;她喜欢青春活力,此时南希站在那里,穿着巴黎最伟大的艺术家设计制作的极其昂贵的衣服,看上去仿佛从她身上自动长出了绿色的褶边。

"我本来打算开舞会的。"克拉丽莎说。

因为那些年轻人不会谈话。他们为什么要谈话呢?他们大喊,拥抱,摇摆,黎明时起床,给马驹送食糖,亲吻抚摸可爱的乔乔狗的鼻子;然后,所有的人都跃跃欲试,一个接一个跳进水中游泳。但是英国语言的巨大资源他们却用不上,他们毕竟缺乏这种语言赋予人们的交流感情的能力(她和彼得在他们的年龄会彻夜争论不休)。他们在很年轻的时候就会定型。他们对待庄园里的人会好得不得了,可是单独出来时就可能相当乏味。

"多遗憾呀!"她说,"我本来想开舞会的。"

他们能来真是太好了!可是还说舞会呢!几间屋子都挤满了人。

老海伦娜姑妈围着披巾来了。哎呀,她必须离开他们——盖顿勋爵和南希·布洛。老帕里女士,她的姑妈来了。

要知道海伦娜·帕里女士没有死,帕里女士还健在。她有八十多岁了。她拄着拐杖慢慢走上楼梯。她被让到椅子上(理查德事先关照过的)。那些了解缅甸七十年代情况的人总会被带到她的面前。彼得到哪儿去了?他们两人过去曾是那么好的朋友。因为只要一提印度,甚至锡兰,她的两只眼睛(只有一只是玻璃的)就慢慢变得深邃了,变成了蓝颜色,它们看见的不是人类——她对总督们、将军们,以及军队哗变没有任何温情的回忆,也没有自豪的幻想——她看见的是兰花、山间的通路以及自己在六十年代被苦力们抬着翻越渺无人迹的山峰或下山拔兰花的情景(那些兰花很不寻常,以前从没有见过),她把这些花画进了水彩画;她是一个无所畏惧的英国女人,如果她在深思兰花或自己六十年代在印度旅行的形象时受到战争的打扰,比如说一颗炸弹就落在她家门前,她一定会着急生气的——可是彼得来了。

"过来给海伦娜姑妈讲讲缅甸的情况吧。"克拉丽莎说。

然而整个晚上他还没能和她说上一句话呢!

"咱们过一会儿再谈。"她把他领到围着白披巾、拿着拐杖的海伦娜姑妈面前。

"这是彼得·沃尔什。"克拉丽莎说。

这话没引起任何反应。

克拉丽莎邀请她来。晚会很累人,很喧闹;可是克拉丽莎请她参加。所以她就来了。可惜他们住在伦敦——理查德和克拉丽莎。如果只为克拉丽莎的健康着想的话,住在乡下要好得多。但是克拉丽莎一向喜欢社交。

"他去过缅甸。"克拉丽莎说。

啊!她不禁回忆起查尔斯·达尔文①对她那本关于缅甸兰花的小册子的评语。

(克拉丽莎必须去和布鲁顿夫人说话。)

毫无疑问,那书已被遗忘了,她的关于缅甸兰花的书,可是在一八七〇年前那本书已出了三版,她告诉彼得。现在她记起彼得了。他在伯尔顿待过(那天晚上他在客厅里没有告别就离开了她,彼得·沃尔什还记得,就在克拉丽莎叫他去划船的时候)。

"理查德是那么欣赏那天的午餐会。"克拉丽莎对布鲁顿夫人说。

"理查德最能帮忙啦,"布鲁顿夫人回答,"他帮我写了一封信。你身体好吗?"

"啊,好极了。"克拉丽莎说。(布鲁顿夫人讨厌政治家的妻子有病。)

"哎,彼得·沃尔什来了!"布鲁顿夫人说(因为她总是想不出跟克拉丽莎说什么好,尽管她喜欢她。她有很多好的品质;可是她们之间丝毫没有共同之处——她和克拉丽莎。如果理查德当初娶一个不那么妩媚的女人就好了,那样的女人会帮他做更

---

① 查尔斯·达尔文(1809—1882),英国博物学家、进化论的奠基人。

多的工作。他已经失去了进内阁的机会)。"彼得·沃尔什来了!"她说,一面和那个令人愉快的罪人握手,那个本来应该出名可是没有出名的能干的家伙(他总是和女人闹麻烦),当然啦,她也和老帕里女士握手。了不起的老夫人!

布鲁顿夫人站在帕里女士的椅子旁边,像个披着黑纱的手榴弹兵幽灵,邀请彼得·沃尔什共进午餐;她很诚挚友好,可是不会寒暄,她对印度的动植物一点儿都想不起来了。她当然去过印度,曾经在三届总督家住过;她认为有些印度平民是非同一般的好人,可是印度的状况①简直是太惨了!首相刚才一直在给她讲(老帕里女士缩在披巾里,并不关心首相一直在给她讲些什么);布鲁顿夫人想听听彼得的意见,正好他刚从那个中心地区回来,而且她要让桑普森爵士会见他,因为作为士兵的女儿,印度局势的荒唐,或者说是邪恶,确实使她彻夜难眠。她已经老了,干不了什么大事。但是她的房子、她的仆人们、她的好朋友米莉·布拉什——他还记得她吗?——都在那里要求效劳,如果——一句话,如果他们能派得上用场的话。要知道她虽然从来不提英格兰,但是这个养育着众生的岛屿,这片亲爱又亲爱的土地已溶进她的血液之中(尽管她没读过莎士比亚)②;如果有史以来有一个女人能戴头盔射利箭,能领兵出征,能用不可抗拒的正义去统治野蛮的部族,并成为一具没有鼻子的尸首躺在教堂的盾形坟墓之中,或变成某个古老山坡上被青草覆盖的小土堆,那个女人就是米莉森特·布鲁顿。尽管她受到性别的

---

① 指第一次世界大战后印度人民在以圣雄甘地为领袖的国大党领导下进行的全国性不合作运动,旨在迫使英国殖民当局同意印度自治。
② 句中赞扬英格兰的话模仿莎士比亚历史剧《理查二世的悲剧》第二幕第一场的台词。

限制,又缺乏逻辑思维能力(她感到给《泰晤士报》写封信很困难),但她仍时时想着大英帝国,并且通过与那个全副武装的战争女神相联系得到了像步枪捅弹杆的身姿和粗犷的举止,因此不能想象她即便死后能与大地分离,也不能想象她会以某种精灵的形象游荡于那些已不再悬挂英国国旗的地区。要她不当英国人,即便在死人中间——不行,不行!绝对不行!

可那是布鲁顿夫人吗?(她过去认识她。)彼得·沃尔什难道头发花白了吗?罗塞特夫人问自己(她过去叫萨莉·西顿)。那位肯定是老帕里女士——她在伯尔顿小住时遇到的那位很爱生气的老姑妈。她永远忘不了自己赤身裸体跑过走廊,后来被帕里女士叫去训斥的事!克拉丽莎!哎,克拉丽莎!萨莉拉住她的胳膊。

克拉丽莎在他们身边停了下来。

"可是我待不住,"她说,"我会回来的,等一等吧。"她看着彼得和萨莉说。她的意思是,他们一定要等到所有的客人离开以后。

"我会回来的。"她说,注视着她的老朋友萨莉和彼得,他们两人正在握手,而萨莉在大笑,无疑是回忆起了往事。

但是她的声音已失去了过去那令人陶醉的圆润,她的眼睛也不再像以前那样炯炯有神;那时她吸着雪茄烟,那时她曾一丝不挂地跑过走廊去取她的海绵包,为此受到埃伦·阿特金斯质问:如果让男士们撞见了怎么办?可是大家都原谅了她。她到食品储藏室偷着拿了一只鸡,因为她夜里饿了;她在卧室里吸雪茄烟;她把一本价值不可估量的书忘在小船里。可是大家都非常喜爱她(大概除了爸爸以外)。那是因为她的热情和她的活力——她要画画,她要写作。伯尔顿村的老妇人直到如今还忘不了问候"你那位穿红斗篷的、样子很快活的朋友"。在所有的人当中,她唯独指责休·惠特布雷德(他就在那边,她的老朋友休,正在和葡萄牙大使说话)在吸烟室里吻她,作为对她的惩罚,因为她说妇女应该有选举权。庸俗的男人才干这种事,她说。克拉丽莎记得曾不得不劝说她不要在全家祈祷时谴责他——萨莉能做出这种事来,因为她大胆、鲁莽,喜欢煞有介事地成为一切的中心并喜欢大吵大闹,而那肯定会以某种可怕的悲剧收场:她或者死去,或者殉难,克拉丽莎过去常这样想;然而与此相反,萨莉非常出人意料地嫁给了一个秃顶的、能听她唠叨的男人,据说他在曼彻斯特市拥有几座棉纺织厂。而且她竟生养了五个儿子!

她和彼得已经一起坐下。他们在谈话:这情景似乎很熟悉——他们应该在谈话。他们会谈起往事。她和这两个人有许多共同的经历(甚至比她和理查德的共同经历还要多):那个花园、那些树、老约瑟夫·布赖特科普夫嗓子不好还唱勃拉姆斯的歌曲、那客厅的壁纸、那些铺地垫子的气味。萨莉肯定永远是这一切的一个组成部分;彼得也是。可是她必须离开他们。布拉德肖夫妇来了;她不喜欢他们。

她必须过去见布拉德肖夫人(夫人一面穿着灰色和银色服装,像只海狮在水池边表演平衡,一面吵着让人邀请她,要见公爵夫人们,她是典型的成功男人的妻子),她必须过去见布拉德肖夫人并说……

可是布拉德肖夫人先声夺人。

"我们来得实在太晚了,亲爱的达洛维太太;我们简直不敢进来了。"她说。

威廉爵士头发花白,眼睛湛蓝,显得很有身份;他说:是啊;

他们抵制不住晚会的诱惑。他大概在和理查德谈议案的事,他们想让下议院通过那个议案。她为什么一看见他(正在和理查德说话)就讨厌呢?他的样子没有什么特殊的,就是名医的样子。一个十足的医学界带头人的样子,非常权威,相当疲惫。想想都是什么样的人到他那里看病吧——陷入悲惨深渊的人们、处于精神崩溃边缘的人们、丈夫们和妻子们。他不得不决定许多非常棘手的问题。然而——她感觉,任何人都不喜欢让威廉爵士看出自己不快活。不行,不能让那个人看出来。

"你的儿子在伊顿公学怎么样?"她问布拉德肖夫人。

他没能参加板球队,布拉德肖夫人说,因为得了腮腺炎。他的父亲比他本人还在乎这事,她这样认为,"因为他自己不过是个大孩子而已。"她说。

克拉丽莎看了看威廉爵士,他还在和理查德说话。他哪里像个孩子——一点儿都不像。

她有一次曾陪一个什么人去请教他。他说的做的完全正确,特别明智。可是老天爷啊——她重新回到大街上的时候觉得多么轻松啊!她还记得,有个可怜的人在候诊室里哭泣。但是她不知道威廉爵士有什么问题,不知道自己到底不喜欢他哪一点。只有理查德同意她的看法,"不喜欢他的情趣,不喜欢他的气味。"可是他异常能干。他们正在讨论这个议案。威廉爵士正提到某个病人,他压低了声音。这跟他正谈着的弹震症的延缓效果有关。议案里必须包括有关的条款。

布拉德肖夫人(可怜的傻瓜——你并不讨厌她)突然压低声音,把达洛维太太拉到一边,好像把她拉到防空洞里,这防空洞由共同的女性特点和对丈夫们的杰出品格以及工作狂的可悲倾向的共同自豪感构成;她小声说:"就在我们动身要来的时候,我丈夫接到了电话,是个非常悲惨的病例。一个年轻男子自杀了(那就是威廉爵士正在告诉理查德的事)。他曾在陆军服役。"天呀! 克拉丽莎想,我的晚会才开到一半,死讯就来了。

她继续往前走,进了那间小屋,就是首相和布鲁顿夫人进过的那间。也许屋里有人。可是一个人都没有。椅子上仍留有首相和布鲁顿夫人坐过的印记:布鲁顿夫人恭敬地转过身去,首相则以权威的姿态稳稳地坐着。他们曾一直谈着印度的局势。现在一个人都没有了。晚会的光辉消失了,她穿着华贵的衣服独自走进来感觉那么怪。

布拉德肖夫妇有什么权利在她的晚会上谈论死亡? 一个男青年自杀了。他们在她的晚会上谈论这件事——布拉德肖夫妇谈论死亡。他自杀了——可怎么死的呢? 每当她头一次突然听说个什么事故,她的身体总要去体验它;她的衣裙着起火,她的身体被烧伤。他是从窗口跳出去的。地面很快一闪;那些生锈的围栏尖头错误地刺穿他的身体,弄得他遍体鳞伤。他躺在那里,脑子里啪啪啪地响,然后一派黑暗使他窒息。这情景她都看见了。但是他为什么要自杀呢? 而布拉德肖夫妇竟在她的晚会上谈论这种事!

她有一次曾把一先令硬币扔进蛇形湖里,以后再没有抛弃过别的东西。但是他把自己的生命抛弃了。他们这些人继续活着(她得回去;那些屋子里仍挤满了人;客人还在不断地来)。他们(一整天她都想着伯尔顿,想着彼得,想着萨莉),他们会变老的。有一种东西是重要的;这种东西被闲聊所环绕、外观被损坏,在她的生活中很少见,人们每天都在腐败、谎言和闲聊中将它一点一滴地丢掉。这种东西他却保留了。死亡就是反抗。死亡就是一种与人交流的努力,因为人们感觉要到达中心是不可能的,这中心神奇地躲着他们;亲近的分离了;狂喜消退了;你孤身一人。死亡之中有拥抱。

但是这个自杀的青年——他是不是抱着他最宝贵的东西跳下去的呢?"如果现在就死去,现在就是最幸福。"她有一次曾这样对自己说,是在走下楼梯的时候,穿着白色衣裙。

或许诗人和思想家们也有同感。假设这个青年曾有过那种激情,并去见过威廉·布拉德肖爵士;威廉爵士是个名医,然而在她看来有一种不易察觉的邪恶,他没有性感或情欲,对女人特别有礼貌,但是他能做出某种难以形容的暴行——给你的灵魂施加压力,对了,就是这个;如果这个年轻人到他那里去过,而且威廉爵士用自己的权势对他施加那样的压力,年轻人是否可能说(她现在真切地感到这一点):生活真让人受不了;他们——像威廉爵士那样的人——把生活搞得让人无法忍受?

再说(她只是今天早晨才感到这一点的)还有那种恐怖感,那种强烈的无能为力的感觉,因为父母把这条生命交到你手里的时候期望你活到老,期望你宁静地与其同行,而你却不能;在她心灵深处有一种极度的恐惧感。即使是现在,如果理查德不是经常在那里阅读《泰晤士报》,从而使她能像小鸟一样蹲伏着逐渐恢复活力,把那不可估量的快乐大吼出来,擦过一个个柴枝,用一种东西摩擦另一种东西的话,她一定早就死了。她逃避了死亡。可是那个年轻人却自杀了。

在某种意义上,这是她的灾难——她的耻辱。她看见这里一个男人、那里一个女人陷入这深邃的黑暗并消失了,而她却穿着晚礼服勉强站在这里,这是对她的惩罚。她曾使过诡计,她曾偷过小东西。她从来就不是完美的令人爱慕的人。她曾希望成功,像贝克斯伯拉夫人那样拥有一切。而昔日她曾在伯尔顿的台地上散步。

真奇怪,真难以置信,她还从来没有这么幸福过。什么都不够缓慢,什么都延续得不够长。她早已告别了青春的成功,一直埋头于生活的进程,突然间她又惊喜地找到了幸福,在太阳升起的时候,在白昼逝去的时候,因此没有任何快乐能与这种幸福相比,她想,一面整理着椅子,把一本书推进书架里。在伯尔顿时她曾不只一次在大家谈话的时候走出去瞭望天空,或在晚餐时从人们的肩膀之间看着天空;在伦敦,她睡不着觉的时候也要看看天空。她走向窗口。

这郊外的天空,这威斯敏斯特的天空,包容着她自己的某种东西,尽管这想法很愚蠢。她打开窗帘,向外张望。哎呀,可是多么令人惊奇啊!——在对面楼房的房间里,那位老妇人正在和她对望!她正准备上床睡觉。还有这天空。她曾预料,天空会把美丽的脸庞转向后面,它将是肃穆的、昏暗的。可是看看它吧——像灰一样苍白,有大片的带状云彩飞速穿越其间。这在她看来非常新鲜。风一定是刮起来了。在对面的房间里,她要上床了。观察那位老妇人在屋子里走动,穿过房间来到窗口,真是太有意思了。她能看得见她吗?正当客人们仍在客厅里说说笑笑的时候,观察那位老妇人很安静地独自上床真是太有意思了。现在她拉下百叶窗。时钟敲起来了。那个年轻人自杀了,但是她并不可怜他;由于钟声在报时,一下、两下、三下,由于这一切仍在继续,她不可怜他。看!那老妇人已经熄灯了!现在整个房间一片黑暗,而这一切还在继续,她重复道,然后几个字自动来到她的嘴边:无需再怕骄阳酷暑。她必须回到他们那边去。但这是个多么不寻常的夜晚啊!她不知为什么觉得自己非常像他——那个自杀的年轻人。她为他的离去感到高兴,他抛弃了自己的生命,与此同时他们还在继续生活。时钟正在敲响。那深沉的音波逐渐消逝在空中。可是她必须回去。她必须和客人们在一起。她必须找到萨莉和彼得。于是她从小屋进到客厅。

"可是克拉丽莎在哪呢?"彼得说。他和萨莉一起坐在沙发上。(这么多年之后他实在无法叫她"罗塞特夫人"。)"那女人到哪去了?"他问,"克拉丽莎到哪去啦?"

萨莉猜想,彼得也同样猜想,一定是来了一些重要人物,政治家们,他们两个都不认识,除非在报纸上看见过照片,克拉丽莎不得不招待他们,和他们说话。她正跟他们在一起。然而理查德不是内阁成员。他干得不好吧?萨莉猜想。她自己很少看报。她有时看见报上提到他的名字。可是后来——是啊,她过着一种非常孤独的生活,在荒野里,克拉丽莎会说,在大商人中间,在大工厂主中间,总而言之,在务实的男人中间。其实她也干了不少事!

"我有五个儿子!"她告诉他。

上帝啊,上帝,她的变化多大呀!那母性的温柔,还有那母性的自我吹嘘!彼得还记得,他们最后一次见面是在月光下的花椰菜丛中,那些叶片像"粗糙的青铜",她曾这样说,用她的文学表达方法;她还摘下一朵玫瑰。她曾强迫他走过来又走过去,就在那个可怕的夜晚,在喷泉旁的那一幕发生之后;他那时准备赶午夜的火车。老天爷啊,他曾号啕大哭!

那是他的故技,打开随身带的折刀,萨莉想,他激动的时候总是开关折刀。他们两人曾经非常非常亲近,她和彼得·沃尔什,在他和克拉丽莎恋爱的时候;还有午餐时那场关于理查德·

达洛维的荒唐可笑的争吵。她曾叫理查德"威克姆"。为什么不叫他"威克姆"呢？克拉丽莎大发雷霆！而且她们两人从那以后确实没有再见面，她和克拉丽莎，在最近十年里也许最多只见过六次。彼得·沃尔什后来去了印度，她曾隐约听说他的婚姻不幸福，她不知道他有没有孩子，她也不便问，因为他已经变了。她觉得，他样子憔悴，但是比以前更友善了，她对他有一种真正亲切的感情，因为他是和她的青春联系在一起的，她仍保存着他送的一本艾米莉·勃朗蒂的小书，而且他肯定是想写作的吧？那时候他的确是准备写作的。

"你写什么书了吗？"她问他，同时把一只手，她那结实的、形状很美的手，放到膝头，跟他记得的一模一样。

"一个字都没写！"彼得·沃尔什说；她哈哈大笑。

她仍旧很动人，仍旧引人注目，萨莉·西顿。可是这位罗塞特是个什么样的人呢？他在婚礼那天戴了两朵山茶花——关于他的情况彼得就知道这么多。"他们有很多仆人，有绵延几英里的暖房。"克拉丽莎信中说；大意如此。萨莉高声大笑着承认了这一点。

"是啊，我一年收入一万英镑。"——不知是交税前还是交税后，她记不清了，因为这些事都是她丈夫替她做的；"你应该见见他。"她说；"你会喜欢他的。"她说。

萨莉过去可是衣衫褴褛。为了来伯尔顿，她曾典当了她曾祖父的戒指，那是玛丽·安特瓦尼特赠送的——他这消息没错吧？

啊，是啊，萨莉想起来了，她仍然保存着那枚戒指，玛丽·安特瓦尼特送给她曾祖父的红宝石戒指。那时候她名下没有分文，去伯尔顿总是意味着她得使劲勒紧裤腰带。但是去伯尔顿对她很有意义——使她精神免于崩溃,她相信,因为她在家里很不愉快。但那都是过去的事了,一切都过去了,她说。帕里先生已经去世,而帕里女士还活着。他一生中从来没有这样震惊过,彼得说。他曾确信她已辞世。那婚姻一直是成功的吧?萨莉琢磨着。那个很漂亮、很自信的姑娘是伊丽莎白,就在那边,在窗帘旁边,穿着红衣服。

(她像一棵白杨,她像一条小河,她像一朵风信子花,威利·蒂特科姆在想。啊,若是在乡下,她想干什么就干什么该多好!伊丽莎白确信她能听见她那可怜的小狗在叫。)她一点儿都不像克拉丽莎,彼得·沃尔什说。

"啊,克拉丽莎!"萨莉说。

这就是萨莉的感觉,很简单。她欠克拉丽莎许许多多的情。她俩曾是朋友,不是一般的熟人,而是朋友,她仍能看见克拉丽莎身穿白衣手捧鲜花在房子里走来走去——时至今日烟草植物仍能使她想起伯尔顿。但是——彼得明白吗?——她缺少点什么。缺少什么呢?她有魅力,她有非同寻常的魅力。但坦率地说(她感觉彼得是个老朋友,一个真正的朋友——他有一个时期不在英国,这有关系吗?相距遥远有关系吗?她常常想给他写信,可是写了又撕掉,然而她觉得他能理解,因为人们无须把事情都说出来便能理解,有如一个人意识到自己年岁已老;她老了,当天下午刚去伊顿公学看过她的儿子们,他们患了腮腺炎),十分坦率地说,克拉丽莎怎么能那样做呢?——怎么能嫁给理查德·达洛维呢?那人是个体育爱好者,一个只喜欢狗的人,说真的,他一进屋就散发出一股马厩的气味。然后生活就变成了这个样子?她摆了摆手。

那是休·惠特布雷德,悠闲自在地走了过去,穿着白色西服背心,迟钝、肥胖、视而不见,他对一切都不留意,只注意自尊和安逸。

"他不打算认咱们。"萨莉说,说实在话她也没有那个勇气去——这么说,那就是休!那个令人爱慕的休!

"他做什么工作?"她问彼得。

他给国王擦皮靴,或在温莎宫里数酒瓶子,彼得告诉她,彼得的舌头还是那么尖刻!可是萨莉必须说老实话,彼得说。讲讲那次休亲吻她的事。

吻在嘴唇上,她肯定地告诉他,那是一天晚上在吸烟室里。她当时生气极了,立即去找克拉丽莎。休不会干那种事!克拉丽莎说,那令人爱慕的休!休的短袜无一例外,总是她所见过的最漂亮的——现在他穿的晚礼服也无可挑剔!他有孩子吗?

"这屋子里的每个人都有六个儿子上伊顿公学。"彼得告诉她,除了他自己以外。感谢上帝,他一个孩子都没有。没有儿子,没有女儿,也没有妻子。唉,他好像并不在意,萨莉说。他比他们所有的人都显得年轻,她想。

可是那样的婚姻从很多方面来说都是愚蠢的,彼得说:"她是个十足的傻瓜。"他说,但是,他又说:"我们曾度过一段美好的时光。"但是那怎么可能呢?萨莉想不通;他的话是什么意思呢?认识他却一点儿都不了解他的情况,多么奇怪啊。他这样说是出于自尊吗?很可能,因为那桩婚事一定使他恼怒(尽管他是个怪人,是个精灵式的人物,绝不是普通的人),在他这个年龄,没有家,没有去处,一定很孤独。但是他应该到她家去住上几个星期。当然啦,他会去的;他愿意到她家小住;他们就这样商量定了。这么多年来达洛维夫妇一直没有到她家去过。他们一次次邀请他们夫妇。克拉丽莎(当然是克拉丽莎)不愿意去。因为,萨莉说,克拉丽莎在内心深处是个势利眼——谁都得承认她是个势利眼。她相信,正是这一点使得她们之间有隔阂。克拉丽莎认为她下嫁给了地位比她低的人,因为她丈夫是个矿工的儿子——她为此而自豪。他们拥有的每一分钱都是他挣来的。他很小的时候(她的声音颤抖了)就能扛很大的货包了。

(彼得觉得,她会这样讲下去,一个小时一个小时地讲下去:那个矿工的儿子,人们会认为她下嫁了地位比她低的人,她的五个儿子,还有一件什么事来着——是植物,绣球花、丁香花,还有非常非常罕见的木槿,在苏伊士运河以北地区从来不生长,但是她在曼彻斯特郊区只雇了一个园丁就种植了许多,有整整几花坛呢!所有这些辛苦克拉丽莎都逃避了,因为她一向缺乏母性。)

她是势利眼吗?是的,表现在很多方面。这么长的时间她到哪儿去了呢?时间越来越晚了。

"可是,当我听说克拉丽莎要开晚会的时候,我觉得我不能不来——我必须再见见她(我就住在维多利亚街,差不多就在隔壁),"萨莉说。所以我就不请自到了。"可是,"她小声说,"告诉我,请告诉我,这个人是谁?"

那是希尔伯里太太,她正在寻找大门。因为天已经那么晚啦!还有,她小声说,在夜越来越深、人们已经离去的时候,你找到了老朋友,找到了安静隐蔽的角落和最可爱的景致。她问,他们知道自己的周围有个迷人的花园吗?照明灯、树木、波光粼粼的湖水和那天空。克拉丽莎·达洛维刚才说,后花园里只不过有几盏彩灯罢了!可她是个魔术师!那简直就是个公园……她不知道他们的姓名,但她知道他们是朋友,不知姓名的朋友、没有歌词的歌总是最好的。但这里有那么多的门,那么多意想不到的地方,她找不着路了。

"是希尔伯里老太太。"彼得说。可那个人是谁呢?那个妇人一晚上都站在窗帘旁边,一言不发。他看她有些面熟,便把她和伯尔顿联系在一起。她过去一定是常在窗子里的大桌子上裁剪内衣吧?戴维森,是她的名字吧?

"啊,那是埃莉·亨德森。"萨莉说。克拉丽莎对她很苛刻。她是个表亲,很穷。克拉丽莎对人**实在**很苛刻。

她是够苛刻的,彼得说。然而,萨莉像往常那样充满感情、热情洋溢地说(她的这种热情彼得过去很欣赏而现在又有点儿惧怕,因为她可能变得过分感情用事),克拉丽莎对她的朋友们是多么慷慨啊!那是多么难得的品质啊,而且有时她在夜间或在圣诞节历数自己的幸事时总要把那段友谊放在第一位。她们都很年轻,这是原因之一。克拉丽莎心地纯洁,这是原因之二。彼得会认为她感情用事。她确实如此。因为她已逐渐认识到唯一值得说的是自己的感情。耍小聪明是愚蠢的。人必须直言自己的感受。

"可是我不知道自己感受到了什么。"彼得·沃尔什说。

可怜的彼得,萨莉想。克拉丽莎为什么不过来和他们说话呢?那正是他渴望的事。她是知道的。他一直只想着克拉丽莎,并不停地摆弄着折刀。

他发现生活并不简单,彼得说。他和克拉丽莎的关系并不那么简单。这关系已经毁了他的一生,他说。(他们曾经那么亲近——他和萨莉·西顿,他不对她直言倒是荒谬了。)一个人不能恋爱两次,他说。她能说什么呢?然而恋爱过总比没恋爱过要好(可是他会认为她感情用事——他过去是那么尖刻)。他应该去曼彻斯特到她家小住。那些都是实话,他说。都是实话。他很愿意到她家去做客,他在伦敦办完事以后马上就去。

克拉丽莎喜欢他胜过喜欢理查德,萨莉敢肯定。

"不对,不对,不对!"彼得说(萨莉不该这么说——她太过分了)。那个好人——他就在房间的另一头滔滔不绝地说话,跟以往一样,亲爱的理查德。跟他谈话的是个什么人呢?萨莉问,那个看上去很有身份的男人是谁呢?由于她的确生活在荒原里,她有一种难以满足的好奇心想了解别人。可是彼得不认识那个人。他不喜欢那人的外貌,他说,也许是个内阁部长吧。他说,他认为理查德在所有那些人当中是最好的人,最公正无私。

"可是他都干了什么工作呢?"萨莉问。是公共管理工作吧,她猜想。那么他们在一起过得幸福吗?萨莉问(她自己是特别幸福的);要知道,她承认,她对他们一点儿都不了解,只是匆匆得出结论,正如人们常做的那样,因为就是对每天和你一起生活的人你又能了解多少呢?她问。我们难道不都是囚徒吗?她读过一部很有意思的剧本,描写一个囚犯抓囚室的墙壁,她觉得剧本反映了生活的真实——人们总是在抓墙壁。由于她对人际关系感到绝望(人们是那么难以相处),她常常走进自己的花园,在鲜花丛中得到一种任何人不能给予她的平和的心境。可是不行,他不喜欢卷心菜;他喜欢的是人,彼得说。是啊,年轻人是美丽的,萨莉说,一面看着伊丽莎白穿过房间。克拉丽莎在她这个年龄可不是这个样子!他能从伊丽莎白的样子看出她的情况吗?她本人是不会开口的。看不出多少,现在还看不出,彼得承认。她像朵百合花,萨莉说,像池塘边的百合。可是彼得不同意说我们什么都不了解。我们什么都了解,他说;起码他自己什么都了解。

但是这两个人,萨莉小声说,这两个正走过来的人(她真得走了,如果克拉丽莎不快过来的话),这个显得很有身份的男人和他那相貌平常的妻子,他们曾一直和理查德谈话——对这样的人又能了解什么呢?

"我知道他们是可恶的骗子。"彼得说,冷冷地看了他们一眼。他引得萨莉哈哈大笑。

但是威廉·布拉德肖爵士在门口停下看一张画。他在画的角落里寻找雕版者的姓名。他的妻子也在看。威廉·布拉德肖爵士对艺术是那么有兴趣。

彼得说,他在年轻时总是过于急切而无法了解别人。现在他老了,确切地说五十二岁了(萨莉说,她五十五岁了,那是指的身体,但她的心还像二十岁姑娘的一样);现在他成熟了,彼得说,那么他就能观察,就能理解,也不失感觉的能力,他说。是的,确实这样,萨莉说,她感受得更深,更有激情,年年如此。他说,哎呀,也许吧,感受的能力在增长,但是你应该为此而高兴——这种能力在他的经历中不断增长。在印度有一个人。他愿意对萨莉谈谈她的事。他愿意让萨莉与她相识。她已经结过婚,他说。她有两个很小的小孩。他们应该一起来曼彻斯特,萨莉说——在他们分手之前他必须答应她。

"伊丽莎白来了,"他说,"我们感受到的事情她连一半也感受不到,目前还感受不到。""可是,"萨莉说,看着伊丽莎白走向她的父亲,"可以看得出来他们之间关系很亲密。"她从伊丽莎白向她父亲走去的样子可以感觉出来。

要知道她的父亲一直在看着她,当他站着和布拉德肖夫妇谈话的时候心里就想:那个可爱的姑娘是谁呢?突然间他看出来那就是他的伊丽莎白,而他刚才却没认出来,她穿着粉红斗篷多可爱呀！伊丽莎白在和威廉·蒂特科姆谈话时也感觉到他在看她。所以她就走了过来，父女俩站在一起；由于现在晚会已接近尾声，他们看着客人离开，看着房间变得越来越空，地板上零乱地散落着一些东西。就连埃莉·亨德森也要走了，她几乎是最后一个，尽管没有人和她说话，她本来就打算来多看看，回去好讲给伊迪丝听的。晚会结束了，理查德和伊丽莎白都非常高兴，但理查德是为自己的女儿感到自豪。他本来不想对她说，但还是情不自禁地告诉了她。他说，他当时看着她，心里纳闷，那个可爱的姑娘是谁呢？那正是他的女儿！这真叫她高兴。可是她那可怜的小狗叫起来了。

"理查德有进步。你说得对，"萨莉说，"我要过去跟他谈谈。我要道一声晚安。和心灵相比，脑子又有什么重要呢？"罗塞特夫人站起来说。

"我会来的。"彼得说，但他又在那里坐了一会儿。为什么会恐惧呢？为什么会狂喜呢？他暗自想。是什么让我异常激动呢？

是克拉丽莎，他说。

因为她来了。

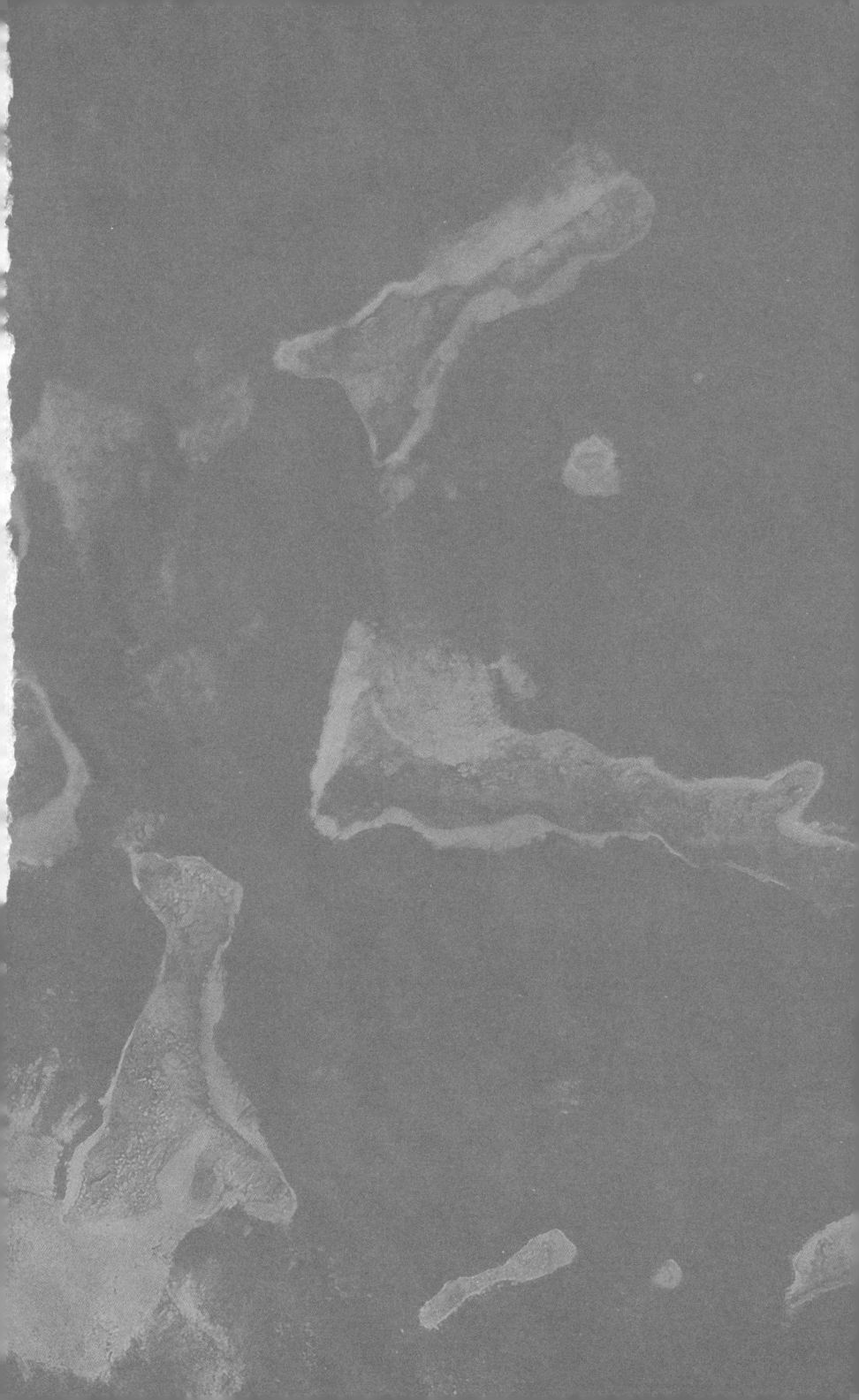

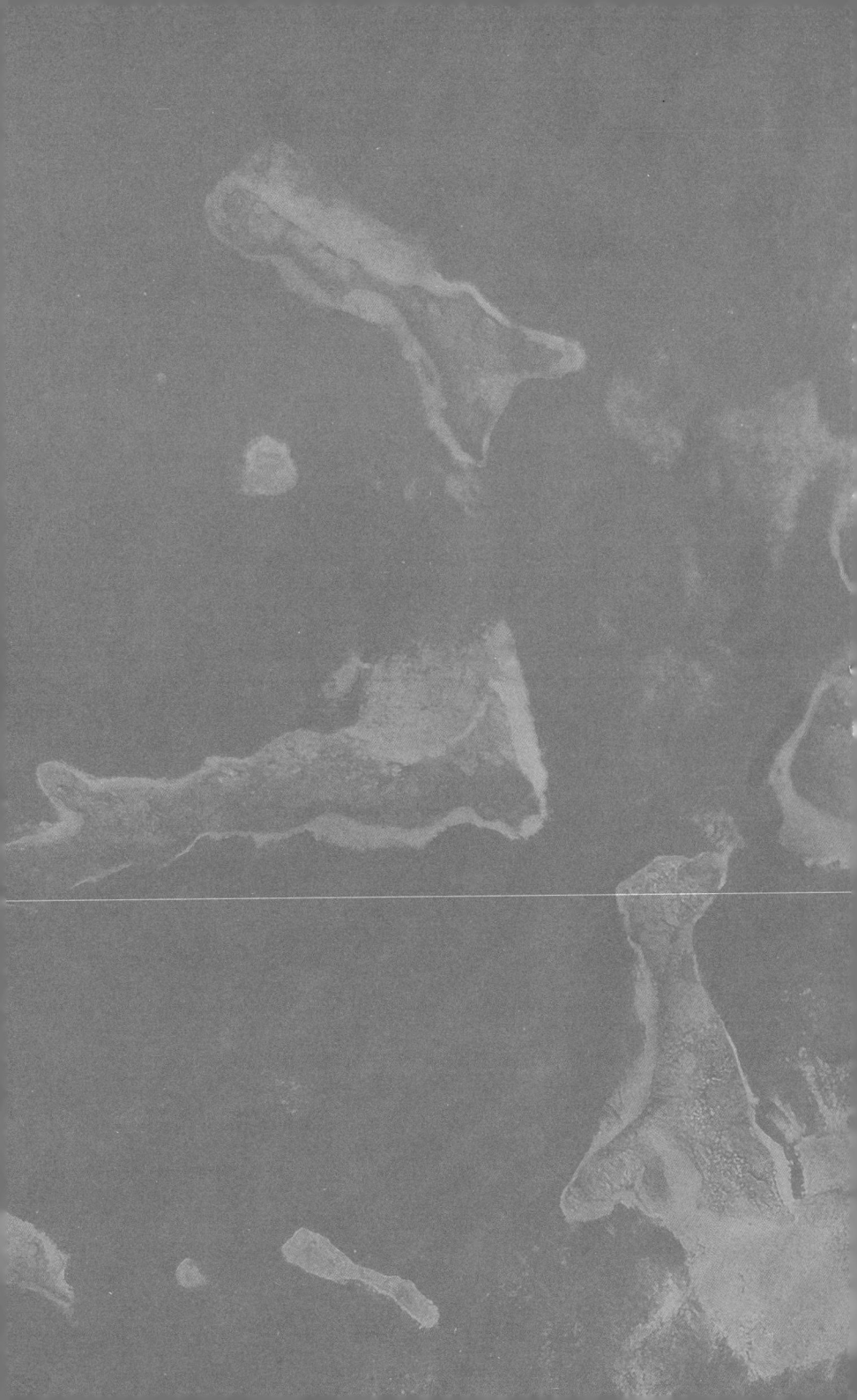